打ち砕かれた純愛

ダイアナ・パーマー 作

平江まゆみ 訳

ハーレクイン・プレゼンツ・スペシャル

東京・ロンドン・トロント・パリ・ニューヨーク・アムステルダム
ハンブルク・ストックホルム・ミラノ・シドニー・マドリッド・ワルシャワ
ブダペスト・リオデジャネイロ・ルクセンブルク・フリブール・ムンバイ

WYOMING STRONG

by Diana Palmer

Published by Harlequin Japan, a Division of K.K. HarperCollins Japan, 2015

打ち砕かれた純愛

主要登場人物

サラ・ブランドン……両親を亡くした女性。
ガブリエル・ブランドン……サラの兄。愛称ゲイブ。
アメリア・グレイソン……サラの付き添い。
モーリー・カーク……サラの友人。
ミシェル・ゴドフリー……サラとガブリエルの被後見人。
ウォフォード・パターソン……ガブリエルの親友。牧場主。愛称ウルフ。
イーセラ……ウルフの元恋人。
ジャレット・カリアー……ウルフの牧場の監督。
キャッシュ・グリヤ……警察署長。
エブ・スコット……傭兵養成所の代表。
バーバラ・ファーガソン……カフェのオーナー。

1

ジェイコブズビルの薬局のカウンター前には行列ができていた。しかし、サラ・ブランドンをいらだたせていたのは行列の長さではなかった。彼女のいらだちの原因はそこに並んでいたある男と、その男が彼女を見る目つきだった。

　男は手近なカウンターにもたれ、横柄な態度で彼女を眺めていた。北極を思わせる寒々とした水色の目は彼女のすべてを見通しているかのようだった。そして、服の下に隠された彼女の柔らかな素肌まで見えているかのようだった。

　サラは咳払《せきばら》いし、男をにらみつけた。

　その反応で相手はさらに調子づいた。「僕が気になるかい、ミス・ブランドン？」

　男は洗練されていた。肉体的な魅力にあふれていた。日に焼けた肌。広い肩。引きしまった腰。大きな足と大きくて美しい手。彼はカウボーイハットを目深に被《かぶ》り、長くたくましい脚を組んでいた。その脚を包み込んでいるのはブランド物のジーンズで、履いているブーツもなめし革の高価なものだ。シャンブレー織りのシャツは襟元が開き、そこから黒い胸毛が見えていた。

　この獣《けだもの》は知っているのよ。自分が刺激的だってことを。だから、わざとシャツのボタンを留めずにいるんだわ。それがわかっていながら、私は反応してしまう。向こうはそこまで見通しているのよね。本当にいやなやつ！

「いいえ、ミスター・パターソン」サラはきっぱりと否定した。冷静さを装おうとしたが、声が少しうわずってしまった。

ウォフォード・パターソンは黒のタートルネックのセーターと黒のスラックスに包まれた彼女の華奢《きやしや》な体に視線を這《は》わせた。彼女が黒い革のコートの前をかき合わせ、ボタンを留めるのを見て、にんまり笑った。腰まで届く豊かな黒髪。黒い瞳と筋が通った鼻。そして、ふっくらとした形のいい唇。彼女は美しかった。だが、本人はそのことを鼻にかけてはいなかった。むしろ、己の美貌を憎み、人目を引くことを嫌っていた。

サラはコートに包まれた胸の前で腕を組み、視線を逸《そ》らした。

「でも、君のその態度」パターソンはもったいぶった口調で指摘した。「僕には落ち着いているようには見えないね」

「だったら、私のことはほっといて」

パターソンはカウンターから身を起こし、サラに近づいてきた。彼は背が高かった。真横に立たれると、見上げなければならないほどだった。相手の大きさを実感し、サラは不安げにあとずさった。

「初めて牧草地に足を踏み出す子馬みたいだ」

「私は大人よ、ミスター・パターソン。そんなにびくついてないわ」

パターソンは片方の眉を上げ、セクシーな唇を尖《とが》らせた。「僕にはびくついているように見えるが。今日は空飛ぶ猿たちはうちで留守番か？」

「空飛ぶ猿って……『オズの魔法使い』の？」思わず荒らげた声に、ほかの客たちが振り返った。サラはたじろぎ、あわてて声をひそめた。「私は〝西の魔女〟とは違うの。うちに空飛ぶ猿はいません」

「ああ、知ってる。でも、森の中に隠しているかもしれない。箒《ほうき》と一緒に」

サラは歯を食いしばった。

「ミス・ブランドン」レジのほうからボニーの声が聞こえた。「薬の用意ができたわ」

「ありがとう」そう答えると、サラは逃げるように大男のそばを離れた。ウォフォード・パターソン。愛称ウルフ。そう呼ばれるのも当然ね。彼はまさに狼《おおかみ》だもの。幸いなことに、私は彼に好かれていないけど。

　彼女は制酸剤を受け取り、支払いをすませた。ボニーにほほ笑みかけ、パターソンをにらみつけてから出口へ向かう。

「安全速度で飛べよ」パターソンが親切ごかしに忠告した。

　サラは長い黒髪を一振りして身を翻した。「もし私が本当に空飛ぶ猿たちを飼っていたら、彼らに命じて、あなたをテキサス一大きな肥だめに落としてやる！　そして、その肥だめにマッチを放り込んでやるわ！」

　その場にいた全員が笑い出した。誰よりも大笑いしていたのはパターソンだった。

　サラは真っ赤な顔で薬局から飛び出した。

「いつか始末してやるわ」停《と》めておいた自分の車――白いジャガーへと向かいながら、サラは怒りを吐き出した。「銃弾をぶち込んで、手足をばらばらにして、それから……」

「独り言か。やれやれ」背後からウルフの声が聞こえた。彼女のあとを追ってきていたのだ。

　サラはきっとして振り返った。「あなたは私が知る中で最も不愉快で、耐えがたくて、くだらなくて、癪《しゃく》に障る最低の男よ！」

　ウルフは肩をすくめた。「それは君のせいじゃないかな。君はわざと人に嫌われようとしている」

　サラは薬局の紙袋を持つ手ともう一方の手を拳《こぶし》に握った。怒りで体に火がつきそうだった。

　ふと横を見ると、テキサス州ジェイコブズビルの警察署長キャッシュ・グリヤが歩道をこちらへ向かっていた。ウルフを指さして、彼女は叫んだ。「この男を逮捕して！」

「僕が何をした？」真顔で問いかけてから、ウルフは天使のような微笑を浮かべた。「君の体を気遣って、安全運転を呼びかけただけなのに」

サラの体が怒りで震えはじめた。

キャッシュはにやにや笑いたいのをこらえ、穏やかに呼びかけた。「あのね、ミズ・ブランドン」

「〝ミズ〟ってなんだ？」ウルフは疑問を投げかけた。「男みたいな女ってことか？」

サラは薬局の紙袋を投げつけた。

「彼女に暴行された！」ウルフは叫んだ。「暴行は重罪だ。そうだろう？」

「ほんと、暴行してやりたいわ」サラは小声で吐き捨てた。

「やってごらん、ハニー。僕は生きた伝説だよ」薬の袋を拾い上げる彼女を眺めながら、ウルフは挑発し、笑みさえ浮かべてみせた。

サラは小さな足に力をためた。

「サラ」キャッシュが警告した。「もし彼を蹴ったら、私は本当に法を執行せざるをえない」

サラは憤懣《ふんまん》やるかたない様子で訴えた。「この獣を懲らしめて。一発お見舞いしてやってよ」

キャッシュはこらえきれずに噴き出した。「そいつは勘弁してくれ。もしここで銃を使えば、私は自分に手錠をかけなきゃならなくなる」

「うちに帰らなくていいのか？」ウルフが気遣うそぶりで言った。「腹を空《す》かせた猿たちが待っているんだろう？」

サラは足を踏み鳴らした。「あなたは豚同然の男だわ！」

「先週の僕は蛇だった。これは昇進か？」ウルフはつぶやいた。

サラは一歩前に出た。

すると、キャッシュが二人の間に割り込んだ。

「サラ、うちに帰りなさい。今すぐに。いいね？」

サラは顔にかかる一筋の髪を息で払い、白い愛車に向き直った。「地獄へ引っ越せばよかった。地獄のほうがまだ平和だったはずよ」

「地獄なら猿たちも自由に飛び回れるしな」ウルフがひやかした。

「今に見てらっしゃい」サラは拳を振り上げた。

「いつでもどうぞ」ウルフはにやりと笑った。「僕はたいていうちにいる。ボクシング用のグローブも用意しておこうか？」

「あら、グローブで銃弾が止められるの？」サラは辛辣な口調で切り返すと、足を踏み鳴らし、ペルシア語で悪態をまき散らした。

「君の兄貴がショックを受けるぞ。かわいい妹の口からそんな言葉が飛び出したと知ったら」ウルフは偉そうな態度で指摘し、キャッシュへ視線を投げた。「署長はペルシア語がわかるだろう。これは名誉毀損で逮捕できるケースじゃないのか？」

キャッシュは困ったような顔をしていた。

「私はうちに帰ります」サラは憤然と宣言した。

「ああ、知ってる」ウルフは物憂げに答えた。

サラの口から再びペルシア語が飛び出した。

「それはお互い様だろう」ウルフもペルシア語で切り返した。水色の目が笑っている。

サラは車に乗り込み、エンジンをかけた。

白いジャガーが、うなりをあげて遠ざかっていった。

「いつか君が彼女に殺されたとしても」キャッシュはウルフに言った。「私は彼女に有利な証言しかできないね。あれは正当防衛だったと」

ウルフはただ笑っただけだった。

サラの兄のガブリエルはジェイコブズビル郊外の

コマンチウェルズに居を構えていた。彼女は制限速度を無視して兄の家を目指した。体がまだ怒りに震えている。

こんな時、ミシェルがいてくれたら……。彼女は大学に行っている自分たちの被後見人を恋しく思った。ミシェルならきっと理解してくれる。私に共感してくれる。ミシェルはこの町の誰よりも私のことをよく知っているから。

サラには、継父から性的な暴行を受けそうになった過去がある。レイプが未遂ですんだのは、ガブリエルが彼女の寝室のドアを壊して助けに来てくれたおかげだ。継父を刑務所に送るためには、サラ自身が法廷で証言をしなければならなかった。彼女は証人席に座らされ、見知らぬ人々の前で事実を正確に話すよう求められた。継父に何をされたか。どんなおぞましい言葉を浴びせられたか。だが、そのすべてを口にすることは彼女にはできなかった。

被告側の弁護人はサラに非があると主張した。挑発したのはサラのほうで、継父はその挑発に乗ってしまっただけだと。もちろん、そんな事実はなかった。しかし、陪審員の中にはその主張を信じた者もいたようだった。

結局、継父は刑務所に送られ、出所後に警察官に射殺された。当時を振り返ると、サラは今でも体の震えが止まらなくなる。最初の裁判ののち、彼女と兄は母親から縁を切られ、住む家を失った。路頭に迷っていた兄妹《きょうだい》を救ったのは第二の裁判——継父の射殺事件を巡る裁判で知り合った国選弁護人だった。国選弁護人には独身の伯母がいた。その女性が二人を引き取り、我が子のようにかわいがったうえに、広大な地所を遺《のこ》してくれたのだった。

地所の価値は数百万ドルにのぼった。サラとガブリエルは相続を固辞しようとした。しかし、国選弁護人は耳を貸さなかった。孤立無援の自分たちを救ってくれた恩人。兄妹は今も彼のことを自分たちの家族だと思っていた。

兄妹を追い出した母親は、事件後に別の土地へ引っ越した。再婚相手の死を嘆きながら、その地で亡くなった。最後まで子供たちとの接触を拒否したまま。その事実は兄妹の心に深い爪痕を残した。特にサラは自分の責任のように感じていた。

サラが世捨て人のような生き方をしているのは、そうした経験があるからだ。彼女は美しいが孤独だった。二十四歳になった今も誰ともデートをしていない。

だからこそ、ウルフは厄介だ。彼にあの目つきで見つめられると、サラは冷静でいられなくなる。胸がときめいてしまうのだ。だが、それを相手に知られるわけにはいかない。もし彼に口説かれ、そういう雰囲気になったら、秘密を守ることはできないだろう。体が勝手に反応してしまうのだから。

彼女は以前に試していた。一度だけ、高校生の頃に好意を持った男の子と。しかし、デートの結果は惨憺《さんたん》たるものだった。相手は怒り狂い、泣きじゃくる彼女を罵倒して去っていったのだった。

サラは閉めた玄関のドアをロックし、サイドテーブルにバッグを放って、二階へ向かった。昼食は薬を買いに行く前にすませている。あとは一日何をしようと自由だ。彼女にはお金があった。だから、働く必要はないのだ。もっとも、社交生活と言えるものもない。少なくとも、現実の世界では。ただし、仮想現実の世界では……。

サラは最新式のパソコンの電源を入れ、『ワールド・オブ・ウォークラフト』というオンラインゲームのサイトにアクセスした。彼女は隠れゲーマーだった。その事実を知るのは兄のガブリエルだけだ。彼女が使用しているキャラクターはホード陣営に属する種族ブラッドエルフのウォーロックで、プラチナブロンドの髪に青い瞳を持っていた。

　言うなれば〝裏サラ〟ね。そう考えて、彼女はくすりと笑った。実際の私は黒髪なんだけど。

　サラは自分のキャラクターであるカサレーゼを操作してゲームの世界に入った。すぐに別のキャラクターが声をかけてきた。

〈一緒にレイドする？〉

　同じブラッドエルフ族のデスナイト、レッドナハトだ。彼とはゲーム内のイベントで出会った。それをきっかけに言葉を交わすようになり、以来ずっとネット上の友人として交流を続けている。友人といっても本名は使わないので、相手がどんな人間なのか、本当のところはわからない。サラは恋人を求めていなかった。ただ友達が欲しかった。だから、彼女はレッドナハトと友達になった。本名を知らなくても互いのアカウント用ＩＤは知っているので、相手がゲーム内にいる時はすぐにわかるのだ。彼らは同時にレベル九〇に達し、ゲーム内の宿屋でケーキとジュースで祝った。プレゼントされた花火をパンダリアという新エリアの町外れで打ち上げた。それは夢のような夜だった。

　レッドナハトとの交流は楽しかった。彼がプライバシーに立ち入るような真似《まね》をしなかったからだ。ただし、彼のほうから己の日常について語ることはあった。だから、サラもそうした。もちろん、個人を特定されない形で。兄の仕事の特殊性や彼女自身が抱えている問題を考えれば、いやでも慎重にならざるをえなかったのだ。

　ほとんどの人は知らないが、彼女の兄ガブリエルは軍事関係の仕事を生業《なりわい》としていた。主にエブ・スコットから依頼を受けて活動するフリーの傭兵《ようへい》だった。サラは兄の身を案じながらも現実を受け入れていた。傭兵の仕事は刺激に満ちている。ガブリエルはその刺激をあきらめられないのだ。少なくとも、今はまだ。

サラは再びミシェル――継母の急死によってブランドン兄妹の被後見人となった若い女性のことを考えた。ミシェルが大学を卒業した時には何かが変わるかもしれないわ。といっても、それはまだ先の話だけど。

サラはキーボードをたたいた。

〈今日はバトルの気分なの。ちょっといやなことがあって〉

〈僕もだ（笑）。オーケー。アライアンスの連中をずたずたにしてやるか？〉

サラは笑った。

〈賛成〉

二時間後、サラはすっきりした気分で友人に別れを告げた。そして、パソコンの電源を切り、軽い夕食をすませてベッドに入った。これが現実逃避だということは彼女自身にもわかっていた。だが、たとえネットの世界であっても、人と交流するだけましだろう。現実世界の彼女には社交生活などいっさいないのだから。

サラは音楽劇に目がなく、依存症と言ってもいいほどだった。だが、地元サンアントニオのオペラハウスは今年に入って閉鎖された。新しいオペラカンパニーの設立準備も進められていたが、当分はヒューストンまで足を伸ばすしかなかった。今、ヒューストンの劇場ではミュージカル『リトル・ナイト・ミュージック』が上演されていた。『リトル・ナイト・ミュージック』と言えば、《センド・イン・ザ・クラウンズ》。サラはあの曲が大好きなのだ。ヒューストンは遠いが、彼女はもう大人で、ちゃんとした車も持っていた。このチャンスを見逃す手はなかった。

かくしてサラはジャガーに乗り込み、開演時間に間に合うよう、余裕を持って出発した。帰宅は深夜になるだろうが、今はそのことも気にならなかった。

演劇。音楽。バレエ。彼女は芸術全般を愛していた。サンアントニオ交響楽団とサンアントニオ・バレエカンパニーの公演については、シーズン通しでチケットを押さえているほどだ。ただし、今夜のようによその街まで遠征することは、彼女にとってめったにない冒険だった。

プログラムを眺めていると、あとからやってきた客が隣の席に座った。その動きに気づき、サラは視線を上げた。視線の先にあったのは、最大の敵の笑みを含んだ水色の目だった。

〝あら、ついてないわ〟くらいで留《とど》めておけばよかったのだろうが、彼女の口から飛び出したのはペルシア語の悪態だった。

「口が悪いな」ウルフもペルシア語で切り返した。

サラは歯を食いしばり、敵の次の動きを待った。ウルフが一言でも発したら、彼の大きな足を踏みつけて、この場を立ち去るつもりだ。

しかし、ウルフはすぐに連れの女性に関心を戻した。サラは前にも別の公演で女性と一緒のウルフと遭遇していた。今夜の連れはあの時の女性とは違ったが、ブロンド美人という点では同じだった。

どうやらウルフは、黒髪の女性は好みじゃないようね。そのほうがこっちもありがたいけど。

それにしても、この人はなぜいつも私の隣に座るの？　サンアントニオの公演ならまだわかるわ。私と同じように、彼もシーズン通しでチケットを押さえているのかもしれないし。でも、ここはヒューストンなのよ。次はまず彼がどこに座るか確かめよう。そのうえで離れた席に座るようにしよう。でも、席はあらかじめ指定されているから、面倒なことになるかしら？

オーケストラの演奏が始まった。数分後に幕が上がり、スティーヴン・ソンドハイムの華やかな旋律に合わせて、ダンサーたちが見事なワルツを繰り広げた。まるで天国にいるみたい。サラはうっとりとしながら、オーストリア観光でワルツを踊った時のことを思い返した。彼女がパートナーを組んだ相手は、ツアーガイドに紹介された白髪の紳士だった。その老紳士がまさにワルツの名手だったのだ。彼女は一人旅を好んだ。男性と関わりたくないので独身者限定のツアーは避け、高齢者向けのツアーに参加し、そうやって世界を見てきたのだった。

お待ちかねの《センド・イン・ザ・クラウンズ》が始まった。サラはまぶたを閉じ、名曲の美しい調べに身をゆだねた。

幕間《まくあい》の休憩時間になっても、サラは身じろぎもしなかった。連れの女性が席を立ったにもかかわらず、ウルフもその場に残った。

「オペラが好きなんだね？」そう問いかけながら、彼はサラの長い黒髪や黒いドレスに鋭い視線を注いだ。ケープ袖のついたドレスは肌の露出こそ控えめだが、彼女の華奢な体にぴたりとフィットしている。劇場内が暖かかったので、彼女が着てきた革のコートは座席の後ろに押し込んであった。

相手の次の出方を警戒しながら、サラは答えた。

「ええ」

「あのバリトン歌手はすごいな」ウルフは長い脚を組んだ。「以前はメトロポリタンにいたが、ニューヨークがいやになって、こっちに移ってきたそうだ」

「そうらしいわね」

彼はサラの手に視線を向けた。膝の上に置かれた二つの手が、小さなバッグを握りしめている。革に爪が食い込むほどきつく。平然とした態度を装っているが、彼女は緊張しているのだ。

「一人で来たのか？」

サラは無言でうなずいた。

「ヒューストンは遠いぞ。しかも、夜間のドライブになる」

「わかっているわ」

「前回サンアントニオで鉢合わせした時は、兄貴と被後見人が一緒だったが」水色の目が細くなった。「男はいないのか？　一人も？」

サラは答えなかった。彼女の両手の中で、バッグが虐待に耐えていた。

不意に大きな手が伸びてきて、彼女の指をそっと撫《な》でた。

「力を抜けよ」

サラは唇を噛《か》み、視線を上げた。黒く美しい瞳には彼女が耐えてきた長年の苦しみがにじんでいた。

ウルフは息をのみ、小声で問いかけた。「どうした？　いったい何があった？」

サラは素早く手を引っ込めた。立ち上がり、革のコートを羽織ると、ドアへ向かって歩き出した。白いジャガーにたどり着く頃には、涙で前が見えなくなっていた。

不運はさらに続いた。タイヤがパンクしたのだ。もう何年もパンクしていなかったのに、その夜に限って。地元から遠く離れた大都会の真っ暗な道で。

サラはサンアントニオにアパートメントを持っていた。兄と被後見人が留守の間、一人でコマンチウェルズに残りたくなかったからだ。ガブリエルには敵が多かった。彼に恨みを持つ者が自宅まで乗り込んできたこともあった。幸い、その時はガブリエルがうちにいて敵を撃退したが、辺鄙《へんぴ》な場所にある彼の家は安全とは言えなかったのだ。

サラはすぐにレッカー移動を要請した。しかし、今夜はレッカー業者も忙しいようだった。少し時間がかかりますと言われ、彼女は苦笑とともに電話を切った。

　やがて、劇場の方角から一台の車がやってきた。その車はスピードを落とし、彼女のジャガーを追い越したところで停まった。中から長身の男が降り立ち、彼女のほうへ引き返してくる。

　サラは身を硬くして座っていたが、相手の正体に気づき、車の窓を下ろした。

「ひどいところでパンクしたもんだ」ウルフは素っ気なく言った。「来いよ。僕がうちまで送ってやる」

「車だけ残していくわけにはいかないわ。レッカー車はもう呼んであるの。あと数分で着くはずよ」

「じゃあ、それまで僕の車にいればいい。こんな場所に君一人を置いてはいけないだろう」

　サラはほっとした。しかし、素直に感謝の気持ちを表す気にはなれない。

　ジャガーのドアを開けたウルフは、彼女の表情を見て小さく笑った。「敵の力を借りても蕁麻疹《じんましん》は出ないよ」

「本当に？」そう問い返しながらも、サラはあきらめのため息とともに車を降りた。

　ウルフの車はメルセデスだった。サラはメルセデスを運転したことがなかった。しかし、知り合いのメルセデスには何度も乗っていた。

　彼女はしげしげと車内を観察した。窓が普通とは違うみたい。ドアの構造も。

　彼女の様子に気づいて、ウルフはさらりと説明した。「装甲仕様だよ。窓は防弾ガラスだ」

　サラは彼に視線を向けた。「あなたには敵が大勢いるの？　ロケットランチャーを打ち込んできそうな敵が？」

　ウルフは微笑しただけだった。

サラは密《ひそ》かに考察を巡らせた。何カ国もの難しい言語を操る男。もう何年もジェイコブズ郡で暮らしているのに、地元ではあまり知られていない謎多き男。昔は連邦捜査局《FBI》の精鋭集団である人質救出部隊にいたという噂《うわさ》だけど、たぶん今も何か危険な活動に関わっているのね。

ガブリエルはこの人に一目置いているわ。でも、この人について多くを語ろうとはしない。ウルフは安らぎと静けさを求めてジェイコブズビルへ移ってきたと言うだけで。

「あなたと兄は知り合いよね」

「ああ」

サラは運転席に視線を投げた。ウルフは携帯電話を操作し、誰かにメールを送っているようだ。

メールの送信先はデートの相手ね。待たせていることを謝っているんだわ。

サラはウルフを解放したかった。レッカー車は一人でも待てる、自分は平気だと言いたかった。だが、それは虚勢に過ぎない。彼女は闇が怖かった。無防備な時に現れる男が怖かった。そして、そんな自分の恐怖心を憎んでいた。

ウルフは彼女の手元に目をやった。まただ。またバッグを虐待している。

彼は携帯電話をしまった。「僕は噛まないよ」

サラはびくりと体を震わせ、大きく唾をのみ込んだ。「ごめんなさい」

ウルフは水色の目を細くした。彼は意図的にサラを挑発してきた。サラに車をぶつけられ、そっちが悪いとなじられた時からずっと。そして、サラもその挑発に対抗してきた。しかし、今の彼女は違う。ひどく怯《おび》えているように見える。

「なぜそんなにびくついているんだ?」ウルフは静かに尋ねた。

「誰もびくついてないわ」サラは無理に笑顔を作り、

近づいてくる車はないかと周囲を見回した。

「レッカー車ならじきに来るだろう」ウルフは言った。「環状線の外側で玉突き事故があった。さっき携帯をいじっていたのは、その情報をチェックするためだ」

サラはうなずいた。「ありがとう」そう答えた声は震えていた。

ウルフは片方の眉を上げ、冷ややかな口調で問いかけた。「自意識過剰じゃないか？」

サラは驚きに目を丸くして、彼と視線を合わせた。

「なんですって？」

ウルフは冷ややかにその視線を受け止めた。サラは忘れたい過去を思い出させる。純情なふりをして僕をもてあそんだ美しい黒髪の腹黒女を。「君はがちがちに身を硬くしている。僕が襲いかかるとでも思っているのか？」彼の口元に冷笑が浮かんだ。「心配するな。僕は女性に関しては好みがうるさいほうでね。君は完璧に対象外だ」

バッグを虐待していた手が止まった。冷たい笑みを浮かべて、サラは言った。「その言葉、そっくりそのままお返しするわ」

ウルフの頭に血がのぼった。まったく癪に障る女だ。今すぐ放り出して、車を発進させようか？ いや、だめだ。さすがにそれはできない。

サラが車から降りようとした。

「レッカー車が着くまではここにいろ」ウルフはドアにロックをかけ、だしぬけに彼女のほうへ体を傾けた。

サラは弾《はじ》かれたように身を引き、ドアに背中を押しつけた。見開かれた黒い瞳には怯えの色があった。体は引き絞ったロープのように硬くなり、小刻みに震えている。

ウルフが小声で悪態をついた。

サラは唾をのみ込んだ。一度。二度。

いつもこうだわ。相手が強い態度に出ると、虚勢を保てなくなる。相手を見ることさえできなくなる。私は今も過去を引きずっている。過去を乗り越えられずにいる。

背後からヘッドライトが近づいてきた。サラは声を絞り出した。「レッカー車だわ。ドアを開けて」

ドアのロックが解除されると、彼女は転がるようにメルセデスを降りて、レッカー車のほうへ駆け出した。

ウルフも悪態をつきながらあとに続いた。女を威嚇するなんて僕らしくもない。いったいどうしたんだ？　サラが何をした？　ただ怯えた様子を見せただけじゃないか。

「一緒に待ってくれてありがとう。あとは、あの人に送ってもらうわ」サラはうわずった声で礼を述べ、レッカー車から降りてきた年輩の作業員を示した。「車をディーラーへ運ぶ前に、私のアパートメントに寄ってもらうから。じゃあ、おやすみなさい」

作業員がジャガーの連結作業に取りかかった。その間に彼女はレッカー車へ駆け寄り、助手席に乗り込んだ。

レッカー車が走り去ったあとも、ウルフはまだ自分の車のかたわらにたたずんでいた。サラは彼を振り返りさえしなかった。

ガブリエルが帰宅した。数日はうちにいるということだった。サラは兄の食事を作るためにコマンチウェルズへ向かった。

ガブリエルはすぐに妹の沈んだ様子に気づいた。キッチンでコーヒーを飲みながら、彼はさりげなく問いかけた。「どうした、ハニー？」

サラは顔をしかめた。「ヒューストンにオペラを観《み》に行ったんだけど、帰りに車のタイヤがパンクしちゃって」

「それは夜の話か？」ガブリエルは驚いて聞き返した。「なぜ自分で運転したんだ？　なぜリムジンを使わなかった？」

サラは下唇を噛んだ。「少しは成長したいと思って」哀れっぽい笑顔で、彼女は続けた。「でも、難しいわね」

「それで、暗い夜道でレッカー車を待つことになったわけか？　考えただけでもぞっとするね」

「でも、ミスター・パターソンが私に気づいて停まってくれたから。レッカー車が来るまで、彼の車の中で待たせてもらったわ」

「ミスター・パターソン？　ウルフもヒューストンにいたのか？」

「あの人もオペラが好きらしいの。今はこっちでオペラが観られないでしょう」

「なるほど」

サラの表情が曇った。「別に何かされたわけじゃないのよ。彼はただ運転席から私のほうに身を乗り出しただけ。それなのに私……大げさに反応して、彼を怒らせてしまったわ」

「だから、前にも言っただろう」ガブリエルが切り出した。

「私、セラピストは嫌いよ」サラは強い口調で遮った。「最後に会ったセラピストに言われたわ。私は人に同情されたくて、過剰反応してるって！」

「あの男が？」ガブリエルは声を荒らげた。「なぜ僕に言わなかった？」

「兄さんが彼を撃って、刑務所送りになったらいやだからよ」サラは言い返した。

「実際、そうしていたかもな」ガブリエルは吐き捨てた。

サラは呼吸を整え、コーヒーをすすった。「とにかく、セラピーは無駄だったわ」彼女のまぶたが閉じられた。「私はあのことを乗り越えられない。どうしてもできないの」

「世の中にはまともな男もいる」ガブリエルは指摘した。「このジェイコブズビルにも」

サラは厭世《えんせい》的な笑みを浮かべた。「私にはどうでもいいことよ」

ガブリエルは妹が味わった地獄を知っていた。知るきっかけとなったのは、あのレイプ未遂事件だが、実は彼らの継父は以前からサラに色目を使い、ベッドに連れ込もうとしていたのだった。そうした経験に裁判での試練が加わり、サラの心は深く傷ついた。このままでは彼女に明るい未来は望めないだろう。なぜ十三歳の少女がこれほどひどい目に遭わなくてはならなかったのだろうか。

「ずっと一人で生きていくのか」ガブリエルは静かにつぶやいた。「おまえは大の子供好きなのに」

「私は私なりに楽しんでいるわ」

「ネットの世界でだろう」ガブリエルの声にいらだちが混じった。「そんなもの、現実の代わりにはならないよ」

「私に現実での人付き合いは無理なの。それだけは断言できるわ」サラは立ち上がり、兄の額にキスをした。「だから、私の好きにやらせて。じゃあ、アップルパイを作るわね」

「胃袋から懐柔する作戦か」

サラは笑った。「ええ、そういう作戦よ」

次の金曜日、ガブリエルは飼料店に立ち寄った。そこにウルフがやってきた。ガブリエルに気づく前から彼は顔をしかめていた。

「彼女も一緒か？」ウルフが尋ねた。

〝彼女〟が誰を指しているかは明らかだ。ガブリエルは首を横に振った。

「彼女は頭がおかしいのか？」ウルフはたたみかけた。「こっちはレッカー車が来るまで付き合っただけなのに、向こうは今にも襲いかかられそうな態度だった！」

「すまなかったな。妹が迷惑をかけて」ガブリエルは答えをはぐらかした。「最初からリムジンを使わなかったあいつが悪い。次はそうするように言っておくよ」

少しは怒りが収まったのか、ウルフはジーンズのポケットに両手を押し込んだ。「そもそも車をぶつけてきたのは彼女のほうなんだぞ。なのに、彼女は僕のせいだとわめき立てた。以来、ずっとこんな調子だ。勝ち気な女なんてろくなもんじゃない」

「妹には過剰に反応するところがあってね」ガブリエルは曖昧に受け流した。

「黒髪の女は好きじゃないんだ」ウルフは素っ気なく言った。「彼女は僕のタイプじゃない」

「君も妹のタイプじゃないよ」ガブリエルはにやりと笑って指摘した。

「じゃあ、どういうのがタイプなんだ？　木に抱きつくような自然に優しい男か？」

「サラは……男が好きじゃないんだ」

ウルフの眉が上がった。「つまり、女同士のほうがいいと？」

「いや」

水色の目が細められた。「それじゃ答えになってない」

「わかってる」ガブリエルは唇をすぼめた。「だが、これだけは言っておく。もし妹が少しでも君に興味を示したら、僕はすぐさまあいつをアメリカから出国させる。どんな手を使ってでも」

ウルフはガブリエルをにらみつけた。

ガブリエルは穏やかに付け加えた。「仕方ないだろう。僕は今の君に女性を紹介したいとは思えない。まして、うちの妹は。君は過去を引きずっている。いまだに過去にとらわれている」

ウルフは歯を食いしばった。

ガブリエルは相手の肩に手を置いた。「ウルフ、すべての女がイーセラと同じってわけじゃない」

ウルフがあとずさった。

ガブリエルは微笑した。彼は引き際を心得ていた。「で、ゲームの調子はどうだい？」

ウルフはぶら下げられた人参《にんじん》に食いついた。「今度また拡張がある」彼はにっこり笑った。「楽しみだね。今は一緒に冒険する仲間もいるから」

「例の謎の女性か」ガブリエルはくすりと笑った。

「僕が女性と思っているだけだ」ウルフは肩をすくめた。「ゲーム内のキャラクターがプレイヤーに似ているとは限らない。以前、仲間の大人の対応を賞賛したら、僕は十二歳ですという返事が戻ってきた」彼は笑った。「みんな、相手の正体を知らないまま一緒にプレイしているのさ」

「つまり、謎の女性は男という可能性もあるわけだ。子供かもしれないし、本物の女性かもしれない」

ウルフはうなずき、あっさりと言った。「僕は、ゲームに人間関係は求めていない」

「賢明だな」ガブリエルは妹もゲーマーであることには触れなかった。妹を敵に売り渡すことになるからだ。彼はためらい、店の外に視線を投げた。「噂が出回っている」

ウルフは首を巡らせた。「どんな？」

「イーセラが生きていたという噂だ。僕たちが一年以上前から調査を進めてきたことは知っているだろう。エブの部下がブエノスアイレス近郊の小さな農場で彼女を見たと言っている。一緒にいた男にも見覚えがあったと」

ウルフは銃で撃たれたかのように表情を強《こわ》ばらせた。「彼女がそこにいた理由は？　そっちの情報も入っているのか？」

ガブリエルはうなずいた。「復讐《ふくしゅう》だ」ぼそりとつぶやくと、彼は目を細くした。「守りを固めたほうがいいぞ。あの女に喉を切り裂かれる前に」

「法が許すなら、こっちがそうしてやりたいよ」ウルフは苦々しげに吐き捨てた。

ガブリエルはジーンズのポケットに両手を押し込んだ。「僕たちもそう思っている。でも、狙われているのは君だ。もし彼女が本当にまだ生きているのなら」

ウルフは遠いまなざしになった。イーセラのことは思い出したくない。あの女にだまされて、自分はとんでもない過ちを犯した。そのせいで、いまだに悪夢にうなされている。「もう死んだと思っていた。そうであってほしいと願っていたんだが……」

「大蛇はそう簡単には死なない」ガブリエルはつぶやいた。「とにかく気をつけてくれ」

「そっちもな」ウルフは切り返した。

「僕は気をつけている。いつだって」ウルフにサラの過去を話すべきだろうか？　悲劇を防ぐために警告しておくべきだろうか？　でも、ウルフは本気でサラに興味を持っているようには見えない。サラにとって、ウルフは最悪の敵だ。その敵にサラの秘密を教えるわけにはいかない。ガブリエルはそう判断した。その判断がのちのち大きな影響を及ぼすことに、当時の彼は気づいていなかった。

2

ガブリエルが仕事に戻ると、サラはワイオミングの牧場へ移動し、春休み中のミシェルとともにそこで週末を過ごした。ミシェルが大学へ戻ったあとは、サンアントニオの中心街までショッピングに繰り出した。

彼女はまず春物の服を仕入れた。続いて大きな市場へ回り、市場特有の喧噪《けんそう》や匂いを楽しみながら、スペインふうのスカーフを試着した。そして最後に、お気に入りの場所――リバーウォークのカフェの小さなテーブル席に腰を落ち着け、川を行き交う船を眺めた。四月の暖かく爽やかな日だった。カフェの周囲に並べられたプランターでも、花のつぼみがほころびはじめていた。

サラはバッグをテーブルの下に置くと椅子にもたれ、流しのメキシコ音楽の小さな楽団《マリアッチ》の演奏に耳を傾けた。今日の彼女は黒のスラックスを身につけ、ローファーを履いていた。キャンディピンクのブラウスが彼女の美しい肌をいっそう引き立てている。

真後ろの席に二人の男性がやってきた。一人はウルフだった。サラはぎょっとした。そして、急いでカプチーノを飲み干し、バッグと買い物袋をかき集めてレジへ向かった。

「敵前逃亡か？」背後から低い声が聞こえた。

「違います。コーヒーを飲み終わったから出るだけよ」サラは硬い口調で答え、釣り銭を差し出す店員に笑顔で礼を言った。

振り返ると、ウルフが行く手をふさいでいた。水色の瞳にはむき出しの敵意がある。

サラは不安を押しとどめ、あとずさろうとした。

だが、そこにはカウンターがあった。これでは逃げ場がない。黒い瞳が恐怖に見開かれた。

「兄貴はいつ戻る？」

「知らないわ。本人は週末までには戻れそうだと言っていたけど」

ウルフはうなずいた。彼女の顔を見据え、小声で問いただす。「何を恐れている？」

「何も恐れてないわ、ミスター・パターソン。あなたは私のタイプじゃないもの」

「はっきり言うな」

もう限界だわ。サラはウルフを押しのけようとした。その時、ウルフの連れが彼を呼んだ。

ウルフが連れを振り返った。サラはその隙に彼の脇をすり抜け、一目散に逃げ出した。人々の驚きの視線を感じたが、今はそれも気にならなかった。

その週の後半にはバレエの公演があった。サラはバレエにも目がなかった。色彩、衣装、照明。バレエのすべてを愛していた。彼女も子供の頃はバレエを習っていた。一時はプリマ・バレリーナになることを夢見たほどだった。しかし、人生を歩みはじめたばかりの少女にとって、プリマ・バレリーナへの道はあまりに険しすぎた。その道を究めるためには、大きな犠牲を払い、何年も練習を続ける必要があった。

あの頃はよかったわ。サラは家族で幸せに過ごしていた日々をほろ苦い気分で振り返った。パパはまだ生きていたし、ママもそれなりに優しかった。もしパパが亡くならなかったら、私の人生はどうなっていたのかしら？

でも、過去を振り返っても仕方ないわ。これが私の人生なんだから。私はこの人生と向き合っていくしかないんだから。

サラはコンサートホールの最前列に近い席に腰を

下ろし、笑顔でプログラムを眺めた。今夜プリマを務めるリゼットは彼女の知り合いなのだ。リゼットは焦げ茶色の大きな瞳に金色の髪をした背の高い女性で、つらい練習も犠牲もいとわず、バレエに心血を注いできたのだった。

演目も言うことなしね。《白鳥の湖》――あれは衣装がすばらしいのよ。音楽も最高だわ。

サラが期待に胸を躍らせていると、近くで人の動く気配があった。隣にやってきた人物を見て、彼女は心臓が止まりそうになった。

ウォフォード・パターソン――ウルフ。また別の金髪美人を連れているわ。

連れの女性が途中で足を止め、知り合いに声をかけた。ウルフはサラの隣にどかりと腰を据え、彼女の地味な黒いドレスと革のコートに一瞥《いちべつ》を投げた。突進してくる雄牛でも止められそうな鋭い目つきだ。

「僕を追い回しているのか?」

サラは心の中で十まで数えた。手にしたプログラムをねじ曲げながら。

「二週間前ヒューストンで隣り合わせになったばかりなのに、今夜もまた僕の隣に座っている。もし僕が自惚《うぬぼ》れ屋だったら……」ウルフは思わせぶりに語尾を濁した。

サラは彼に視線を向け、ペルシア語で罵倒した。

ウルフも彼女をにらみつけ、同じ言葉で悪態をついた。

「それ、どこの国の言葉?」連れの女性が笑いながら尋ねた。

ウルフがさらに悪態をついた。

サラはそれを無視し、ステージの幕だけを見るようにした。オーケストラの演奏が始まった。

「紹介してくれないの?」ブロンドの女性がサラに気遣うような視線を投げた。

「ああ」ウルフは素っ気なく答えた。「もう幕が上がる」

この場から逃げ出したい、とサラは思った。実際に腰を浮かしかけた。だが、それでは敵の思うつぼだ。だから、彼女は踏みとどまった。《白鳥の湖》の色彩と美しさに意識を集中させ、プリマの登場シーンに胸を熱くした。リゼットは遠目で見ても美しかった。爪先で正確に旋回し、優雅に跳躍した。友人の才能をサラは羨ましく思った。

私もこんなふうになりたかった。こういう美しい衣装をまとって舞台に立ちたかった。でも、今となってはかなわぬ夢ね。大勢の人の前に立つなんて、今の私には想像もできない。あの裁判以来、人前に出ると身がすくんでしまうから。

よみがえった裁判の記憶に、彼女は表情を強《こわ》ばらせた。被告側の弁護人が発した嘲りの言葉。怒りに歪《ゆが》む継父の顔。母親の苦悩。

彼女は気づいていなかった。自分がプログラムをしわくちゃにしていることに。自分の表情が隣に座る客の関心を引き寄せていることに。

ウルフは前にもこういう表情を目にしていた。戦場で。何度となく。虚《うつ》ろな表情。常人には縁のないもの、見てはいけないものを回想する目つき。それは〝千ヤードのまなざし〟――ベテランの戦士たちによく見られる表情だ。

でも、サラ・ブランドンは苦労を知らない。金も美貌も持っている。そんな女がなぜ苦悶《くもん》の表情を浮かべなきゃならないんだ？

ウルフは心の中で笑った。これは男を誘惑する手口だ。男をその気にさせ、懇願させ、男が満足を得たところで笑い飛ばすんだ。軽蔑と嫌悪をあらわにして……。

柔らかな手がウルフの手に触れた。彼の隣でブロンドの女性が眉をひそめていた。

ウルフは気を引きしめた。サラから視線を引き離し、連れの女性にほほ笑みかける。彼は平静を装った。だが、心中は穏やかではなかった。サラは彼に過去を思い出させた。恐ろしい出来事、耐えがたい出来事を思い出させた。サラは彼が憎む女性の要素をすべて持っていた。

それでも、彼はサラが欲しかった。サラのしなやかで優雅な体を見るだけで、眠っていた欲望が目を覚ました。イーセラに裏切られてからは、女に欲望を感じられなくなっていたのに。どんな女も信じられなくなっていたのに。

ウルフの心の奥には、今もあの嘲りと笑い声が残っていた。彼は自分の欲望をコントロールできなかった。イーセラはそれを面白がった。彼をもてあそび、苦しめた。そして、ベッドで彼を辱めることに飽きると、彼をだまして自分の復讐《ふくしゅう》の道具にした。

ウルフは目を閉じて身震いした。逃れられない過去。僕はいまだにその過去に苦しめられている。あれはもう終わったことだ。でも、このままでいいわけがない。少なくとも、イーセラは罪を償うべきだ。彼女は逮捕される前に国外に逃亡した。それきり一年以上も消息が途絶えていた。だから、僕はついに報いを受けたんだと、彼女は死んだんだと思っていた。でも、そうじゃなかった。彼女はまだ生きている。今も僕を狙っている。僕は安らぎを知らずに生きていくしかないのか。命が尽きるその日まで。

「ウルフ」ブロンドの女性が彼の拳《こぶし》に手を重ねた。「ウルフ！」

サラも遅ればせながら異変に気づき、隣の席に目をやった。ウルフの顔にあったのはいつもの敵意に満ちた表情ではなく、苦悩の表情だった。

ブロンドの女性がウルフを落ち着かせようとしていた。ウルフは身を強ばらせ、椅子の肘掛けを握りしめていた。

「ミスター・パターソン」サラは小声で話しかけた。「大丈夫？」

　ウルフは記憶を振り払い、苦痛のにじむ瞳で憎々しげに彼女をにらみつけた。「よけいなお世話だ！」

　全身に力が入っている。今にも殴りかかってきそうだわ。サラは下唇を噛《か》み、青ざめた顔で舞台に視線を戻した。敵を気遣った自分の愚かさを責めながら。

　ウルフは記憶と闘っていた。だが、サラがそばにいると、忘れてしまいたい記憶が次から次へとよみがえった。彼はペルシア語で悪態をつき、席を立って出口へ向かった。ブロンドの女性がサラに目を向けた。彼女は詫《わ》びるように顔をしかめ、寂しげな笑みを残して、ウルフのあとを追っていった。

　サラはウルフの苦しげな表情が気になっていた。忘れようとしても、記憶から消し去ることができなかった。

　ウルフは私をにらみつけたわ。憎しみをむき出しにしたまなざしで。でも、あの憎しみは私に向けられたものじゃないのかもしれない。私に似ている誰かに向けられたものかもしれない。

　彼女は寂しげに微笑した。私はつくづく運に見放されているのね。生まれて初めて男性に心がときめいたのに、誰かに似ているという理由でその男性から嫌われるなんて。たぶん、昔の恋人よ。ウルフはその誰かを愛し、失ったんだわ。

　まあ、考えても仕方のないことよ。私がウルフと二人きりになったのは一度だけ。それも、彼がちょっと近づいただけで、私はばかみたいにうろたえて逃げ出した。あの夜のことを思い出すと、いまだに顔から火が出そうになるわ。私がなぜあんな行動を取ったのか、ウルフには理解できないでしょうね。でも、理由は言えないわ。口が裂けても。

その夜遅く、サラはパジャマに着替えてベッドに入った。そして、ベッドの上でノートパソコンを広げ、いつものゲームを始めた。

彼女はプレイ中の友人に声をかけた。

〈ハイ〉

レッドナハトが答えた。彼はいつもより言葉少なだった。

〈取り込み中？〉

一分ほどしてから返事があった。

〈別に。いやなことを思い出して〉

〈その気持ち、よくわかるわ〉

一瞬の間を置いて、レッドナハトは尋ねた。

〈話してみる？〉

サラは苦笑した。

〈話しても無駄。バトルでもどう？〉

レッドナハトは笑った。彼女を仲間に加えて、バトルの始まりを待った。

その間にサラは書き込んだ。

〈人生ってなぜこんなにつらいの？〉

〈なぜだろうね〉

〈私は過去から逃れることができない〉

すべてを打ち明けることはできないけど、少しなら話せる。私にとって、レッドナハトはたった一人の本当の友達だから。リゼットも友達は友達よね。いい人だし、優しいし。でも、彼女はおしゃべりする暇もないくらい多忙な人だから。

一分後、レッドナハトが書き込んだ。

〈僕も。悪夢にうなされる？〉

〈しょっちゅう〉

〈僕も〉

少しためらってから、レッドナハトは付け加えた。

〈ポンコツ人間さ〉

〈私も〉

〈ポンコツ同士か（笑）〉

サラは微笑した。

〈コーヒーが飲みたいわ〉

〈いいね。僕が用意して、メールで一杯送ろう〉

サラはくすりと笑った。現実のレッドナハトはどんな人なのかしら？　男性？　女性？　まさか子供とか？　でも、そんなことはどうでもいいわ。短い言葉を交わすだけの関係だとしても、話し相手がいるのはすばらしいことよ。

レッドナハトはバトル開始前に戻ってきた。

〈ボイスチャットをやらないか？　じかに話せるように？〉

〈ノー〉

彼女の心臓が止まりそうになった。

〈なぜ？〉

サラは唇を噛んだ。ゲームに現実を持ち込んだら、夢が壊れてしまう。私は知りたくない。レッドナハトの年齢も性別も。でも、そのことをどうやって説明したらいいの？

〈怖いのか？〉

サラはためらいながらキーをたたいた。

〈イエス〉

〈わかった〉

〈いいえ、あなたはわかってない。私は人が苦手なの。人と親しくするのが……好きじゃないの〉

〈僕も同じだ〉

〈ゲームの中だと、そうでもないけど〉

〈ああ〉

レッドナハトが遠慮がちに問いかけた。

〈君は女性？〉

〈イエス〉

〈若い？〉

〈イエス？〉

少し間を置いて、サラも質問した。

〈あなたは？　男性？〉

〈もちろん〉

〈結婚は？〉

〈してない。たぶん一生しない。君は？〉

〈してないわ〉

答えてから、サラは笑顔で付け足した。

〈たぶん一生しない〉

〈職業は？〉

ここは嘘《うそ》をつくしかないわ。

〈美容師。あなたは？〉

相手は明らかにためらった。

〈危険が伴う仕事だ〉

彼女の心臓がどきりと鳴った。

〈警察官？〉

〈爆笑。なぜそう思った？〉

〈とても誠実な感じがするから。あなたはずるをしない。困っているプレイヤーを見捨てない。レベルの低いプレイヤーがいたら、必ず力になってあげている〉

長い沈黙があった。

〈君もそうだ〉

サラは頬を緩めた。

〈ありがとう〉

〈ポンコツ同士、団結しよう〉

彼女はうなずいた。

〈いいわね……団結〉

〈だろう？〉

ゲームの世界に新たなぬくもりが加わった気がするわ。もちろん、これはまやかしよ。私は美容師じゃない。レッドナハトも警察の人間とは限らない。

だとしても、それはそれでいいじゃない。二人がじかに顔を合わせることは絶対にないんだから。私は人生の出だしでつまずいた。過去から逃れようとあがいているけど、一生このままかもしれない。でも、ネットの世界でなら人と交われる。現実では気が合わないかもしれない相手とでも関係を築ける。歪んだ関係かもしれないけど、私にはそれで十分よ。

　バトル開始の合図が出たのを見て、レッドナハトが声をかけた。

〈行くぞ〉

〈お先にどうぞ〉

　サラはジョークで答え、彼と足並みを揃《そろ》えてバトルグラウンドへ突入した。

　サラは公園のベンチに座り、鳩《はと》に餌を与えていた。厚かましい生き物を増長させるのは愚かな行為かもしれない。しかし、彼女にはひとりぼっちのランチで食べ残したパンがあった。それに、足元で餌をついばむ鳩たちを眺めていると、なぜか心が安らいだ。

　今日の彼女はジーンズに緑のVネックセーターを合わせ、アンクルブーツを履いていた。長い黒髪を三つ編みにまとめているせいか、いつも以上に若々しく見えた。化粧は軽く口紅を塗っているだけで、ほぼ素顔に近い状態だった。

　ウルフは強い葛藤とともに彼女を見つめた。まるでサラが二人いるみたいだ。喧嘩《けんか》腰の勝ち気なサラ。傷つき怯《おび》えたサラ。いったいどっちが本当のサラなんだろう？

　彼は罪悪感にさいなまれていた。バレエ公演の夜はサラにひどい言葉を吐いたが、あれは本心ではない。彼をむしばむ記憶がやらせたことだ。イーセラはまだ生きている。今も何かを企《たくら》んでいる。その情報は彼を不安に陥れ、忘れたい過去を思い出させた。イーセラの記憶。おぞましい記憶。サラはその記憶をよみがえらせるのだ。

　視線を感じて、サラはわずかに首を巡らせた。一メートルほど離れた場所にウルフが立っている。顔をしかめ、ポケットに両手を突っ込んで。サラの動きが止まった。パンのかけらを袋から取り出しかけたまま。彼女は無言でウルフを見返した。大きな黒い瞳には怯えの色がある。

ウルフは距離を縮めた。「前に鹿を撃ったことがある」彼は静かにつぶやいた。「君はあの鹿によく似ている。銃弾を待っているような感じが」

サラは頬を赤らめ、視線を落とした。

「僕は狩りは卒業した」彼女のかたわらに立って、ウルフは続けた。「人間狩りを経験したから。血はもうたくさんだ」

サラは下唇をきつく噛んだ。

「心配するな」ウルフの声はかつて聞いたことがないほど優しかった。「僕は君を傷つけない」

サラは身を震わせ、弱々しい声で笑った。彼女はそれと同じ台詞《せりふ》を何度となく聞かされていた。彼女を狙い、狩ろうとする男たちから。

ウルフは彼女の前に片膝をつき、強引に視線を合わせた。「真面目な話だ。僕たちは犬猿の仲かもしれない。でも、僕は肉体的に君を傷つけるような真《ま》似《ね》は絶対にしない」

サラは唾をのみ込み、彼の視線を受け止めた。そのまなざしには恐怖と苦痛の記憶が感じられた。

ウルフは目を細くした。当て推量で鎌をかけてみたが、図星だったか。「誰かが君を傷つけたんだな。男が」

サラは否定しようとした。だが、言葉が出てこない。彼女は両手を握りしめた。指関節が白くなるほどきつく。

その頼りなげな様子がウルフの胸を締めつけた。

「僕には美しいものを傷つけようとする男の気持ちがわからない。そんなに残虐な男がいるなんて想像もできない」

サラの唇が震えた。抑えきれなかった涙が目尻からこぼれる。

「ごめん。悪かった」ウルフは吐き捨てるように言った。

サラは息を吸い込み、腹立たしげに涙を拭った。

「敵に情けをかけるの？」

ウルフは微笑した。黙って泣かれるよりは敵意をむき出しにされたほうがはるかにましだ。「休戦しないか？」

サラは水色の瞳をのぞき込んだ。「休戦？」

ウルフはうなずいた。「ほら、君のせいで鳩が動揺している。飢えた哀れな生き物を怯えさせたくないだろう？」

認めたくはなかったが、彼自身も動揺していた。改めて己の言動を悔いていた。

僕はサラにひどいことを言った。でも、あの時は知らなかったんだ。サラが心に傷を負っていることを。彼女の強気な態度の裏にこんな弱さが隠されていることを。

サラはわずかに背筋を伸ばし、またパンのかけらを放った。鳩たちは歓声をあげてパンに群がった。

「こんなところを警察に見られたら、逮捕されそうね。鳩はみんなに嫌われているもの」

ウルフは立ち上がり、彼女から少し距離を置いてベンチに腰かけた。「僕は好きだよ。ちゃんと料理された鳩なら」

サラはくすりと笑った。黒い瞳が闇にともされた炎のようにきらめく。

「以前、仕事でモロッコにいた時に食べたんだ」

「私も食べたわ。タンジールの丘に立つ、すてきなホテルで」

「〈エル・ミンザ〉か」ウルフは即答した。

サラの手が袋の中で止まった。「ええ。そうだけど」

「あそこにはムスタファという名前の運転手がいた

な。でかいメルセデスを運転していた」ウルフはにやりと笑った。

　サラも笑った。笑顔の彼女は別人のようだった。いつも以上に美しかった。「私はその車で町外れの洞窟まで案内してもらったわ。バルバリア海賊が略奪品を隠していた場所へ」

「君一人で？」

「そうよ」

「君はいつも一人なんだな」ウルフは考える表情でつぶやいた。

　サラはためらった。それからうなずき、鳩の餌やりを再開した。「私……人付き合いが苦手なの」

「僕もだ」

　彼女は一握りのパンくずを投げた。「あなたもあの目つきをするのね」

「なんだって？」

「兄もそうなの」視線を逸《そ》らしたまま、サラは言った。「〝千ヤードのまなざし〟と呼ばれているんでしょう？」

　ウルフは答えなかった。ただ頭を傾《かし》げ、細めた目で彼女の表情を探った。

　その視線に気づき、サラはひるんだ。そして頬を赤らめ、そわそわと身じろいだ。「ごめんなさい。私ったらまたよけいなことを言って。あなたの前だと、どうも落ち着かないのよ」

　ウルフは短く笑った。「僕はロシア軍か」

　サラがきょとんとした顔で見返した。

　彼はサラの黒い瞳をのぞき込んで説明した。「君は一歩も引かずに反撃する。たいした根性だ」

　サラは目を逸らした。「あなたもそうよ」

「長年の習慣だ」

　彼女はまたパンくずを放った。パンくずはもうほとんど残っていない。「あなた、本当は女が好きじゃないんでしょう？」思わず口走ってから、頬を真っ赤に染めた。「ごめんなさい！　私は別に——」

「そうだ」ウルフは彼女の言葉を遮った。水色の瞳からぬくもりが消えていた。「僕は女が好きじゃない。特に黒髪の女は」

「私が悪かったわ」サラは視線を合わせずに謝った。「言ったでしょう。人付き合いは苦手だと。私は言葉を飾る方法を知らないの」

「本音で話すのは悪いことじゃない。じゃあ、今度は僕の番だ」彼女が視線を合わせるのを待って、ウルフは続けた。「君は過去にどこかの男に傷つけられた。ひどい身体的な暴力を受けたんだ」

　パンくずの袋が飛んだ。サラは自分の体に両腕を巻きつけて身震いした。

　ウルフはサラを引き寄せたい衝動に駆られた。彼女を抱擁し、慰めたいと思った。

　しかし、彼が距離を詰めると、サラは弾《はじ》かれたように立ち上がり、うなだれた。

「どうした、サラ？　何があった？」

　彼女は唾をのみ込んだ。一度。そしてもう一度。

「それは……言えないわ」

　だったら、彼女の兄から聞き出すまでだ。よけいなお世話かもしれないが、こんなふうに引きこもって生きるには彼女はきれいすぎる。

　ウルフもベンチから立ち上がった。二人の距離を保ったまま、穏やかに語りかける。「君はセラピーを受けるべきだ。今の状態じゃ、生きているとは言えないだろう」

「セラピーを受けるべきですって？」サラは鼻で笑った。「そういうあなたはどうなのよ？」

　ウルフの顔から表情が消えた。「僕がなんだ？」

「この前のあなたは普通じゃなかったわ。自分では気づいてないかもしれないけど……」

　ウルフは顎をそびやかした。「今は君の話をしているんだ」

「あなたも何かあったのね」サラはなおも食い下がった。「私はあの衝突事故のせいであなたに嫌われていると思っていた。でも、そうじゃなかった。私はある人に似ている。私を見るとその人のことを思い出す。だから、あなたは私が嫌いなんだわ」

ウルフの顔は石のように強ばっていた。大きな手が拳に握られている。

「あなたは……その人を愛していた」

水色の瞳が氷の刃《やいば》となってサラの顔に突き刺さった。

「くそっ」ウルフは小声で悪態をつくと、背中を向けて歩き出した。

サラはその背中を見送った。少しだけわかってきたわ。ウルフにもつらい過去があったのよ。今も過去に縛られて苦しんでいるのよ。あの目つき。彼はその女性を愛していたのね。

その女性は亡くなったのかしら？　それとも、彼を捨てて、別の男を選んだのかしら？　理由はどうであれ、彼は今も過去にとらわれている。私と同じように、過去を引きずっている。

私たちはポンコツ同士というわけね。サラは寂しげにほほ笑んだ。そして落ちていたパンくずの袋を拾い、近くのゴミ箱に放り込むと、自分のアパートメントへ引き返した。

その週末、ガブリエルが戻ってきた。疲れているのか、彼の表情は暗い。

「仕事が大変だったの？」サラは尋ねた。

兄妹《きょうだい》はコマンチウェルズの牧場にいた。彼女がここに泊まるのは兄がいる時だけだ。町から離れた土地で一人きりになることを彼女は恐れていた。

「最悪さ。油田がらみで次々と問題が発生してね。テロリスト。誘拐。例によって例のごとしだ」ガブリエルは笑顔で聞き返した。「そっちは？」

　口調はぞんざいだが、妹に向けた彼のまなざしには鋭さがあった。

「私も……例によって例のごとしよ。なぜそんなことを訊《き》くの？」

「ウルフから電話があった。おまえの身に何があったのか、なぜ自分が近づくとおまえは逃げるのかと尋ねられた」

　サラの心臓が飛び上がった。彼女は憤然として切り返した。「あの人には関係ないことよ」

「ウルフはタイヤがパンクした時のことを気にしていた。おまえが逃げるようにレッカー車に乗り込んだことを。公園でのやり取りも気にしていたな。自分が近づくと、おまえが怯えた様子になったと」

「それは向こうが不愉快な皮肉屋だからよ。ああいう男には我慢がならないわ！」

　ガブリエルは目を細くした。「それで兄をだませると思うか。おまえは彼に惹《ひ》かれてるんだよ」

　サラの頬が赤く染まった。

　ガブリエルは大きく息を吸い込んだ。「ウルフは地獄を味わった。おまえに似た女のせいで」一分ほど沈黙してから彼は続けた。「ウルフは悪いやつじゃない。わざとおまえを傷つけることはないだろう。でも、意図せずにそうなる可能性はある。彼は古傷を抱えているんだ。悪い古傷を」

「理由は教えてくれないの？」

　ガブリエルは首を横に振った。「個人的なことだからな」

「そう」

「彼は女たちからひどい仕打ちを受けてきた。実の母親にも嫌われて」

「なんですって？」

「彼女は子供を望んでいなかった。でも、夫の希望でウルフを出産した。その夫が亡くなると、彼女は育児を放棄した。ウルフは母親の友人たちの間でたらい回しにされた。ある家庭では、アルコール依存症の養父に殴られた。当局はウルフを実母のもとへ戻そうとしたが、母親は笑い飛ばしただけだった。洟《はな》垂れ小僧に用はない、もともと欲しくて産んだわけじゃない、と言って」

　サラは椅子に腰を下ろした。だんだんのみ込めてきたわ。ウルフはそういう過酷な状況で育ってきたのね。

「それでも、彼は道から外れることなく、法執行の仕事に就いた。たしか、ＦＢＩにいたんでしょう？」

　ガブリエルは舌先まで出かかった答えをのみ込んだ。「始めはサンアントニオで警官をやっていたんだ。そこから転職して、あちこちの政府機関を渡り歩いた。でも、この土地に来て、牧場を買ったのを機に足を洗ったみたいだね」

「小さい町には不向きな人に見えるけど」

「ただの小さい町とは違うぞ。ウルフには敵がいる。でも、ジェイコブズビルは傭兵《ようへい》と元軍人の宝庫だ。ここには彼の友人が大勢いる。僕も含めて」

　サラは眉をひそめた。「敵？」

「危険な敵だ。前にも一度彼を狙った」

「誰かが彼を殺そうとしたの？」サラはショックを受けた。そして、そんな自分の反応にうろたえた。ショックを受けたということは、それだけウルフを気にしていることにほかならないからだ。

「ああ。つまり、彼は動く標的なんだ。彼に近づく者も巻き込まれる可能性がある」ガブリエルは妹の手に自分の手を重ねた。「おまえはもう十分苦しんだ。だから、ウルフには近づくな」

　サラは唇を噛んだ。

　慎重に言葉を選びながら、ガブリエルは続けた。

「サラ、おまえがどう思っているかは知らないが、いい結果は期待できないよ。おまえが過去を引きずっているように、ウルフも過去を引きずっている。そんな二人が付き合っても、お互いを傷つけるだけだ」

「そうね」

「男と付き合ったことのないおまえに、ウルフは勧められない。彼はおまえの過去を知らない。僕からは話していないし、おまえも話すつもりはないんだろう？　彼は欲望に忠実な男だ。おまえにその欲望を受け止められるとは思えない。わかるな？」

サラは唾をのみ込んだ。「ええ」

「残念だが、それが現実だ」

彼女は一つ深呼吸をすると、無理に笑顔を作って話題を変えた。「ケーキでも食べない？　私、チョコレートケーキを焼いたのよ。お兄さんのために」

ガブリエルも笑顔になった。「喜んでご馳走《ちそう》になろう」

3

兄ガブリエルの言葉を思い返すたびに、サラは深い悲しみを感じた。自分でも気づかないうちにウルフに惹《ひ》かれはじめていたからだ。公園でひざまずいた彼に優しく話しかけられた時は、凍った心がとけていくような気がした。しかし、彼女にはわかっていた。兄の言葉は間違っていない、自分にウルフのような男は受け止められないと。

〝欲望に忠実な男〟そうガブリエルは表現したわ。ということは、ガブリエルはウルフのことをよく知っているのね。ウルフの女性関係も含めて。

別に意外じゃないわ。ウルフは魅力的な人だもの。私にいやみを言っている時を別にすれば、愛想だって悪くないし。彼が連れていたブロンドの女性たちも、みんな彼に夢中って感じだった。ブロンド。いつだってブロンド。ウルフは黒髪が嫌いなのよ。私みたいな黒髪が……。

考えれば考えるほど、心の痛みは増すばかりだった。サラは長年学問に打ち込んできた。外国語を学び、世界を巡り、おぞましい記憶から逃れようと努力してきた。実際、昼間は過去を忘れていられることもあった。しかし、夜は悪夢にうなされ、悲鳴とともに目を覚ますことが多かった。

昼間にはいい治療法があった。得意の乗馬だ。サラは馬が大好きだった。ブラック・シルク――兄が所有する馬の中で最も足の速い去勢馬と一体となって草地を駆けていると気持ちが高揚した。一時的に苦痛を忘れ、心安らぐことができた。

ブラック・シルクは彼女と同じ自由な精神を持つ馬だった。サラはその背に鞍《くら》をつけ、馬具が固定されていることを確認した。優雅な仕草で鞍にまたがり、全力疾走で草地へ飛び出した。鞍にしがみつき、長い黒髪をなびかせながら、彼女は笑った。その光景は一幅の絵のようだった。

しかし、車で通りかかった男はその光景に恐怖しか感じなかった。

無茶な乗り方をしている！　首を折ったらどうするつもりだ？

彼はアクセルを踏み込み、草地の外れにメルセデスを走らせた。そしてフェンスに横付けにすると、エンジンを切るなり運転席から飛び降りた。

サラはフェンスの横で馬の足を止めた。思わぬ人物の出現に、彼女もショックを受けていた。ブラック・シルクが水飲み場へ歩み寄り、喉を潤しはじめた。その間も、サラは鞍の上に留《とど》まった。すると、ウルフがフェンスを乗り越え、険しい形相で近づいてきた。

「馬から降りろ」彼は有無を言わさぬ口調で命令した。

サラは無言で視線を返した。

ウルフはサラの華奢《きゃしゃ》な体を鞍から引きずり下ろした。彼女を宙に抱きかかえ、驚きに見開かれた黒い瞳をにらみつける。

「この考えなし！　死んでいたかもしれないんだぞ！」

「でも……私はいつもあんな感じで……」サラの言葉が途切れた。

ウルフの顔には血の気がなかった。水色の瞳は花火のようにぎらついている。彼はサラの顔に視線を落とした。大きな黒い瞳を、柔らかな曲線を描く唇を見つめるうちに、身震いするほどの欲望がこみ上げてきた。彼はうなり、ためらうことなくその唇にキスをした。

サラが身を硬くした。それを感じながらも、ウルフはキスを続けた。だが、キスをすればするほど、サラの体は強《こわ》ばる一方だった。そこで彼はようやく気づいた。自分がサラを怯《おび》えさせていることに。

　彼は欲望にブレーキをかけ、優しくじらすようなキスで柔らかな唇をもてあそんだ。

「怖がらないで。僕は君を傷つけない。唇を開いてごらん。僕に君を味わわせて……」

　こんな気持ち、初めてだわ。サラはたくましい首にしがみつき、震えながらもキスを受け入れた。キスをされるのは何年ぶりかしら。あの悪夢とは全然違う。官能的な固い唇。ウルフはキスが上手なのね。彼女はわずかに体の力を抜いた。悪い気分じゃないわ。とても……いい感じ。

　数秒後、ウルフが顔を上げ、黒い瞳をのぞき込んだ。「君はキスのやり方も知らないのか」半ばあきれたような口調で言う。

　サラは唾をのみ込んだ。唇にはウルフの味が残っていた。コーヒーとミントが混じったような味が。

　ウルフは再び唇を近づけた。そっとサラを引き寄せ、かすかに笑みをもらした。サラが抵抗しなかったからだ。

「こうやるんだよ」彼はゆっくりと唇を動かし、軽くかすめるようなキスを教えた。

　サラはどぎまぎしながら彼の真似《まね》をした。ウルフは最悪の敵よ。私は今その敵にキスをさせている。それだけじゃないわ。私も彼にキスをしている。彼の唇。まるで蜂蜜みたい……。

「そうだ、ベイビー」ウルフはささやいた。「そう。そんな感じ……」

　彼は両腕に力をこめ、キスで柔らかな唇をこじ開けた。全身が強ばってくる。これほど強烈な感覚にとらわれたのは、いつ以来だろう。サラの唇は甘い。これまでに味わった、どんな蜂蜜よりも。

　サラは彼の腕の中で力強さを感じた。ぬくもりを感じた。生まれて初めて知る衝撃に全身を貫かれ、彼女は小さなうめき声をもらした。

その声がウルフの欲望を燃え上がらせた。彼はいきなり二人の体を密着させた。

とたんにサラは身を硬くした。

ウルフはしぶしぶキスをやめた。ショックに見開かれた黒い瞳。今はそこに怯えが加わっている。僕の胸を押し返す硬い胸の頂。サラは自分の反応に気づいているんだろうか？　気づいたうえで、うぶなふりをしているんだろうか？

彼は顎をそびやかし、素っ気ない口調で尋ねた。

「男と付き合ったことは？」

サラは嗚咽《おえつ》に似た声をあげ、必死に彼の体を押しやろうとした。「下ろして。下ろしてよ。お願いだから！」

ウルフは彼女を地面に立たせた。

サラは苦痛のにじむまなざしで彼を見上げた。

なぜ怯える？　いったい僕が何をした？　彼女が無茶な真似をしていたから、心配してやっただけじゃないか。

「君の男関係はどうでもいいが」ウルフは吐き捨てた。「演技力には脱帽だ」

サラはなんとか声を出した。「演技力？」

ウルフの口元に冷たい嘲りの笑みが現れた。「その怯えたヴァージンみたいな態度さ」不愉快な記憶がよみがえり、彼はポケットに両手を押し込んだ。

あの時も始まりはこんなふうだった。純情なふりをして、僕をその気にさせたもう一人の黒髪の女。あの女は僕を苦しめ、僕の人生を破壊した。

サラは寒気に襲われ、自分の体に両腕を巻きつけた。厳密に言えば、彼女は今もヴァージンだ。しかし、それは兄が助けに来るまで継父を食い止めてくれるものがあったおかげだった。

サラはまぶたを閉じ、こみ上げてくる吐き気と闘った。事件は彼女の部屋で起きた。無駄と知りつつも、彼女は助けを求めて悲鳴をあげた。母親は買い物に出かけていた。ガブリエルは学校に行っていた。もし彼が早退して帰ってこなければ、どうなっていただろう？

サラは身震いした。

そんな彼女をウルフは葛藤とともに眺めていた。今この場でサラを押し倒したい。でも、これは間違いなく演技だ。旅慣れたこの年頃の女がキスを怖がると思うか？　サラはずっと芝居をしてきた。オペラの夜は僕の車の中で。先日は公園で。そして、今ここでも。彼女は僕を誘惑しようとしている。怖がるふりをして僕を油断させ、いきなりナイフを突き立てようとしている。イーセラがそうしたように。

イーセラ。ウルフは目をつぶり、心の中でうなった。僕が愛した女。僕を地獄に陥れた女。

サラは再びブラック・シルクにまたがった。ウルフには目もくれなかった。

「私は三つの年から馬に乗ってきたの。以前はロデオもやったわ。馬の扱い方は心得ているのよ」

「なるほどね」ウルフは笑みを返した。自嘲を込めた傲慢な笑みを。「ちなみに、僕は黒髪は好きじゃない。君も気づいているだろうが、僕のデートの相手はすべてブロンドだ」

サラは返事をしなかった。

「怯えたヴァージンのふりはもう通用しない。もっと斬新な作戦を考えろ。僕は古狐《ふるぎつね》だ。女のことはわかっている」

サラの背筋に寒気が走った。彼女は顎をそびやかした。「おあいにくさま、ミスター・パターソン。私は火遊びには興味がないの。少なくともあなたとの火遊びには」

ウルフは微笑しただけだった。「だとしたら、君はラッキーだ」

忘れなさい。彼に優しくされたことは。サラは手綱を握りしめた。不意によみがえった兄の言葉が彼女をたじろがせた。ウルフは母親からひどい仕打ちを受けた。大人になってからも、また別の女性に傷つけられた。だから、こんなに疑《うたぐ》り深い人間になったのね。私も人が信じられない。でも、彼にその話はできないわ。彼は私を嫌っている。それなのに、なぜ私にキスをしたの？　急に熱くなったかと思うと、また以前の冷たい彼に逆戻り。さっぱり理解できないわ。

ウルフはしげしげと馬を眺めていた。

「何か問題でも？」サラは冷ややかに問いかけた。

「箒《ほうき》が故障したのか？」

サラの黒い瞳が稲妻のようにきらめいた。「ここに箒があったら、あなたをぶってやれたのにね！」

「僕をぶって、ただですむとは思ってないよな？」

ウルフの声は低く、愛撫《あいぶ》するような響きがあった。水色の瞳は官能的で、固い唇には見透かしたような笑みが浮かんでいる。

彼が何を考えているのか、サラには手に取るようにわかった。まずは箒を奪い、彼女を腕の中に引き寄せて……。

サラは唾をのみ込み、心をざわつかせている欲望と闘った。

「もう帰らなきゃ」彼女は馬の首を巡らせた。

「空飛ぶ猿に餌をやる時間か？」

サラはいったん開いた口を閉じ、真っ赤な顔で走り去った。

ガブリエルはパーティ全般が好きではなかった。ただし、どんなものにも例外はある。ジェイコブズビルでは、動物保護施設のために年に何度か資金集めのイベントが開かれていた。市民会館でおこなわれるダンスパーティには、住民全員が参加するのが恒例になっていた。

サラは兄と二人でパーティに出かけた。ミシェルはサンアントニオで採用面接があったため、サラのアパートメントに残っていた。

その夜のサラはこの上なく美しく見えた。オフホワイトのくるぶし丈のドレスが、彼女の淡いオリーブ色の肌と黒い瞳によく似合っていた。彼女は長い黒髪をそのままにしていた。アクセサリーも真珠のネックレスとイヤリングしかつけていなかった。

そんな彼女にウルフは憎しみの目を向けた。ベルリンのナイトクラブをはしごした夜、イーセラが同じようなドレスを着ていたからだ。結局、そのドレスを脱がせたのは彼だった。イーセラは彼を誘惑した。彼を愛している、彼が欲しいとささやいた。そのあげく、彼を愚弄し、こけにしたのだった。

サラはウルフの表情に気づいた。戸惑いとともに目を逸《そ》らし、単身でパーティに参加していた年配の牧畜業者にほほ笑みかけた。

老人は彼女をからかった。「君は若くてきれいなんだから、こんな老いぼれとぼやぼやしてちゃいかん。あっちで踊っておいで」

ソフトドリンクを飲みながら、サラは寂しげにほほ笑んだ。「私、ダンスはしないの」

踊れないわけじゃないわ。でも、踊るためには男の人に近づかなくてはならない。今の私にはそれができないの。

「そいつはもったいない。我らが警察署長に教えを請うべきだ」老人はくつくつと笑って、ダンスフロアを身ぶりで示した。フロアの上では、キャッシュ・グリヤが美しい赤毛の妻ティピーと華麗なワルツを披露していた。

「私なんて。自分の足につまずいて、誰かを死なせるのが落ちよ」サラは小さく笑った。

「やあ、サラ」エブ・スコットの部下の一人であるテッドが彼女に声をかけてきた。緑色の目をした背の高いハンサムな男だ。サラは彼を知っていた。兄の招きで二度ほど家に来たことがあったからだ。

「僕と踊らないかい？」

「ごめんなさい」サラは笑顔で断った。「私、ダンスは……」

「僕が教えてやるよ。ほら」相手はソフトドリンクを取り上げ、彼女の手をつかんだ。

サラは激しく反応した。真っ赤な顔であとずさり、手を引っ込めようとした。「テッド、やめて」

しかし、テッドは飲みすぎていて、彼女の反応に気づかなかった。「まあ、いいじゃないか。一曲だけ！」

テッドの襟首をつかみ、サラから引き離したのはウルフだった。

「彼女は踊りたくないと言っている」ウルフは言い渡した。テッドの酔いが吹き飛ぶほどの凄《すさ》まじい剣幕だった。幸い、彼らは壁のくぼみにいたので、人目を引くことはなかった。

ウルフの顔色をうかがいながら、テッドはしどろもどろで謝った。「参ったな。ごめん、サラ」

「いいのよ」サラはかすれた声で答えた。しかし、彼女の両手はまだ震えていた。

テッドは顔をしかめ、ウルフに向かってうなずくと、その場から立ち去っていった。

サラは何度も唾をのみ込んだ。それでも体の震えは止まらない。ほんの少しでも男から手荒な真似をされると、こうなってしまうのだ。

「おいで」ウルフが脇のドアを示しながら静かに言った。

サラは彼のあとに従った。外は寒かった。しかし、彼女のコートは建物の中に残されたままだった。

ウルフはジャケットを脱ぎ、彼女のむき出しの肩にかけた。ジャケットは彼の体温でぬくもっていて、男らしいスパイスの香りがした。

「あなたが風邪をひくわ」サラは抗議した。

ポケットに両手を入れて、ウルフは肩をすくめた。

「僕はそんなに寒くないから」

二人は周囲の景色に目を向けた。市民会館を囲む草地の先には林が広がっていた。静かな夜だった。どこかで犬が遠吠《とおぼ》えしていた。空には三日月がかかり、地上に淡い光を投げかけていた。

「ありがとう」サラは視線を逸らしたままつぶやいた。

ウルフは長々と息を吸った。「あいつは酔っていた。次に君と会う時はちゃんと謝罪するだろう」

「ええ」

一分ほどして、ウルフは言った。「君は本当に男に関して問題を抱えているんだな」

「違うわ。そういうわけじゃ……」

彼はいきなりサラに向き直った。

サラは思わずあとずさった。

ウルフは冷めた声で笑った。「違う？」

サラは唇を噛《か》み、目を伏せた。「自分では立ち直れると思っていても」疲れた口調で彼女はつぶやいた。「過去は必ずついてくる。どんなに速く走っても、どんなに遠くまで逃げても、過去を振り切ることはできないのよ」

「ああ、確かに」ウルフは苦々しげに同意した。

「この前、あなたの様子がおかしくなったのは私のせいなんでしょう」

「君は彼女を思い出させる。彼女も美しかった。黒髪に黒い瞳、オリーブ色の肌をしていた。ということは……」ウルフは少しためらってから、ぶっきらぼうに尋ねた。「君も同じか？　僕を見ると、君を傷つけた男を思い出すのか？」

「彼はブロンドだったわ」答えるサラの声が震えた。

「そうか」

サラはまぶたを閉じた。

「ガブリエルは君のことを何も話してくれない」

「それはお互い様よ。兄は私にもあなたのことを話そうとしないもの」

ウルフは軽く笑った。「僕に興味があるのか？」

「別に、そういう意味じゃ……」

「本当に？」ウルフは一歩だけ距離を詰めた。「草地では僕のキスにこたえていたが」

サラの頬が赤く染まった。「あれは……不意を突かれたせいよ」

「君の男性経験はどの程度なんだ？　その無邪気さは本物か？　男を油断させ、保護本能を刺激するための芝居じゃないのか？」

サラは肩を包むジャケットの前をかき合わせた。

一分ほどして彼女は答えた。「私は一人で生きているわ。ほかの人は……必要ないの」

「僕もそう思っている。たいていの時は。でも、女なしでは乗り切れない長く虚《むな》しい夜もある」

サラの顔が火照った。「その女性たちはラッキーね」

ウルフはゆっくりと手を上げ、彼女の顔にかかるつややかな黒髪を押しやった。「ああ、そう思うよ。僕は女性には優しいから」

サラの脳裏に悩ましいイメージが広がった。彼女はどぎまぎしてあとずさった。

「サラ、大丈夫か？」戸口からガブリエルの声が聞こえた。

二人は同時に戸口に向き直った。

「ええ」サラが答えた。

ガブリエルはウルフに雄弁な視線を投げた。「外は寒いぞ。早く中に戻れ」

「すぐに戻るわ」

ガブリエルはうなずき、いかにもしぶしぶといった様子で奥へ引っ込んだ。

「君の兄貴は僕を君に近づけたくないらしい」ウルフは言った。

「ええ。兄に言われたわ。あなたは……」ウルフは欲望に忠実だという兄の言葉を思い出し、サラは頬を赤らめた。「あなたは過去を引きずっていると」

「君もだろう」

彼女はうなずいた。「だから、兄は心配しているのよ。私たちがお互いを傷つけ合うことを」

「彼の言うとおりだ」ウルフは暗いまなざしで答えた。「ある地点を過ぎると、僕は優しくなくなる。君が最も恐れるのは攻撃的な人間だろう？」

「私には……できないの」

「何が？」

「誰かと……ベッドをともにすることが」

ウルフの表情が険しくなった。「だったら、オーケーのサインを出すな」

「そんなもの、出してないわ！」

「君は人形のように僕に抱かれ、僕のキスを受け入れた」ウルフは押し殺した声でつぶやき、彼女のほうに身を乗り出した。「あれがオーケーのサインだ」

「あの時は気が動転していたのよ」サラは言い返した。「不意を突かれて」

「君は男に近づかれることを嫌う。テッドの前でも怯えていた。でも、僕に触れられることはいやがってない」

「違うわ！」

ウルフは人差し指で彼女の唇の輪郭をなぞった。ゆったりとした官能的な仕草で柔らかな唇を刺激した。

サラの息遣いが乱れはじめた。彼女はなすすべもなく顔を上げた。その様子を見つめながら、ウルフは一歩距離を詰めた。

「君の兄貴が言ったとおりだ」そうささやくと、彼は頭を下げ、開いたサラの唇に軽く唇を触れ合わせた。「僕は見た目以上に危険な男なんだよ」

サラはあとずさろうとした。あとずさらなければと思った。しかし、間近にあるウルフの感触と匂いが彼女を引き留めた。固い唇のぬくもりが彼女を大胆にした。

私は今まで男性からキスをされたいと思ったことがない。でも、ウルフのキスは好きだわ。彼にキスをされると、いやな記憶が消えていく気がする。

ウルフは彼女の首筋に指を這《は》わせた。小さな図形を描くように指先を動かしながら、彼女の唇を味わった。

「君には依存性がある」彼はささやいた。「最悪の事態になるかもしれない」

サラははっとまぶたを開いた。ウルフの顔が強ばっていた。水色の瞳には強い光があった。

「僕は黒髪は嫌いだ。昔の恨みを君にぶつけたいとも思わない。でも、自分を抑えられないかもしれない」彼は短く荒々しいキスをすると、再び顔を上げた。「彼女はよくベッドで僕を挑発した。そして、自制心を失った僕をあざ笑った」

脳裏に広がったイメージがサラの息を奪った。

「向こうは僕のことなどなんとも思っていなかったんだろう。それでも、最初は気のあるふりをした。自分はまだヴァージンだと言って、いかにもそれらしい態度をとった」ウルフは不意に身を引き、ぎらつく目でサラを見据えた。「まさに君と同じだ。逃げるふりで相手を誘《おび》き寄せる。そして、男に信じ込ませる。自分はほかの男とは違う、特別な存在なんだと」

兄の言葉を思い返し、サラは敗北感に打ちのめされた。この人の傷は私の傷よりはるかに質《たち》の悪いものなんだわ。

「セラピーを受けたことはあるの？」彼女は悲しげな口調で尋ねた。

「セラピー」ウルフは声をあげて笑った。「僕はベッドで女にもてあそばれ、嘲られたんだ。二年にわたって。その傷がセラピーごときで癒やせると思うか?」

サラはひるんだ。

「だから、僕はブロンドの女性とデートをする。ブロンドの女性はいやなことを思い出させない。ブロンドの女性となら、僕が上手に立って関係をコントロールできる」ウルフは冷笑を浮かべた。「これも一種の仕返しだ」

サラは吐き気に襲われた。もしこの人と関わったら、私も同じ目に遭わされる。ほかの女の人が犯した罪を償わされる。今ようやくわかったわ。私はこの人に特別な感情を抱いていたのよ。

「びっくりさせてしまったかな?」ウルフが皮肉っぽく問いかけた。

「ええ」サラは小声で答えた。「私は……一度も……いいえ、それは正確じゃないわね」彼女は目を伏せた。「私、継父にレイプされかけたの。継父は残酷で下品な男だった。裁判が開かれて……私の証言で継父は刑務所に送られた」

「君が継父を挑発したのか?」ウルフは容赦なく追及した。「何かせずにいられないところまで彼を追い込んだのか?」

期待した私がばかだったわ。結局、この人もほかの男たちと同じよ。

サラは自嘲気味に笑い、脱いだジャケットを返した。「たぶん、そうなんでしょう。すべて私が悪いのよ」

ウルフには彼女の顔が見えなかった。だから、そこに浮かぶ皮肉な表情にも気づかなかった。「愚かな真似をしたもんだ。僕に同じ手が通用するとは思うなよ」

「ミスター・パターソン」サラはぼろぼろのプライ

ドをかき集めて言った。「私はあなたをそこまでばかだとは思っていないわ。失礼」

彼女はウルフの脇をすり抜け、建物の中へ戻った。そしてパンチボウルのそばに立っていた兄を見つけると、青ざめた顔で切り出した。

「うちに帰りたいの。お願いよ」

ガブリエルは妹の背後に目をやり、冷めた表情のウルフをにらみつけた。だが、今は妹を守るほうが先だ。

「わかった。うちに帰ろう」

サラはコーヒーを用意した。兄妹《きょうだい》はキッチンのテーブルに座り、そのコーヒーを飲んだ。

「彼に何を言われた？」

「たいしたことじゃないわ」サラはため息をついた。

「ただ、彼は女の人に……」

「イーセラ？」

サラは視線を上げた。「それが彼女の名前なの？」

ガブリエルはむっつりとした表情でうなずいた。

「最低の女だよ。イーセラがウルフに何をしているか、僕たちは知っていた。でも、恋に目がくらんだ男を女から引き離すことはできない。あの女のせいで、ウルフは完全に打ちのめされかけた」彼は顔をしかめた。「ウルフは誰にもその話をしない。この僕にさえ。教えてくれたのはイーセラと一緒に働いていた女の子だ。その子はイーセラには精神的な問題があると考えていた。僕も同意見だ」

「ミスター・パターソンは警告のつもりで私にその話をしたの」サラはかぶりを振った。「そんな仕打ちに二年も耐えつづけるなんて、私には想像もできないわ」

ガブリエルの答えは簡潔だった。「ウルフはあの女を愛していたんだ」

サラは一つ呼吸をしてから、コーヒーをすすった。

「彼はセラピーを受けても無駄だと言っていたわ」

「ほかにはどんなことを言ってたんだ？」

彼女は虚《うつ》ろな声で笑った。「私が継父にレイプされかけたのは、私が挑発したからだと」

「あの野郎！　首をへし折ってやる！」

「やめて」サラはガブリエルのシャツの袖をつかみ、立ち上がりかけた兄を椅子へ引き戻した。「あの人は私のことを何も知らないの。私の友達の中にもそう思った人はいたわ」

「おまえは十三歳だったんだぞ！」

サラはひるんだ。「もしかして、私がショートパンツばかりはいていたから……」

「自分を責めるな！」ガブリエルは声を荒らげた。「おまえは子供だった。同年代の女の子たちよりずっと幼かった。それなのに、あのくず野郎はしつこくおまえを狙いつづけた」

「なぜそれを知っているの？」サラはばつの悪い思いで叫んだ。「お兄さんには話していないのに」

「検察官から聞いたんだよ。彼も憤っていた。こういうケースには死刑を適用するべきだと息巻いていた」

サラはテーブルに視線を落とした。「私には安らぎがないの。今も悪夢にうなされるし」彼女は悲しげに微笑した。「ゲーム仲間の男性がいるんだけど、その人も悪夢にうなされているんですって。もちろん、彼が男性とは限らないわ。女性かもしれないし、子供かもしれない。でも、彼と話していると……心が安らぐの。馬が合うっていうのかしら。彼は言ったわ。過去から逃れることができないと。その気持ち、私もよくわかるもの」

そのゲーム仲間はほかならぬウォフォード・パターソン――ウルフだ。ガブリエルは喉まで出かかった言葉をのみ込んだ。兄である自分を除けば、サラが本音を語れる相手はそのゲーム仲間しかいない。

寂しい人生を送るサラにとって、ゲームは貴重な楽しみなのだ。おそらくウルフにとっても。

「現実の彼については何も知らないのか？」ガブリエルはさりげなく探りを入れた。

「ええ。知りたいとも思わないわ。ゲームと現実は別よ。私たちは、ただ一緒にゲームを楽しむだけ。子供みたいにね」サラは笑った。「へんてこりんな話よね。私には友達がいない。でも、彼の中に私の友達がいるの。彼となら平気で話ができるの。お互いに立ち入るような話はしないけど、思いやりのあるいい人よ」

「おまえもそうだ」

「そうなろうと努力はしているけど」

「以前、おまえに言ったよな。ウルフを近づけるなと。これでその理由がわかっただろう？」

サラはうなずいた。

ガブリエルは唐突に話題を変えた。「誰かから聞いたが、テッドにしつこくダンスに誘われたんだって？」

「ええ。あの人、私をダンスフロアに引きずり出そうとしたのよ」サラは気まずそうに答えた。「そうしたら、ミスター・パターソンが彼の襟首をつかんだわ。彼を壁にたたきつけそうな勢いだった」彼女は身震いした。「怒った時のミスター・パターソンって怖いのね」

「めったに怒らない男だからね。あれは怒らせちゃいけない男だ。こっちが男だと、ひどい目に遭う。彼が女に手を上げたという話は聞かないが」ガブリエルは妹を見据えた。「テッドには手荒な真似をしたんだな？」

「ええ」

よけいな勘繰りはしたくないが、いやでも考えてしまう。テッドがサラを口説いていた。そこにウルフが止めに入った。嫉妬のなせる業か？　たぶん、そうだろうな。

ガブリエルは自分の考えを口にした。「これはろくな結果にならないぞ」

「そんなこと、言われなくてもわかっているわ。本人に言われたもの。自分は黒髪の女に苦しめられたから、ほかの黒髪の女にその仕返しをしている、と」

「彼は誰にもその話をしないんだが、なぜおまえにはしゃべったんだろう？」

「知らないわ。とにかく、彼は黒髪の女が嫌いなんですって」

「それでいい。おまえも彼に目をつけられないように気をつけろ」

サラはウルフのキスを、彼の腕に抱かれた時の感覚を思い返した。私たちはもうそこまで近づいている。でも、ガブリエルには言えないわ。絶対に。

彼女は微笑とともにうなずいた。「心配しないで。私は身を滅ぼすような真似はしないわ」

それから数日後、サラはあの時のやり取りを思い出すことになった。

4

日曜日の午後、サラはパンを買うために食料品店へ車を走らせた。その帰り道、ウルフの牧場の脇を走っていたところで、路上に大きな黒い塊を発見した。

彼女は急ブレーキをかけ、黒い塊の手前で車を止めた。そこに横たわっていたのは血まみれのロットワイラー犬だった。

サラは車を路肩に寄せた。誰かに助けを求めたかったが、あいにく周囲には一台の車さえ見えなかった。そろそろと近づいてみると、哀れっぽい鳴き声が聞こえた。犬は脇腹から血を流していた。一本の脚が奇妙な角度に折れ曲がっている。

「まあ、大変」サラは車に駆け戻った。後部座席にあった毛布を前の座席に移してから、犬のほうへ引き返した。

大きな犬だけど、なんとか持ち上げられるかもしれない。車に乗せることさえできれば、獣医さんのところに連れていける。噛《か》まれるのはいやだけど、このまま放っておくわけにはいかないわ。

彼女は手を伸ばし、犬の頭を撫《な》でた。「よしよし。かわいそうに」そうやって声をかけながら、大きな体の下に両腕を差し入れた。

今日の彼女は黒いスラックスに黄色いセーターを着ていた。大型犬を抱き上げようとするうちに、黄色いセーターが血に染まっていった。やがて、エンジン音が聞こえてきた。トラックだ。彼女は犬を地面に寝かせた。必死に両腕を振りながら、トラックのほうへ駆け出す。

「サラ!」トラックを急停止させると、ウルフは叫んだ。恐怖が彼の心臓をわしづかみにした。血で汚れた服。サラは怪我《けが》をしたのか？

彼が路上に横たわるヘルスクリームに気づいたのはその直後だった。

「彼女は僕の犬だ。いったい何があった？」

「知らないわ」サラはうめいた。「私が通りかかった時には道路に倒れていたから。きっと誰かが彼女を轢《ひ》いて、そのまま逃げたのよ！　血も涙もない人でなしだわ！　私は彼女を獣医さんのところに連れていこうとしていたの。でも、車に乗せたくても、彼女があまりにも重くて……」

「獣医には僕が連れていく」ウルフは細めた目でサラを見据えた。「君のセーターを汚してしまった」

「血は洗えば落ちるわ。それより急いで。彼女が苦しがってる！」

ウルフは大きな犬をトラックの助手席へ運び、猛スピードで走り去っていった。

自宅に戻ると、サラはシャワーを浴びた。それから汚れた服を洗濯し、犬の無事を祈った。兄がいれば、代わりにウルフに電話をかけ、犬の様子を聞いてもらっていただろう。しかし、ガブリエルはエブ・スコットに会いに出かけていた。自分でウルフに電話をするだけの勇気は、彼女にはなかった。

車のエンジン音が聞こえてきたのは、キッチンでコーヒーを飲んでいた時だった。

サラはドアに近づき、防犯カメラごしに外の様子をうかがった。大股でポーチに上がってきたのはウルフだった。

彼は作業用の格好をしていた。ジーンズにシャンブレー織りのシャツを着て、ぼろぼろの黒いカウボーイハットを被《かぶ》り、くたびれたブーツを履いていた。

ノックをされる前に、サラはドアを開けた。「彼女の具合は？」

ウルフはうなずいた。「今は元気がないが、命に別状はなさそうだ。今日は日曜日だろう。病院のスタッフが休みだったから、傷口の消毒と縫合の間、僕が彼女を押さえる役をやらされた。折れた脚もドクター・リデルが固定してくれたよ」そこで彼はためらった。「さっきはありがとう」

「傷ついている動物を見殺しにはできないわ」

「でも、見殺しにしたやつもいる。僕は必ずそいつを見つけ出す」

刺すようなまなざし。この人の犬を轢き逃げしたのが私じゃなくてよかったわ。

「あの……コーヒーでもいかが？」

「ありがたいね。ゲイブはいるのか？」

「兄はエブ・スコットに会いに行ったわ。じきに戻ってくると思うけど。兄に何か用なの？」

「ああ。中で待たせてもらっていいかな？」

「もちろん」

サラがコーヒーをマグカップに注《つ》ぐ間に、ウルフはキッチンの椅子にまたがった。サラはクリームと砂糖をテーブルへ運んだ。その動きを彼は目で追っていた。

「君は料理をするのか？」

サラは小さく笑った。「ええ」

ウルフはカウンターに並べられた料理本に視線を向けた。「フランス料理？」

「私はフランスのペストリーが好きなの。でも、ああいうのは都会でないと買えないでしょう？ だから、自分で作れるように勉強したの。父はエクレアが大好きだったわ」サラは憂いを含んだ笑顔で締めくくった。

「君の母親は料理をしたのか？」

彼女の顔から笑みが消えた。「コーヒーにクリームかお砂糖は？」

不意に青ざめた彼女の顔を見据えながら、ウルフは首を横に振った。「母親に責められたのか？　例の件で？」

サラは椅子に座り、両手でマグカップを握った。

「ええ」

「自分の娘をライバル視したわけだ」

ライバルも何もない。当時の私はまだ子供だったのよ。でも、その話はしたくない。あまりにつらすぎるもの。

「それはわからないけど、母が私を憎んでいたことは確かね。裁判のあと、私たちは二度と会わなかった。母は少し前に亡くなったわ」

ウルフはマグカップを口へ運び、片方の眉を上げた。「馬の蹄鉄《ていてつ》が浮きそうな濃さだ」

サラはなんとか笑顔を作った。「私は濃いコーヒーが好きなの」

「僕もだ」ウルフはまたコーヒーをすすった。「僕は四歳ぐらいの時に母親に捨てられた。彼女は僕の父親を憎んでいた。残念なことに、僕はその父親に似ていた」

「残念ね」サラはつぶやいた。兄からすでに聞いた話だったが、そのことはおくびにも出さなかった。「ガブリエルと私も母親からあまり愛情をもらえなかったわ。だから、優しい母親がどんなものかわからないの」

ウルフは両手の中でマグカップを回した。「僕も同じさ」

「あなたの母親はまだ生きているの？」

水色の瞳が険しくなった。「知らないね。興味もない」

サラはため息をついた。「もし私の母が生きていたら、私も同じ気持ちになったと思うわ」

ウルフはまたコーヒーをすすった。一分ほどそうしてから話を切り出した。「君が着ていたセーターは高級なものだろう。なのに、君はためらうことなくヘリーを抱き上げた」

「ヘリー？　それが彼女の名前なの？」

ウルフはうなずいた。ヘリーがヘルスクリームの略称であることは話さなかった。話したところで、サラには理解できないだろう。ヘルスクリームはオンラインゲームに出てくるホード陣営のリーダーの名前だ。彼はそのキャラクターを嫌っていたが、雄の怪物の名前を雌犬につけるのも一興だと考えて、ヘルスクリームと名付けたのだった。

「ヘリーは三歳になる。この地に引っ越してきた時から飼いはじめた犬でね。僕のガールフレンドさ」

彼は笑顔で付け加えた。サラにはめったに見せない本物の笑顔だ。

サラは彼の手の甲に視線を落とした。そこには細かい傷跡がいくつも残っていた。

ウルフの眉が上がった。「何か言いたいことでもあるのか？」

「あなたは、いつか言ったわよね。その手の傷跡はFBI時代の名残だと。ヘリコプターからロープで下降していた時についたものだと」

「それがどうした？」

「なぜ手の甲に傷がついたの？　そういう時は手袋をするものじゃないの？」

水色の瞳に奇妙な表情が現れた。「君は目端が利くな」

サラは彼の顔に視線を据えた。「つまり、私には何も話す気はないということね、ミスター・パターソン」

ウルフはサラの黒い瞳を探ってから、目を逸《そ》らした。このかしこまった態度。それは彼女が若くて、僕が若くないからか。僕は三十七歳。彼女は二十……何歳だ？　確かに、僕たちには年の差がある。ぞっとするほど大きな年の差が。仮に僕にその気があったとしても、こんな若い娘に僕の過去を背負わせられない。しかも、彼女は友人の妹だ。友人の妹に手は出せない。彼女には謎めいたところがある。継父を誘惑し、母親から奪い取った過去がある。彼女の純真さは芝居なのか本物なのか。イーセラは同じ手口で僕をだまそうとした。女は信用できない。世の中には嘘《うそ》で男を誘惑する女が多すぎる。

　気まずい沈黙を埋めるために、ウルフは質問を投げかけた。「君はゲイブが町にいる時しかここにいないんだろう？」

「ええ。夜一人でいると落ち着かなくて」

「サンアントニオにアパートメントを持っているんだって？　向こうでも一人に違いはないと思うが」

「向こうには顔見知りの隣人がいるわ。でも、ここにいるのは私だけ」サラは唾をのみ込んだ。「兄には敵がいるの。前にその中の一人が私を狙ったのよ。幸い、その時は兄がうちにいたけど」

　ウルフは眉をひそめた。ゲイブの仕事の流れでサラが狙われたわけか。考えもしなかったが、ありうる話だ。僕にも敵がいる。命を狙われたこともある。あれはイーセラが差し向けた殺し屋だったんだろうか？　僕は彼女を当局に引き渡した。あの時、彼女は絶対に復讐《ふくしゅう》してやると息巻いていた……。

　ウルフはサラが着ている服に視線を転じた。それはパールのボタンがついたブラウスだった。青い生地を通して、張りのある胸の膨らみの輪郭が見て取れた。彼の体がうずき出した。

「あの……そういうのはやめてくれない？」サラはブラウスの前で両腕を組んだ。

　ウルフは椅子の背にもたれ、無言で彼女を見返した。水色の瞳に世慣れた男の余裕を漂わせて。「君は二人の人間に見える時があるね。一人は生意気な癇癪《かんしゃく》持ち。もう一人は傷つきやすい臆病者」

「人は誰しも別の一面を持っているんじゃないかしら。コーヒーのお代わりは？」

ウルフはうなずいた。何かを企《たくら》んでいるような目つきだった。だが、サラはそのことに気づいていなかった。そして、気づいた時にはもう手遅れだった。彼女はウルフのマグカップに手を伸ばした。ウルフはその手をつかみ、自分の膝に座らせた。

「少しだけ」彼は低い声で約束した。サラの頬をとらえ、黒い瞳をのぞき込む。その瞳は大きく見開かれて、悲しみと不安をたたえていた。「いつ君の兄貴が帰ってくるかわからないから」

　そうね。でも、私は怖いの。それまでの間に何が起きるのか、不安でたまらないの。サラは彼の胸に手を当てた。開いたシャツからのぞく胸毛を指先に感じ、息をのんで手を引っ込めようとした。

　ウルフがその手をつかんだ。サラの顔を眺めながら、冷たく細い指を自分の胸に押しつける。生々しい男の感触に、サラは小さく身震いした。胸毛の下には固く温かな筋肉があった。彼女の心臓と同じように、ウルフの心臓も激しく轟《とどろ》いていた。

　ここは抗議するべきよ。立ち上がるべきだわ。

　ウルフはふっくらとした下唇に親指を這《は》わせた。華奢《きゃしゃ》な体から震えが伝わってくる。

　サラに女の扱い方を心得た恋人がいなかったことは明らかだ。もちろん、僕は彼女に触れるべきじゃない。こんなことをしても、事態がややこしくなるだけだ。

　そう考える間も、彼の頭は下がっていった。彼は軽くかすめるようなキスでサラの唇を開かせた。

　この前と同じだ。サラを馬から引きずり下ろした、あの時と。僕は彼女の初々しい反応が忘れられなかった。ずっとそのことばかり考えていた。

　でも、この初々しさも演技かもしれない。イーセラがそうだったように。

　ウルフは優しく探るようなキスを続けながら、ほっそりとした喉を指先でたどった。

僕は傷を抱えている。サラも傷を抱えている。母親から奪った男に手荒く扱われたんだろうか。彼女が継父を刑務所送りにしたことを思い出し、ウルフは眉をひそめた。心が波立つ。

彼は顔を上げ、大きな黒い瞳をのぞき込んだ。体の奥に熱を感じる。久しぶりの感覚。ずっと忘れていた感覚。僕は最低の男だ。それでもサラが欲しい。

彼は下へ手を滑らせ、張りのある胸の膨らみをとらえた。指先で刺激すると、その頂が硬く尖《とが》った。サラも身を硬くした。

もう限界だ。ウルフは飢えたように柔らかな唇を貪った。サラは蜜の味がした。腕の中にある彼女の体は温かくしなやかだった。ウルフは彼女の向きを変えさせた。そして胸の膨らみを自分の胸に押しつけ、強烈な欲望にうなった。

サラは抗議したかった。しかし、ウルフの唇の感触には抵抗できない力があった。大きな体にしがみつくと、彼女はすすり泣くような声をもらした。体の中で何かが育っていくみたい。こんな感覚は初めてだわ。今は怖ささえ感じない。もっとこの人の唇を味わっていたい。

ウルフはサラを抱いたまま立ち上がった。この欲望を解き放ちたい。隣の部屋のソファにサラを横たえ、彼女の体にうずくこの体を重ねたい。サラのジーンズを引き下ろし、速く激しく貫いて、彼女に喜びの声をあげさせたい。

でも、ここは明るすぎる。今は真っ昼間だ。イーセラの笑い顔が目に浮かぶ。弱虫と嘲る声が聞こえる。僕が果てるたびに、イーセラは嘲った。〝自分の欲望もコントロールできないの？〟〝あなたはいく時に間抜け面になるのね〟

ウルフは身震いした。

サラは水色の瞳に悪夢を見た。ウルフに抱き上げられた時は、ただ不安だった。彼の意図が読めなかった。じきにガブリエルが帰ってくるだろうが、今この家にいるのは自分たちだけだ。彼女は人と深く関わることを避けてきた。理由はいくつもあるが、最大の理由は身体的な問題だ。それを口にするには、彼女はあまりに内気すぎた。

だが、水色の瞳を見上げるうちに、サラの不安は消えていった。彼はいい匂いがする。清潔で男らしい匂いが。きっとここに来る前にシャワーを浴びたのね。血まみれの犬を抱えたから。でも、この表情。すごくつらそうだわ。

「大丈夫よ」サラは優しく声をかけると、手を上げて引きしまった頬を撫でた。「大丈夫だから」

ウルフは身震いし、顔を強《こわ》ばらせた。「くそっ！」

彼はサラを椅子に座らせて、キッチンから出ていった。荒々しくドアを閉める音が聞こえた。しかし、車を発進させる音は聞こえなかった。

サラは自分の反応に戸惑っていた。なぜウルフにあれほど強い親近感――秘密を共有しているような仲間意識を抱いてしまったのか。彼女は待った。ウルフがこのまま立ち去るとは思えなかった。

案の定、一分もしないうちに彼は戻ってきた。カウボーイハットを目深に被って。氷のように冷たい表情で。

キッチンに入ると、彼はサラの前に立ちはだかった。「僕は君に何も求めていない。同情も哀れみも必要ない」

「わかっているわ」サラは静かに答えた。黒い瞳には思いやりがあふれていた。怒りと苦痛なら理解できる。私もその二つを抱えて生きてきたから。「座って。コーヒーをいれ直したの」

「僕が戻ってくると知っていたのか？」ウルフが苦々しげに吐き捨てた。

サラは大きく息を吸い込んだ。自分のカップに視線を落としながら口を開く。「心に傷を持つ者にとって何よりつらいのは、誰にもその話ができないことかもしれないわね。兄でさえ、すべてを知っているわけじゃないのよ。言えなかったの……どうしても」

ウルフは彼女に自分と近いものを感じた。彼はカウボーイハットを取り、空いた椅子に放った。そしてカップの横の椅子にまたがり、椅子の背に両肘を預けてカップを握った。

「彼女との関係はどれくらい続いたの？」サラは水を向けた。

ウルフはコーヒーをすった。「知り合ってからだと三年くらいかな。彼女は僕と同じ部隊にいた男のガールフレンドだった。でも、そいつを捨てて、僕に乗り換えた。悪い気はしなかったよ。なにしろ……きれいな女だったから。彼女は数カ国語を使いこなした。ピアノが弾けたし、歌もうまかった。僕もそれなりに女を知っていたが、あれだけ洗練された女は初めてだった。彼女は僕よりも物知りだった。そして、僕が知る誰よりも自由奔放だった」

サラの胸に痛みが走った。そんな自分にうろたえながらも、彼女は平静を装った。

「最初はただ浮かれていた」ウルフは目を逸らしたまま言葉を続けた。「僕は真っ逆さまに恋に落ちていった。彼女のことしか考えられなかった。そして、彼女も同じ気持ちだと確信していた。彼女はよくプレゼントをくれた。僕のために色々なことをしてくれた。ベッドの中の彼女はまさに男の夢だった」彼はゆっくりと息を吸い込んだ。「僕は明かりをつけた状態でしたことがなかった。それはタブーだと思っていた。信心深い里親にたたき込まれたんだ。肉欲は罪だ、それは婚姻とともにあるべきものだ、と。だから、僕もそう考えていた。でも、イーセラは罪深い喜びだった」

サラは彼の顔を探った。悲惨な記憶をたどるうちに、その顔がますます強ばっていく。

「あなたがいくところを見たい、と彼女は言った」

ウルフはサラに目をやった。彼女の表情に気づき、噴き出しそうになった。「露骨すぎたかな？」

サラは唾をのみ込み、真っ赤な顔で首を横に振った。「ほかの誰にもできない話なんでしょう？」

「ああ」

「大丈夫。私……そういうことには詳しくないけど、聞くだけならできるわ」

サラはどこまで知っているんだ？　彼女の困惑に気づきながらも、ウルフは目を逸らした。彼はこの話をする必要があった。心をむしばむ過去を吐き出す必要があった。

「だから、僕は明かりをつけた。彼女は僕を見ていた。そして、笑い出した」マグカップを握るウルフの両手に力が加わった。「僕が熱くなればなるほど、彼女は僕をばかにした。僕が限界に達すると、彼女は大声で笑った。こんな間抜け面は見たことがないと言って……」

サラはたじろいだ。

ウルフはそれに気づき、コーヒーをすすった。コーヒーは火傷《やけど》しそうなほど熱かったが、今の彼にはその熱ささえ感じられなかった。「もちろん、彼女は謝った。自分は経験がないから、こういう時に笑ってはいけないと知らなかった。そう言って、二度としないと約束した。でも、またやった。何度も何度も。僕をぎりぎりまで駆り立ててから明かりをつけ、僕の一番無防備な姿をこけにした」サラの青ざめた顔には同情があふれている。その同情から逃れるように、彼はまぶたを閉じた。「皮肉なことに、彼女に傷つけられれば傷つけられるほど、僕は彼女に執着した。彼女はどんな女よりも素早く僕を興奮させられた。あの感覚は、言葉では説明できないね」そこで言葉を切ると、ウルフはまたコーヒーをすすった。よみがえった苦痛が彼の顔を強ばらせた。

「男の弱点はエゴだ。たとえ最高の気分を味わっている時だろうと、弱みをさらしたい男はいない。僕は彼女を憎むようになった。それでも、別れることはできなかった。彼女への欲望を断ち切れなかった。そうするうちに……」

ウルフはためらった。

サラは彼の手に自分の手を重ねた。

ウルフはマグカップを置き、二人の指をからませた。サラの思いがけない仕草に慰められて、話を続ける。

「当時、僕たちはアフリカにいた。戦争で荒廃した国の捕虜収容所に近い危険な地域に。僕たちは反政府軍のリーダー――若い女性たちを拷問している男の情報を集めていた。イーセラはその男の正体を知っていると言った。そして地図を描き、自分が抱えている情報屋の一人に僕たちをその場所まで案内させた」ウルフはまぶたを閉じ、大きな体を震わせた。

「彼女は言った。相手は僕たちが来ることを知っている、武装して待ち構えている、いっきに突入しないと僕たちが死ぬことになる、と。だから、僕たちは突入した。いっきに」

彼の指がサラの指を締めつけた。しかし、サラは何も言わず、ただ待った。

「僕たちは男とその妻を殺した。そして……彼の三歳になる息子も」

サラは息をのんだ。

「あれは復讐だった。男はハンサムだった。彼女は男を誘惑した。でも、男は彼女をまったく相手にしなかった。自分の妻には君の十倍の価値があると言って。彼女はその言葉に腹を立てた。だから、仕返しをしたんだ」

なんてひどい表情なの。サラは椅子から立ち上がり、ウルフの頭を引き寄せた。彼の頬を自分の胸に押し当てて、黒い髪にキスをした。

「かわいそうに」彼女はささやいた。「本当につらい思いをしたのね」

ウルフは身を震わせると、彼女に両腕を回し、きつく抱きしめた。誰にも言えなかった秘密。人生最大の恥。知っているのはあの小隊のメンバーだけだ。だから、彼は隊を離れ、この町に戻って世捨て人となったのだった。

「いつの話？」

「一年前。いや、そろそろ二年になるか」ウルフはうなった。「あの家は反政府軍の隠れ家として使われていた。でも、僕たちがミスを犯したことは事実だ。マスコミはその事実を知らない。起訴もされなかった。でも、僕たちはその事実とともに生きるしかなかった。部下の一人は耐えられずに自殺した。アルコール依存症になった者もいた」

サラはひんやりとした彼の髪に頬を寄せた。「だから、この町に引っ越してきたのね」

「いや。ここに引っ越してきたのは三年前だ。忘れたい過去はほかにもあった。場所が変わり、見る景色が変われば、忘れられそうな気がした」

サラは息を吸い込んだ。「でも、記憶から逃げることはできないわ。記憶はあなたのあとをついてくる。振り切ることは不可能なのよ」

「わかっている。僕はよく……悪い夢を見る」

「私も」

ウルフは彼女の胸に頭を預けた。首を巡らせ、ブラウスの生地ごしに柔らかな胸の膨らみを探る。

サラは身震いした。

「逃げないでくれ！」ウルフは荒々しくうなった。「頼むから！」

彼は立ち上がり、サラを抱き上げた。キスをしながらリビングルームへ移動し、ソファに彼女を横たえると、覆い被さるようにして柔らかな唇を貪った。

「あれ以来、僕は女に触れていない。女は信用できないから。でも……自分を止められないんだ！」

彼は最後にうなり声をあげると、サラの両脚の間に自分の脚を押し込んだ。サフは息をのんだ。恐怖に駆られて、彼の胸を押し戻す。

ウルフが顔を上げた。彼の唇は腫れていた。水色の瞳は細められ、ぎらぎらと光っていた。「君は本当に、そこまで世間知らずなのか？　彼女のようにじらしているだけじゃないのか？」

サラは唾をのみ込み、唇をなめた。そこには彼の味が残っていた。「あの……無孔処女膜って知ってる？」頬を赤らめながらも、彼女はその言葉を口にした。

ウルフの動きが止まった。表情が消えた顔の中で、瞳だけが輝きを放っていた。しばらく沈黙してから、彼は答えた。「ああ」

「私には……できないの」サラは唇を震わせ、目を逸らした。「でも、それが継父から私を守ってくれたのよ」彼女はまた唾をのみ込んだ。黒い瞳から涙があふれた。「ガブリエルがドアを壊して、助けに来てくれるまでの間」

サラの体には聖人さえも惑わす魅力がある。哀れな継父はその魅力に勝てなかったんだろう。僕がイーセラの魅力に勝てなかったように。でも、僕はサラを傷つけたくない。彼女の傷を増やしたくない。僕のような男にも、彼女は優しくしてくれた。黙って僕の話を聞いてくれた。彼女のおかげで、僕は初めて慰めを得ることができた。

ウルフは寝返りを打ち、彼女をかたわらに引き寄せた。体が痛いほどの欲望にうずいている。

サラが彼の胸に手を這わせた。

ウルフはその手をつかんで止めた。「それはやめろ」

「それ？」

「君はそこまでうぶなのか？」ウルフはうなり、彼女の手をずらして、ベルトの下に押し当てた。

サラはびくりと体を震わせた。まるで蛇に触れたかのように。驚きに見開かれた目で自分が触れたものを確かめると、彼女は転がるようにソファを降りた。記憶がよみがえったのだ。継父にレイプされかけた時の記憶が。継父は下品な言葉を並べ立てた。彼女をベッドに押し倒し、服を引き裂いた。彼女は、ただ悲鳴をあげることしかできなかった。

「サラ！」

彼女は体を震わせた。大きな瞳は光を失っている。

ウルフはその反応に愕然《がくぜん》とした。

とても演技とは思えない。サラは本気で怖がっているのか？　彼は目を細くし、静かに言った。「僕はそういう真似《まね》はしない。絶対に！」

サラは自分の体に両腕を巻きつけ、床に視線を落とした。「私、死んでしまいたい」

「サラ！」

彼女は向きを変え、キッチンに駆け戻った。そして、土埃《つちぼこり》を上げながら近づいてくる黒いトラックに気がついた。背後に立ったウルフを意識しながら、彼女はつぶやいた。「兄が戻ってきたわ」

ウルフは彼女の手を取り、椅子のほうへ導いた。

「コーヒーは僕が用意しよう。君は座ってて」

サラは唇を噛んだ。「ごめんなさい」

「いや。悪いのは僕のほうだ。君の誠実な思いやりに欲望でこたえてしまった。自分が恥ずかしいよ」

サラは驚いた様子で視線を上げた。

ウルフは彼女の青ざめた顔を探った。「次は君が話す番だ」

「私は……話せそうにないわ」

「僕は君に話したよ。誰にも言えないと思っていたことを」ウルフはコーヒーポットに水を注ぎながら言った。

「あなたはイーセラという女性にひどい仕打ちを受けた」サラはつぶやいた。「やっぱり、私は世間知らずね。この世の中にそういう人がいるなんて思いもしなかった。明かりをつけたまま……信じられないわ！」

　継父にレイプされかけたあと、サラはどんな男と付き合ったんだろう？　何度そういう経験をしたんだろう？　真実を知りたい。僕には関係ないことだが、どうしても気になる。でも、今はコーヒーの準備が先だ。ゲイブは僕たちの様子がおかしいことに気づくだろうか？

　ガブリエルは気づいた。そして、気づいたうえでコメントを差し控えた。二人があまりに意気消沈していたからだ。しばらくすると、サラは断りを入れて、二階へ上がっていった。

　彼は友人に問いかけの視線を投げた。

「おまえが考えているようなことじゃないよ」ウルフは静かに答えた。「彼女は……話を聞いてくれたんだ」

　ガブリエルはあんぐりと口を開けた。「話したのか？　サラに？」

　ウルフはうなずき、コーヒーをすすった。「ずっと話せずにいたんだが。彼女は聞き上手だな」彼はかすかにほほ笑んだ。「でも、僕の話にショックを受けていたようだ」

「あいつは世間を知らないからな」ガブリエルはつぶやいた。「いろんな意味で、まだ子供なんだよ」

　ウルフの水色の瞳が細められた。「彼女から聞いたぞ。おまえがドアを壊して助けてくれたと」

　ガブリエルの顔から表情が消えた。

「話してみないか？」ウルフは水を向けた。

「これは僕の秘密じゃない。サラの秘密だ」ガブリエルはぼそりと言った。「サラはときどき夜中に悲鳴をあげる。二時間以上は続けて眠れてないんじゃないかと思う」

そんなにひどい状態なのか。サラはまったくの世間知らずじゃない。少なくとも、情熱がどんなものかは知っている。さっきも彼女は楽しんでいるように見えた。僕の欲望の証《あかし》に触れるまでは。

「彼女はセラピーを受けるべきだ」ウルフは言った。

「目くそだな」

「なんだって？」

「目くそ鼻くそを笑う。セラピーが必要なのは君のほうだろう。君はいまだに過去を引きずっている」

「無実の人間が死んだんだ。忘れられるわけがないだろう？」ウルフは歯を食いしばった。

「どんな死に方だろうと、死は死だ。僕たちの仕事は死と無縁ではいられない。人が死ぬ。それが戦争だ」

「子供もいたんだぞ！」

ガブリエルは友人の手首をつかんだ。「法律では、その気があったかどうかがすべてだ。君はわざと子供に危害を加えたりはしない。絶対に！」

水色の瞳がぎらついた。「でも、現に危害を加えた」

「あの嘘つき女のせいでね」ガブリエルは素っ気なく切り捨てた。「それで思い出したが、君に話しておきたいことがある」

「なんだ？」

「エブがブエノスアイレスと連絡を取り、イーセラの身元を確認した」

「本当に彼女なのか？」

ガブリエルはむっつりとうなずいた。「あの女、また何か企んでいるぞ。新たに反政府グループを組織して、アフリカへ戻ったというからな。しかも、いまだに〈レッド・スター〉の上級スパイとしても活動している」

アフリカの一部地域では宗教色の強い武装組織が反乱を煽《あお》り、貴重な天然資源を荒らしていた。〈レッド・スター〉もそうした組織の一つだった。かつてウルフの部隊は〈レッド・スター〉対策を任された。イーセラも〈レッド・スター〉の一員だったが、当時の彼らはその事実を知らなかった。知った時にはもう手遅れだったのだ。

「それで？」ウルフは先を促した。

「監視チームを組織する。我々は全力で君を守る。例の事件で国際刑事警察機構《インターポール》に目をつけられて以来、あの女は鳴りを潜めていた。それがまた動き出したということは、もうほとぼりが冷めたと思っているんだろう。彼女は君を裏切り者と呼び、死をもって償わせると公言している。今、彼女には新しい男友達がいる。ブラジルの大富豪だ。つまり、復讐するだけの金はあるということだ」

5

「来るべき時が来たか」ウルフは重々しくつぶやいた。「いつかこうなるような気はしていたんだ。前に一度狙われたから」

「ああ、あれか」過去を振り返り、ガブリエルは黒い瞳を細めた。「でも、あれはイーセラとは関係ないだろう。イーセラが背後にいたら、あの程度じゃすまなかった」いったん言葉を切ってから、彼は付け加えた。「僕は妹の身が心配だ。去年、僕に恨みを持つ男があいつを襲おうとした。その時はたまたま僕が家にいたが」

「不幸中の幸い、だな」

ガブリエルはコーヒーをすすった。「イーセラのことだ。君を狙うとなったら、周囲の人間まで巻き添えにしかねない」

「サラには指一本触れさせない」ウルフはきっぱりと断言した。それから、相手の表情に気づいて顔をしかめた。「わかってる。僕たちは互いを傷つけ合うかもしれない。でも、彼女といると……気持ちが安らぐんだ」彼は言いにくそうに打ち明けた。

「安らぎは貴重だよ。こういう仕事をしていると」ガブリエルは自分のマグカップに視線を落とした。

「妹を傷つけないでくれ。あいつはもう十分苦しんだ」

「ときどき考えるよ。この世界にいやな記憶がまったくない人間なんているのかと」

「まず、いないだろうね」

ウルフはコーヒーを飲み終えると、改めて友人と視線を合わせた。「おまえの妹はひどく危なっかしいな。年はいくつなんだ？」

「二十四歳」

「二十四歳でデートもしないのか？」

ガブリエルは答えをはぐらかした。「色々と事情があってね」

〝事情〟ね。だいたいの想像はつく。サラは継父に恋をしていたんだろうか？　継父を刑務所送りにしたことをいまだに引きずっているんだろうか？

　ウルフはもう一押しした。「でも、どんな事情かは言えない。そういうことか？」

　ガブリエルは首を振った。「それはサラの問題だから」

「わかった」

「君も背中に気をつけろ」ガブリエルは立ち上がった。「イーセラはすべてを失い、潜伏していた。その間も彼女が危険な存在であることには変わりなかった。でも、今の彼女には金がある。君の最悪の敵になりうる力がある。手遅れにならないうちになんとかするべきだ」

「元はと言えば、当局がぼやぼやしていたせいだろう」ウルフは冷ややかに指摘した。

「金の力だよ。彼女は全財産をなげうった。そのおかげで国民軍を出し抜き、国外に逃亡することができた」

「残念な世の中だ」

　ガブリエルはうなずいた。そこで口調を変えて、友人をからかう。「で、ゲームの調子は？」

　ウルフは肩をすくめた。「相変わらず仲間のウォーロックと大暴れしているよ」彼はくすりと笑ってから眉をひそめた。「それで思い出した。ドクター・リデルに電話して、ヘリーの様子を聞かないと」

「ヘリーの？　何かあったのか？」

「うちに新しく雄牛が加わってね。その様子を見に行く途中、おまえの妹にトラックを止められた。彼女の服は血で汚れていた」

「血？」

「ヘリーの血だよ」友人を安心させるために、ウルフは説明した。「誰かがヘリーを轢《ひ》いて逃げたんだ。でも、サラは車を停《と》めた。ヘリーを車に乗せて、獣医のところへ連れていこうとした」彼は表情を和らげた。「それで、セーターが汚れたんだ。もしヘリーを乗せていたら、車の中もひどい有様になっていただろう。なのに、彼女はそうしようとした。たいした女だよ。おまえの妹は」

ガブリエルは寂しげに微笑した。「あいつは大の動物好きだから。僕たちも犬を飼っていた。母親や継父と一緒に暮らしていた頃に」よみがえった記憶が彼の顔を強《こわ》ばらせた。

「何があった？」

「犬はサラに腹を立てた継父に殺された。継父は犬の死骸を玄関ポーチに放置した。帰宅したサラに見せつけるために」

「なんてことを」ウルフはうなった。

「サラはまだそのことを引きずっている。だから、あれだけ馬たちをかわいがっているのに、犬や猫は飼おうとしない。愛着を持ちすぎるのが怖くて、家の中で動物を飼えないんだ」

「苦しんできたのは僕だけじゃないんだな」

「ヘリーの本名を妹に言ったか？」

ウルフは声をあげて笑った。「いや。大の男が餓鬼のゲームで遊んでいると知られたら、何を言われるかわからない。そうでなくても、サラには軽蔑されているからな」

ガブリエルも笑った——内心ほっとしながら。

「ゲームをやる大人は多いよ。僕たちの同僚の中にもゲーマーが何人もいる」

「そうだな」ウルフは真顔に戻った。「ゲームは現実逃避にもってこいだ。一瞬でも苦痛を忘れることができる」

　ガブリエルは年上の友人の顔を観察した。そこに疲れの色を認めながらも、ぶっきらぼうに言った。

「とにかく妹をあまり傷つけないようにしてくれ」

　ウルフは一瞬気弱な表情を見せた。言葉を選びながら、彼は言った。「おまえの妹は……男を安心させるタイプの女だな。雪の中で突っ立っているような男にとっては、こぢんまりとした部屋のあたたかい暖炉のような存在だ」

　ガブリエルの全身に衝撃が走った。自分が何を言っているのか、ウルフは気づいているんだろうか？

　ウルフは気づいていないようだ。その証拠に、彼は短く笑った。「でも、僕は女を信じていない。だから、向こうから近づいてこない限り、傷つく心配もない。おまえがいない時は僕が彼女の見張り役をやろう。そのほうが彼女も安全だ」

　ガブリエルはためらった。だが、そのためらいはすぐに消えた。「ありがとう」

「お安いご用だ。おまえも殺されないように注意しろよ」

「大丈夫。僕は大きなマントと胸にSの文字が入ったシャツを持っているからね」

　ウルフはただ笑っただけだった。


　それが愚かなアイデアだということはウルフ自身にもわかっていた。草地の端で車を停める前から。草地ではサラが新入りの雌馬を走らせていた。彼の体がうずいた。

　この数日はサラの柔らかな唇のことばかり考えている。彼女に関わるのは自殺行為だ。でも、自分を止められない。

　ウルフはフェンスに近づき、下の横木に足をのせて目の前の光景に見入った。馬上のサラは美しかった。落ち着きと優雅さが感じられた。

サラは彼の存在に気づくと馬を降り、フェンスのほうへやってきた。

ウルフは笑顔で話しかけた。「馬に乗る姿が様になっているな」

サラも笑みを返した。「調子はどう？」

「前よりはましかな」ウルフは肩をすくめ、黒い瞳を探った。「ヒューストンでビゼーの《カルメン》をやっている。一緒に観《み》ないか？」

サラの胸が高鳴った。それでも、即答はできなかった。兄に言われたことを思い出したからだ。

彼女の考えを読んだのか、ウルフは言った。「そうだな。僕たちは互いを傷つける可能性がある。でも、この程度なら問題ないだろう。僕は君を外に連れ出したいんだ」

「私……私も行きたいわ」

ウルフは優しく微笑した。「じゃあ、金曜日の六時。腹ごしらえをしてからオペラハウスに乗り込もう。どこに迎えに行けばいいかな？　ここかい？」

「兄は今夜から留守なの。彼が戻るまではサンアントニオのアパートメントにいるわ」

「絶妙のタイミングだ。君が小銭を渡して、兄貴を厄介払いしたのか？」

サラは笑った。黒い瞳に光がともり、喜びが美しい顔を輝かせている。「そういうわけじゃないけど」

ウルフはくすりと笑った。「オーケー。当日はおめかししろよ。ただし、セクシーすぎる格好は勘弁してくれ。自分を見失って、病院送りにされたくないから」

サラは頬を染めながらも笑った。

ウルフはかぶりを振った。「手術については？　一度も考えたことがないのか？」

サラはしばらく沈黙した。「手術を受ける理由がなかったの。私、誰とも……そんな気になれなかったから」

水色の瞳が光った。「僕なら君をその気にさせられる」

サラは下唇を噛《か》んだ。

「安心して」ウルフは彼女の手の甲を撫《な》でた。「君は僕にとってただ一人の腹心の友だ。その友を失うわけにはいかない」

サラはなんとか笑顔を作った。「それはお互い様よ」

ウルフは黒い瞳をのぞき込んだ。「僕たちは、お互いのことを知りすぎている」

サラはうなずいた。

「ポンコツ同士だ」

レッドナハトと同じ台詞《せりふ》ね。サラは笑みをもらした。ウルフにそのことを教えたい。でも、私の唯一の楽しみについてあれこれ質問されるのはごめんだわ。

「ええ、ポンコツ同士ね」彼女は唇をすぼめた。「粘着テープで修理できないものかしら」

ウルフはしばらく考えてから、いきなり噴き出した。

「そうよ。人生に必要なのは粘着テープと防錆《ぼうさび》スプレーの二つだけ」サラはにんまり笑った。「動かしたいものには防錆スプレー。固定したいものには粘着テープ」

「君みたいな女がラップを避妊に使おうと提案するんだろうな」ウルフはぶつぶつ言った。

サラは笑った。それから、きまり悪そうに頬を赤らめた。「ヘリーの具合は？」

「日に日に元気になってきている。ギプスにも慣れたようで、どたどたと家の中を歩き回っているよ。彼女に会いたいなら、オペラの帰りにうちに寄らないか？」

それは危険な誘いだった。ヒューストンから帰り着く頃はもう真夜中だ。だが、サラはその危険に抵抗できなかった。「ええ、ぜひ」

ガブリエルの言葉――継父に飼い犬を殺されたという話を思い返し、ウルフは悲しげに微笑した。

「君は大の動物好きなんだって？」

「ええ」サラのまなざしが柔らかくなった。

ウルフは彼女の背後に視線を移し、じれったそうに待っている雌馬に声をかけた。「わかった。わかった」彼はフェンスから手を離した。「じゃあ、金曜日の六時に」

「ええ、待っているわ」

ウルフは手を上げてこたえ、車を発進させた。

サラはかすかな不安とともにその車を見送った。

ウルフは私に腹を割って話をしてくれた。でも、私にはまだ彼に話せていないことがある。このままでいいのかしら？　いつか後悔することにならないかしら？


サラはふさわしいドレスを探し求めて、クロゼットを徹底的にチェックした。何着もあるドレスの中から選んだのは、ストラップがついた膝下丈の黒いカクテルドレスだった。アクセサリーは真珠のネックレスとイヤリングに留《とど》め、長い髪はそのままにした。彼女は美しかった。だが、自分ではそのことに気づいていなかった。鏡を見ることが好きではなかったからだ。

ウルフはシルクのシャツに黒いネクタイを締め、高価なディナースーツで身を固めていた。その優雅で堂々とした姿にサラは息をのんだ。

いつものカウボーイハットがないわ。彼の髪、ワタリガラスみたいに真っ黒なのね。それに、とても柔らかそう。

「白髪でも見つけたか？」ウルフはからかった。

「白髪？」

彼は手を差し伸べ、サラの頬を撫でながら真顔で続けた。「もう三十七歳だからね」

「でも、そんな年には見えないわ」

ウルフは息を吸った。「僕は長い年月を生きてきた。車にたとえるなら、廃車寸前の中古車だ」

「あなたが車なら、きっとショールームに飾られるわ。クラシックカーの代表として」サラは黒い瞳をきらめかせながら切り返した。

ウルフは笑い、彼女の顔にゆっくりと視線を這《は》わせた。「君は本当にきれいだね。僕が黒髪好きじゃなくて残念だ」

サラは頬を赤らめた。「きれいなのはうわべだけよ」

ウルフはわずかに顔をしかめた。「自分の見た目が好きじゃないのか？」

サラはバッグを握りしめた。「男の人たちにじろじろ見られるのがいやなの」

「なぜ？」

彼女は落ち着かなげに身じろいだ。「そろそろ出発したほうがいいんじゃない？」

「ああ」

サラはアパートメントを出ると、ドアをロックした。

「フランス料理は好きかな？」ウルフが笑顔で問いかけた。「この近くにしゃれた小さなビストロがあるんだ」

サラは息をのんだ。「そこ、私のお気に入りの店よ」

「趣味が合うね」ウルフはくすくす笑った。

二人はラム肉と香草で味付けしたポテトを注文した。デザートにはクレーム・ブリュレを選んだ。サラはそのすべてを堪能した。問題は、席に案内されるまでに時間がかかったことだ。オペラは八時に始まる。それまでに車でヒューストンへ移動しなくてはならない。ところが、ウルフは時間のことなどまるで気にしていないようだった。

「いい食べっぷりだな。それでどうやって体型を維持できるんだ？」彼は笑った。

「その分、動いているからよ」サラは答えた。「じっとしていられない性分なの」

ウルフは小さなテーブルごしに手を伸ばし、彼女の手の甲を撫でた。「僕もそうだ。じっとしていられない」

サラは彼の顔を静かに観察した。「今夜のあなたは違って見えるわ。前ほどつらくなさそう」

ウルフは二人の指をからませた。「僕はあの話をしたことがなかった。誰にも」サラの黒い瞳を探る。「前に精神分析を受けさせられたことがある。その医者は僕に薬を使い、子供の頃の話を聞き出そうとした」

サラは息を吸い込んだ。「私は医者にすべて自分自身のせいだと言われたわ」

自信に満ちあふれた若く美しい女が母親に恨みを抱き、母親の男を横取りしようとしたという見立てか。確かに、その可能性も否定できない。「いずれにしろ、僕は精神を分析されるのはごめんだね」

サラはうなずいた。いったん彼を見上げてから目を逸《そ》らす。「私も誰にも話したことがなかったの。あまりにも個人的なことだから、兄にも言えなかったわ。仲のいい友達なんていなかったし」彼女はバレリーナのリゼットのことを考えた。でも、リゼットは親友じゃないわ。どちらかと言うと、ただの顔見知りよ。ミシェルは妹みたいな存在だけど、さすがに体の問題までは……。

「僕にも親しい友人がいない。君の兄貴を別にすればだが。だから、イーセラにされたことはずっと誰にも話さなかった」

「プライドをぼろぼろに傷つけられたんですもの

ね」サラは悲しそうにつぶやいた。

ウルフは彼女の手を強く握り、視線を合わせて低い声で訴えた。「僕は嘘《うそ》はついていない。イーセラのあとは誰とも付き合っていない。もう誰も信じられなかったから」

「私は……付き合いたくても付き合えないの」サラの頬が真っ赤に染まった。「体の問題があるから」

ウルフは彼女の指を撫でながら、とんでもない言葉を口にした。「挿入しなくても女を喜ばせる方法はある」

サラは弾《はじ》かれたように手を引っ込めた。危うくワイングラスを倒すところだった。「この獣《けだもの》！」

「いよいよ箒《ほうき》の出番か」ウルフは軽くからかってから、彼女のドレスに視線を落とした。胸の頂が柔らかな生地を押し上げている。「僕の生々しい話は君を興奮させるみたいだね」

サラはワインをすすり、グラスを置いた。胸の前で腕を組み、周囲を見回して、彼の言葉が誰にも聞かれなかったことを確かめる。

「この世界には僕たちしかいない」ウルフはつぶやいた。「わかるだろう？」

サラは唇を噛んだ。「でも、私には無理よ」

「無理じゃない。できるよ」ウルフは再び彼女の手をとらえると、かすれた声でささやいた。「僕とならし」

サラは途方に暮れた。しかし、悪い気分ではなかった。全身がざわつくのを感じながら、彼女はウルフを見つめた。

ウルフは立ち上がり、遠吠《とおぼ》えしたい衝動に駆られた。黒い瞳から欲望がにじみ出ている。サラはそのことに気づいているんだろうか？

「そろそろ腰を上げたほうがよさそうだ」彼は告げた。堅苦しい口調になったのは、数年来感じたことのない強烈な欲望と闘っていたからだ。これからヒユーストンまで車を飛ばし、オペラを観なければならない。でも、そのあとは……。立ち上がるサラに手を貸しながら、彼は心に誓った。サラの謎を解き明かそう。彼女の体の謎も含めて。彼女の言葉は真実なのか、本当に世間知らずなのか、その答えを必ず手に入れてやる。

サラはウルフの企《たくら》みに気づいていなかった。勘定をすませる間も、笑顔で彼を見上げ、彼に手を引かれるままレストランを出て、駐車場へ向かった。

五月にしては寒い夜だった。外はすでに暗く、今から車を飛ばしてもオペラの開演に間に合わないことは明らかだった。ウルフはメルセデスのロックを解除したが、彼女を車に乗せようとはしなかった。その代わりに二人の体を密着させ、不意に目覚めた己の欲望を伝えた。

サラは息をのみ、身を引こうとした。

だが、ウルフはそれを許さなかった。荒々しくはないが力強い抱擁で彼女の動きを封じる。

彼はサラの黒い瞳を見下ろしてささやいた。「すごく硬くなっているだろう？　ほとんど君に触れていないのに」彼は片手でサラを引き寄せ、もう一方の手を彼女の体に這わせた。その手が先端が硬くなった胸の膨らみに行き着いた。「このドレスを引き下げて、君の胸の頂を味わいたい」

サラは身震いした。高価なディナージャケットに爪を立て、あえぐように息を吸う。

「君もそれを望んでいるんだね」ウルフは彼女の唇にささやいた。「たとえ挿入はできなくとも、僕は君を裸にできる。君をベッドに横たえ、君を僕のものにすることができる」そのことを考えただけで、彼の体が震え出した。「いいだろう？　暗闇の中で胸を合わせ、脚をからませる。そして、早瀬の水のように動くんだ。互いを熱狂に駆り立てながら……」

サラの唇から声がもれた。その声がウルフの欲望を燃え上がらせた。彼はサラを車のドアに押しつけ、彼女の両脚の間に自分の脚を押し込んだ。そして彼女の体を持ち上げ、欲望のままにキスをした。ウルフの唇は貪欲だった。その執拗《しつよう》さに屈してサラが唇を開くと、いきなり舌が入ってきた。彼の腰のリズミカルな動きに、サラは悲鳴をあげた。

その小さな悲鳴で、ウルフは我に返った。ここが人目のある場所だということを思い出し、うなり声とともにあとずさる。彼は動揺していた。だが、それはサラも同じだった。

私の考えが甘かったわ。私は弱い人間よ。ウルフの誘惑に抗《あらが》えない。このままだと深みにはまってしまう。でも、私にそれだけの覚悟はない。ウルフにしても、本気で女性と関係を築く覚悟があるとは思えない。彼は心に傷を負っている。女性にエゴを傷つけられ、いまだにその復讐《ふくしゅう》心に燃えている。そんな人を私は信用できない。信用するわけにはいかない。でも、彼の誘惑には勝てない！

サラは水色の瞳を見上げた。ウルフは全身が強ばるのを感じた。サラは何も言わない。でも、僕にはわかる。これはオーケーのサインだ。

ウルフは彼女を助手席に乗せ、自分もその隣に乗り込んだ。「シートベルトを締めて」

サラは唾をのみ込んだ。唇にはまだウルフの味が残っていた。「今夜観に行くオペラ……演目はなんだったかしら？」

「このままうちへ帰ろう。オペラはあと五分で始まる。今からヒューストンまで飛ばしても、後半しか観られない」

「まあ」

ウルフが彼女の手をとらえ、きつく握りしめた。大きな手から彼の緊張が伝わってくる。サラはそれで理解した。〝うち〟というのは私のアパートメントのことじゃないわ。彼は自分の家に私を連れていくつもりなのよ。きっとよくないことが起こる。でも、私には断る口実が見つけられない。

彼女はウルフを求めていた。生まれて初めて男に欲望を感じていた。その欲望のために、彼女は警戒心をかなぐり捨てた。

ウルフは自宅の前で車を停めた。助手席から降りたサラとともにポーチへ上がり、鍵を使ってドアを開ける。彼は中に入ると改めてドアにロックをかけ、ポーチの照明を消した。

サラは強い興奮を感じながら、彼の顔を見上げた。その顔に表情はない。水色の瞳だけがきらめいている。

ウルフは彼女の手を取ってリビングルームへ向かった。ランプが一つともされたその部屋で、黒い瞳を見つめながらジャケットを脱ぎ、ネクタイを緩めた。それから彼はベルトを引き抜き、靴を脱ぎ捨て、シャツのボタンを外した。

次にウルフはサラの手からバッグを奪い、椅子に放った。留め金を外されたドレスが、彼女の腕を滑り落ちていく。あとは黒いスリップとレースのブラジャーだけだ。それでも、サラは何もできず、ただウルフの前に立ち尽くしていた。

ウルフはブラジャーのホックを外すと、ストラップに手をかけた。そして、サラの顔を見つめながらレースのブラジャーを取り去り、張りのある胸の膨らみをあらわにした。

「ピンクかと思っていたら」ウルフの指が硬くなった頂をなぞった。「ミルクチョコレートみたいな色だね」優しい微笑とともに彼は顔を近づけた。「車を運転している間も頭がおかしくなりそうだった。

サラ、僕はもう限界だ……」

彼はサラの胸のふくらみにキスをした。頂を口に含み、舌で刺激する。

それはサラが初めて知る感覚だった。彼女は背中を反らし、ウルフの愛撫《あいぶ》を受け入れた。新しい喜びに身を震わせながら。

ウルフは柔らかく温かな胸の膨らみを味わいながら、彼女をソファに横たえた。「君の夢を見た」大きな手がショーツの下に潜り込み、サラはぎょっとして彼の手首をつかんだ。

ウルフは顔を上げ、ショックに見開かれた黒い瞳をのぞき込んだ。「無孔処女膜だと言っていたね」彼はささやいた。「確かめてみよう」

サラは痛ましいほど真っ赤になった。

ウルフの指先が壁を探り当てた。「僕は女はみんな嘘つきだと思っている。でも、これは……」彼は問題の壁をそっと押した。「嘘じゃなかった」

「やめて」サラは彼を押しやろうとした。「お願いだから……」

「やめて？」ウルフは嘲りの表情に変わり、皮肉っぽくほほ笑んだ。「一晩中僕を誘惑しておきながら、今さらやめろと言うのか？」

「私は……彼女とは違うのよ」サラは必死に訴えた。

しかし、ウルフは欲望に我を失っていた。彼の脳裏にイーセラの記憶がよみがえった。イーセラは笑った。僕をばかにした。サラもそうだ。最初は気のあるふりをして、僕がその気になると、とたんに態度を一変させる。そして、笑い声をあげて……。

彼は手を動かしつづけた。サラの顔に浮かぶ驚きと喜びの表情を見つめながら。「ほら、君はこれが好きなんだ。そうだろう？」彼はまた同じことを繰り返した。口を開き、目を丸くしてのけ反るサラの姿を笑う。

「お願い」サラはすすり泣いた。

「落ち着き払って、清純なふりをして」ウルフはイーセラの手口を思い出し、苦々しげに吐き捨てた。「クールに男を誘惑する。そして、燃え上がった男をあざ笑う。でも、今は笑うどころじゃないか？」彼はサラを絶頂に追い立てた。その間も、サラの顔から目を離さない。「ああ、そうだ」上気した顔で彼はささやいた。「いけ、ハニー。そう。そのまま！」

サラは生まれて初めて絶頂を感じた。背中を弓なりに反らし、何度も悲鳴をあげた。そんな彼女をウルフは笑いながら観察していた。

「弱いのはどっちだ？」彼はうなり、再び手を動かした。

サラの喉から声が絞り出された。それは彼女自身も聞いたことのない声だった。

ウルフはサラのショーツをはぎ取った。これからしようとしていることをささやき声で教え、その言葉に反応する彼女をあざ笑った。彼はかつての自分に戻り、復讐していた。イーセラへの恨みをサラにぶつけていたのだ。

サラは強引に絶頂へと押し上げられ、悲鳴をあげながら何度も身を震わせた。

サラが欲しい。もう我慢できない。ウルフは自分の服を脱ぎ捨てて彼女に覆い被《かぶ》さった。そして荒々しくキスしてから、震えている彼女の脚の間に割り込んだ。挿入しなくても満足は得られるはずだ。彼はサラの両脚を合わせた。彼女の喉に火照った顔を埋《うず》め、なめらかな腿の隙間に向かって、何度も腰を突き上げた。明かりがついているが、これなら僕の姿は見えないだろう。こんな僕の姿をサラに見せるわけにはいかない。

ウルフは闇雲に動きつづけた。そして最後は動きをコントロールし、正しいリズムでサラの喉から甲高い悲鳴を引き出した。サラの体から震えが伝わってくる。それでも彼は最後の力を振り絞り、もう一突きした。そして、気が遠くなりそうな熱い喜びの世界に飛び込んでいった。

サラは泣いていた。彼女の喉に押しつけた頬で、ウルフはその涙に気がついた。彼の体は爆発的な絶頂の余韻で震えていた。

いや、ただの絶頂じゃない。オーガズムだ。僕はあれほどの喜びを経験したことがなかった。

一分後、彼は頭を浮かせて、サラを見下ろした。サラの顔には血の気がなかった。

「もう……許して」彼女は涙声でつぶやいた。「お願いだから！」

ウルフの顔が強ばった。「サラ……」

サラが唐突に動いた。身をよじるようにして彼から離れ、自分の下着をつかむと、裏口に向かって走り出す。

ウルフは絶頂の余韻を引きずりながら身を起こした。ズボンだけをはき、裸足《はだし》のまま彼女のあとを追う。

サラは厩舎《きゅうしゃ》に駆け込んだ。厩舎で人と出くわす危険性もあったが、今はそこまで気にしていられない。彼女は下着を身につけると、厩舎の隅にうずくまった。

吐き気がするわ。ウルフの声が聞こえる。私を嘲り、笑う声……。

全部私が悪いのよ。私はウルフの心の病を知っていた。すべて承知のうえで、彼の誘いに乗った。だから、こんなことになったのよ。暗がりに隠れて。鞭《むち》打たれた子供のように震えて。恥ずかしさで目も開けられなくて。

継父はサラに卑猥《ひわい》な言葉を浴びせた。目を閉じるなと命じ、彼女を力ずくで自分のものにしようとした。母親は彼女を責め、罵倒した。被告側の弁護人は彼女を小さな男たらしと呼んだ。タブロイド紙は彼女のせいで家庭が崩壊したと書き立てた。その後、刑務所を出た継父が頭を撃たれて死亡した。彼女は再び母親になじられ、恥と不名誉を抱えて生きていくことになった。当時は学校に行くことさえ恐ろしかった。

「サラ！」

目の前に現れたウルフを見て、サラは悲鳴をあげた。気がつくと、厩舎の明かりがともされていた。

ウルフが一歩前へ出た。

サラは怯《おび》え切った顔で震える両手を突き出した。

「やめて。お願いよ。お願いだから……」彼女は泣きじゃくった。

ウルフはその反応に見覚えがあった。遠い昔、警察官をしていた頃に何度も目にしていたからだ。彼は目をつぶり、身震いした。

くそっ、なぜ気づかなかったんだ？

「サラ」彼は少し距離を置いてひざまずいた。「継父にレイプされかけた時、君はいくつだった？」

「十……三」サラは声を詰まらせた。「十三歳だったわ」

ウルフはまぶたを閉じ、手を拳《こぶし》に握った。僕は間違っていた。サラは母親への対抗心から継父を誘惑したんだろうと思っていた。そして、今夜もまた過ちを犯した。イーセラへの恨みをサラにぶつけてしまった。その結果がこれだ。

「ハニー、ここは冷えるよ」ウルフは声を詰まらせながら言った。「家の中に戻って……」

「いやよ」黒い瞳には悲痛の色があった。「絶対にいや！」

ウルフはひるんだ。彼は携帯電話を取り出し、番号を押した。指が震えていたため、二度も押し直さなくてはならなかった。「マドラ、牧場まで来てもらえないか？　ちょっと問題が起きて……若い女性がいるんだ。頼むよ。彼女をどれだけ傷つけたのか、僕には判断できない。ああ。迎えの車をやる。急いでくれ。ありがとう」

それから彼はリムジンの会社に電話をかけた。ある住所を告げ、指示を出してから電話を切る。

「医者を呼んだ。女性の医者だ。彼女が君を診察してくれる。だから、君を中に運んでもいいかな？」

だが、その声はサラの耳には届いていなかった。

彼女はひとりぼっちで過去と恐怖の世界をさまよっていた。

6

ウルフは馬具収納室から毛布を持ち出した。直接触れないように気遣いながら、その毛布でサラのむき出しの肩を包み込む。サラはまだ震えていた。とても彼の質問に答えられるような状態ではない。

ウルフは自分を責め、自分の残酷さを呪った。僕はなんてことをしてしまったんだろう？　いったいどうすれば、この過ちを償えるんだろう？

サラは車のエンジン音が聞こえてくるのをぼんやりと意識していた。ウルフが厩舎《きゅうしゃ》を出ていき、ほどなく美しいブロンドの女性を連れて戻ってきた。

ブロンドの女性は若く見えた。しかし、その顔を間近で見ると、ウルフとそう変わらない年齢のようだ。その女性は優しくサラに話しかけ、聴診器を取り出した。

簡単な診察がおこなわれ、サラの腕に注射が打たれた。それから一分もたたないうちに、彼女の震えが収まってきた。

女性の医師マドラが穏やかな口調で指示を出した。

「もういいわよ。彼女を家の中に運んで」

サラに近づきながら、ウルフは小声で話しかけた。

「ハニー、これから君を抱き上げる。痛い思いはさせないよ。約束する」

サラは身を硬くしたが何も言わなかった。

ウルフは彼女を家の中へ運んだ。二階の来客用寝室に入り、ベッドカバーの上に彼女を横たえた。

「彼女と二人だけにして」マドラが言った。

「わかった」

ウルフは客用寝室から自分の部屋に直行した。そしてドアを閉めると、ウイスキーの瓶を開け、グラスになみなみと注《つ》いだ。

数分後、ドア口からマドラの声がした。「そんなことをしても意味ないわよ」

ウルフはグラスに残っていた琥珀《こはく》色の液体を飲み干した。リビングルームにあったサラのドレスと靴はすでに片付けていた。あとで折を見て、客用寝室に置いておくつもりだった。これ以上サラに恥をかかせるわけにはいかないからだ。

でも、僕は恥をかくしかない。古くからの友人に自分の罪を知られたくはないが、サラには助けが必要だ。彼女のあの表情を見てしまった以上、何もしないわけにはいかない。

ウルフは青ざめた顔で振り返った。「彼女は君には話をしたか?」

マドラは首を左右に振った。「今は眠っているけど、彼女が口にしたのは〝お願い、やめて〟という言葉だけ」

ウルフは友人の責めるようなまなざしから目を逸《そ》らした。「僕はずっと女から遠ざかっていた。それで……自制心をなくしてしまった。でも、無理強いしたわけじゃない」歯を食いしばって付け加える。「無理強いなんてできるわけがない。彼女は……男を知らないから。男を受け入れられない体だから」彼は荒々しく息を吸い込んだ。「それでも、僕が彼女を死ぬほど怯《おび》えさせたのは事実だ」

マドラはふっと息をつき、デスクの横のソファに腰を下ろした。「そのことについて話してみる?」

ウルフは冷ややかに笑った。「今はやめておくよ。そのうち、いやでも話さざるをえないだろう。彼女は継父にレイプされかけた。僕は彼女にも原因があると思っていた。母親への対抗心から継父を横取りしようとしたが、継父の暴走に怖《お》じ気《け》づいたんだと」彼は強《こわ》ばった顔を手でこすった。「十三歳だぞ、マドラ」まぶたを閉じると、彼は身震いした。「当時、彼女はまだ十三歳だった」

「ひどい男もいるものね」マドラは答えた。

「ああ」ウルフはデスクの端に腰を預けた。腕組みをし、思い切って告白する。「僕は彼女になら話せた。イーセラのことを。彼女は耳を傾けてくれた。批判めいたことは何も言わなかった。僕は彼女の内気な言動を演技だと思っていた。男の気を引くために純情なふりをする女もいるから。彼女から……体の問題について打ち明けられた時も、本当かどうか怪しいものだと思った」彼は床に視線を落とした。

「僕がばかだった。もともと傷を抱えていた彼女をさらに傷つけてしまった。彼女の兄は僕たちの交際に反対していた。過去を引きずる男女が一緒にいても、互いを傷つけ合うのが落ちだと。実際、そのとおりになってしまった。くそっ！　あいつの忠告を聞いておけばよかった！」

　マドラはかぶりを振った。「彼女はセラピーを受けるべきだったのよ。あなたもね。前々からそう言っていたでしょう」

「僕は赤の他人にイーセラのことは話せない。彼女にしても――」ウルフは廊下のほうを顎で示した。「継父のことは実の兄にも話せなかったそうだ。その継父は彼女の証言で刑務所に送られた。僕はそのことを知っていた。それでも、彼女を信用しなかった。僕は気づいていなかったんだ。当時の彼女がまだ子供だったことに……」彼はまぶたを閉じた。

「なあ、マドラ。僕はどうしたらいいんだ？　彼女を一人でうちに帰すことはできない。彼女の家族は兄だけで、今その兄は海外にいるんだ。でも、彼女をここに引き留めたら……僕はますます嫌われてしまうだろう」

「もう一人、女性をここに連れてきたら？」マドラは提案した。「彼女がうちに帰れるようになるまで、その人にもここにいてもらったら?」

ウルフは友人に視線を投げた。一分ほど考えてからうなずいた。「バーバラ・ファーガソンに頼もう。彼女はこの町でカフェをやっている。しかも、息子は警察の人間だ。きっと協力してくれる」そこで彼は顔をしかめた。「ただ、そうなると町中に知られてしまうな。彼女がさらに傷つくことに……」

「バーバラなら私も知っているけど」マドラが口を挟んだ。「彼女は口の堅い人よ。本当の理由は誰にも言わないと思うわ。問題はあなたね、ウルフ。いいかげん、しっかりなさい。これじゃ、生きているとは言えないでしょう」

ウルフは顔を上げ、豊かな髪をかき上げた。「彼女の兄貴にぶん殴られるだろうな」彼は力のない声で笑った。「殴らせておくか。そのほうがお互いのためだ」

「セラピーのことも考えて」

ウルフはためらった。だが、それもほんの一瞬のことだった。「ワシントンに知り合いの精神分析医がいる。コルビー・レインのセラピーを担当した女性で、蛇を飼っている」彼はくすりと笑って付け加えた。「彼女にならサラも話をするかもしれない。僕がセラピーを受けることに同意して、セラピーの間、彼女が僕を撃たなければの話だが」

「あせる必要はないわ。一日一歩でいいのよ」マドラは穏やかに忠告した。

ウルフは立ち上がり、友人を抱擁した。「今夜は来てくれてありがとう」

「小学校以来の友達じゃないの」マドラは微笑した。「あなたの頼みを断ったら、マークに何を言われるかわかったもんじゃないわ」

「あいつに出し抜かれなかったら、僕が君と結婚していたのに」

「よく言うわ」マドラはウルフの軽口を笑って受け

流した。それから、ウイスキーの瓶に目をやった。

「あれはやめておくべきね」

ウルフは肩をすくめた。「ピストルよりはましだろう」

マドラは眉をひそめた。「人は誰でも過ちを犯すものよ」

「これは僕の人生でも最悪の過ちだ。しかも、その代償を支払っているのは僕じゃない」ウルフは悲しげに言った。「これからバーバラに電話する。彼女が来られるか確認できるまで、もうしばらくここにいてくれないか？」

「もちろん」

「コーヒーをいれるよ」ウルフは微笑した。

バーバラは小さめの旅行鞄《かばん》とともにやってきた。ウルフの顔を見るなり、彼女はたじろいだ。水色の目をした大男は彼女のカフェの常連だった。店で何度も顔を合わせるうちに、彼女はこの大男に好意を抱くようになっていた。電話では要領を得なかったが、この顔を見ればおおよその察しはつく。サラはまったくの世間知らずだが、ウルフには複雑な過去があるのだ。彼女はそのことを息子――サンアントニオ警察のリック・マルケス警部補から聞いていた。

「来てくれてありがとう」ウルフは抑えた口調で礼を言った。「僕は許されないことをした。彼女の恐ろしい記憶を掘り返してしまった。でも、彼女をうちに帰すわけにはいかないんだ。彼女のうちには誰もいないから」

バーバラはうなずいた。「大丈夫。カフェのことも気にしないで。私がここにいる間は、ほかの人にやってもらうから」

「助かるよ」

「じゃあ、私はうちに帰るわね。車を手配してくれてありがとう」マドラが言った。「その精神分析医にちゃんと連絡を取るのよ。私にがみがみ言われたくないならね」

　ウルフはうなずき、友人を抱きしめた。「マークに伝えてくれ。君をよこしてくれてありがとうと」

「彼はあなたのためならなんでもするわ。それに、あなたはうちの息子たちの名付け親でもあるのよ。そんな大切な人の頼みを断れると思う？」

「彼女は大丈夫なんだろうか？」ウルフは不安を口にした。

「確かに彼女は傷ついているわ」マドラは答えた。

「でも、それは心の傷であって、体の傷じゃないの。あなたは彼女を傷つけなかった」

「それは君の考えだ」ウルフはぼそぼそつぶやいた。

　マドラは友人の肩を軽くたたいた。「少し眠ったらどう？　朝になったら、彼女に謝ればいいわ」

　ウルフの口調は重かった。「朝になったら、彼女は銃を探しているかもしれない」

　マドラはバーバラに挨拶し、待機していたリムジンに乗り込んだ。

　バーバラは客用寝室に入り、大きなベッドで眠る若い女性の青ざめた顔を眺めた。バーバラがサラの様子をチェックしている間に、ウルフは椅子にかけておいたドレスと靴へ目をやった。

「サラは一生許してくれないな」ウルフは歯を食いしばった。「この話が耳に入ったら、ゲイブも僕を半殺しにするはずだ」

「誰が彼の耳に入れるの？」バーバラは尋ねた。

「僕が」ウルフは素っ気なく答えた。「身から出た錆《さび》だ」彼の顔が苦しげに歪《ゆが》んだ。「サラは僕の話を聞いてくれた。僕は洗いざらいぶちまけた。それでも、彼女は耳を傾けてくれた。その彼女に僕は……こんな真似《まね》を」彼はバーバラに背中を向けた。

「マドラの言うとおりよ。明日になったら謝りなさい。あとは時間が解決してくれるわ。サラは根に持つタイプじゃないから」

ウルフは首を左右に振った。「それだけじゃだめだ。なんの解決にもならない」

「とにかく少しは眠ることよ。私も休ませてもらうわ」

「来てくれてありがとう」ウルフはまた礼を言った。

バーバラは微笑した。「私はサラが好きだから」

翌朝、サラは軽い二日酔いとともに目を覚ました。目覚めたとたん、昨夜の記憶がよみがえった。自分がまだ下着を身につけていることを意識しながら、彼女はかたわらに目をやった。そこに誰かが寝ていることに気づき、ぎょっと息をのむ。

だが、寝返りを打ってほほ笑みかけてきたのはバーバラ・ファーガソンだった。

「おはよう」バーバラは穏やかな口調で話しかけた。

「気分はどう？」

「最悪よ」サラは頬を赤らめ、周囲に視線を向けた。

「ここは……？」

「マドラ・コリンズが来たのよ」バーバラは説明した。「あなたを診察し、注射を打って、このベッドに寝かしつけたの。私もウルフに頼まれたのよ。今の状態のあなたをうちに帰すわけにはいかない、あなたがここにいる間は一緒にいてやってくれ、と」

彼女は少しためらってから続けた。「そういうウルフも、いい状態とは言えないわね。彼はあなたのお兄さんに半殺しにされる覚悟でいるわ。当然の報いだと思っているみたい」

サラは目を伏せた。昨夜の記憶の鮮明さにいたたまれなくなったからだ。しかし、何よりも脳裏に焼きついているのは、彼女のかたわらにひざまずき、家まで運ばせてくれと懇願した時のウルフの表情だった。そこには嫌悪感があった。己を恥じる気持ちと罪の意識があった。

　ウルフだけが悪いんじゃないわ。私もそうなることを望んでいたんだもの。彼が私の体を使ってイーセラに報復していると気づくまでは。あの時のことを彼は覚えているかしら？　もちろん、忘れるわけがないわよね。

　サラは上体を起こし、ベッドを出ようとしたところで、はたと気がついた。私のドレス。きっとまだリビングルームにあるんだわ。ウルフが私からはぎ取ったあの場所に……。

「私、着る服がないの」サラは遠慮がちにつぶやいた。「ドレスは……」

「あれじゃないの？」バーバラが壁際の椅子を顎で示した。サラのドレスはその椅子にかけてあった。かたわらの床には靴も揃《そろ》えられていた。

「ええ、あれよ。着替えたらアパートメントに戻りたいんだけど、送ってもらえないかしら？」サラは蚊の鳴くような声でお願いした。

「まだ帰っちゃだめよ」

「でも……」

「私も一緒にここにいるから」バーバラは請け合った。「ウルフも私も、今のあなたを一人にしたくないの」

　サラの表情が曇った。「彼から聞いたの？」

「彼は問題が起きたと言っただけ。本当よ」

　それならいいけど。サラはもつれた髪を押しやり、苦々しげに笑った。「昨夜《ゆうべ》は彼の恋人も呼ばれていたわよね。私の世話をするために」

「彼女はウルフの親友の奥さんよ。ウルフは彼女の息子たちの名付け親なんですって」

「まあ」

「我らがミスター・パターソンに恋人はいないわ」

　バーバラは断言した。そしてサラが頬を赤らめるのを見て、愉快そうに瞳をきらめかせた。「噂《うわさ》になっているのよ。彼はいろんなブロンド美人を誘ってオペラやバレエへ出かけるけど、終演後は相手をうちまで送って、そのまま帰っちゃうんですって」

その話で、サラの気持ちは少しだけ軽くなった。しかし、心の痛みが消えたわけではない。「彼は今どこにいるの？」彼女はドアに視線を向けながら不安そうに尋ねた。

「私が見てきてあげるわ。そうそう、みんなの朝食も用意しなきゃ。食事がすんだら、アパートメントの鍵を貸してくれる？ サンアントニオまでひとっ走りして、あなたの荷物を取ってくるから」

「私、うちに帰りたい」サラは声を詰まらせながら訴えた。

バーバラはサラの体に両腕を回して抱きしめた。「あなたには少し時間が必要なだけよ。ずっと男を近づけないようにしてたんでしょう？」

サラは身を引いた。「ウルフから聞いたの？」

「いいえ。でも、なんとなくわかるわ。前にリックがレイプの被害に遭った若い女性をうちに連れてきたの。私は犯人がつかまるまで彼女を預かったわ。一緒に裁判にも行ったのよ」

あふれ出た熱い涙がサラの頬を濡《ぬ》らした。

「言いたくないことは言わなくていいのよ」バーバラは続けた。

サラは一つ息を吸ってから、思い切って打ち明けた。「十三歳の時、継父にレイプされかけたの。兄のおかげで未遂ですんだけど……。継父は逮捕され、裁判にかけられた。私の証言で刑務所へ送られた。兄と私は母の家から追い出され、二度目の裁判で知り合った国選弁護人の親戚に引き取られたの」二度目の裁判について、彼女は説明せず、ただ悲しげに微笑しただけだった。「私たちにとっては、その人こそが本当の家族だったわ」

「少なくとも、あなたたちには愛してくれる人がいたのね」バーバラはつぶやいた。

「ええ」

「裁判の時はつらかったでしょう」

サラは身震いした。

「被告側の弁護人って、けっこう汚い手を使うのよね。私もこの目で見るまでは信じられなかったわ」

「私は自分から継父を誘惑したんだろうとなじられたわ。すべて私のせいだと」

「とんでもないやつね」バーバラは決めつけた。

サラはくすりと笑い、涙を拭った。「ごめんなさい。今朝は涙腺が緩くなっているみたいで」

「何か食べられそう？」

「コーヒーなら大歓迎よ。彼が向こうにいなければ、だけど」サラは付け加えた。ウルフと顔を合わせることを考えただけで体が震える。

「私が確かめてくるわ」

バーバラは服に着替えて、キッチンへ向かった。僕

キッチンには誰もいない。彼女は地元の噂を思い出した。その噂によれば、ウルフは家に女を入れない、家政婦すら雇わず、家事はすべて自分でやっているということだった。

ウルフの姿も見当たらなかった。あちこち探し回ったバーバラは、廊下の奥のひび割れたドアに気づいた。そのドアを押し開けると、デスクに突っ伏しているウルフの姿が見えた。彼の手元にはひっくり返ったグラスと半分空になったウイスキーの瓶がある。

ということは、彼はサラが思ってるほど冷たい人間じゃないのね。

バーバラはデスクに近づき、そっとウルフの体を揺すった。

「僕のせいだ」ウルフが寝言のようにつぶやいた。

「僕のせいなんだ。彼女は一生僕を憎むだろう。僕も自分が憎い！」

　バーバラはたじろいだ。喉から絞り出すような声。大きな肩が震えているわ。「ミスター・パターソン、ベッドに入ったほうが……」

「いやだ。それより銃をくれ」

「いいかげんにしなさい！」バーバラは引きずるようにしてウルフを立たせた。だが、彼の体は重く、ソファまでしかたどり着けない。そこに彼を横たわらせると、バーバラは顔をしかめた。

「くそっ」ウルフはうなった。「僕は弱い者いじめのくそったれだ！」彼は目を覆うように顔に腕をのせた。

　バーバラは安楽椅子にかけてあったアフガン織りのブランケットをはがし、それで大きな体を包み込んだ。そして落ち込んでいる息子を慰めるように、ウルフの黒い髪を撫《な》でた。「大丈夫。すべて丸く収まるわ。だから、今は眠りなさい」

「彼女は僕を怖がっていた」ウルフは苦しそうに訴えた。「全身をわなわなと震わせて……」

　バーバラは彼の髪を撫でつづけた。「いいから眠るのよ」

「僕は……くそったれだ」ウルフはつぶやき、それから数秒とたたないうちに寝息を立てはじめた。

　バーバラは部屋を出て、静かにドアを閉めた。客用寝室へ引き返そうとしたところで、玄関の外に立っているカウボーイに気がついた。

　ここが勝負どころだわ。ドアを開けると、彼女は笑顔で挨拶した。「ハイ、ボスに用なの？」

「ああ、はい」カウボーイは答えた。「これから迷い牛を集めに行くんですけど、ほかに予定があるか監督が訊《き》いてこいって」

「ボスは具合が悪いの」バーバラは思いつきの嘘《うそ》を並べた。「昨夜はミス・ブランドンと出かけたんだけど、途中で体調を崩したみたいで。それで、ミス・ブランドンが彼をここまで送ってきたのよ。私は彼女に呼ばれて来たの。病人を放っておけないけど、若い娘が一人でここに泊まるわけにもいかないじゃない？　噂になっても困るし」彼女はにっこり笑った。「というわけで、彼がよくなるまでは私たちもここにいるわ」

　カウボーイはそれで納得したようだった。「早く元気になるといいですね。もし何か必要になったら、いつでも言ってください」

「ええ。ボスもきっと感謝するわ」

「ミセス・ファーガソンですよね？　町でカフェをやってる？」カウボーイがくすりと笑った。「あそこのステーキとポテトは世界一だ。あなたに料理してもらえるなんて、ボスは運のいい男だな」

「あなたのボスは私より料理が上手だって噂よ」

「確かに料理は上手ですけど、こじゃれたソースをかけるし、やたらとスパイスを使うから」カウボーイは肩をすくめた。「たまになら、そういうのも悪くありません。けど、男はやっぱりビスケットが食べたいんです。宿舎に新しい料理人が来た日は、みんな泣いて喜びましたよ」彼はにんまりほくそ笑んだ。

　バーバラは笑った。

　カウボーイは帽子を傾けた。「ボスに伝えてください。俺たちはボスの分も頑張ります。みんな、ボスが早く元気になるよう祈ってますって」

「伝えておくわ」

　バーバラはドアを閉めた。サラと口裏を合わせておかないと。ウルフにも話しておくべきね。もっとも、彼は当分目が覚めそうにないけど。目が覚めたとしても、ひどい二日酔いでそれどころじゃないかもしれないけど。

　バーバラはビスケットを焼き、グレイビーソースをかけたカントリーハムを用意した。ウルフがキッチンの窓辺で育てていたハーブを使って、オムレツもこしらえた。

「彼はどこにいるの？」サラは尋ねた。

バーバラはビスケットにバターを塗りながら、ため息をついた。「デスクで気を失ってたわ」

「気を……失ってた？」

バーバラはうなずき、大皿にオムレツを盛りつけた。「半分空になったウイスキーの瓶と並んで」

「でも、彼はお酒を飲まないはずよ」サラは戸惑いを口にした。「兄が言っていたわ。彼は強いアルコールには手もつけないって」

「昨夜は飲まずにいられなかったんでしょう。ソファに横たわらせたら、あっと言う間に眠ってしまったわ」

「何か言ってた？」

「銃をくれって」

サラはうめいた。「私のせいだわ。私が黙っていたから。本当のことを話さなかったから」

「あなたたちは、どちらも傷を抱えてるのね」バーバラは大皿をテーブルに置き、二つのカップにコーヒーを注いだ。

「ええ。昨夜の件でまた傷が増えてしまったわ」サラは両手に顔を埋《うず》めた。「私、知らなかったの。夢にも思わなかったのよ。途中で止めるのがどんなに難しいか……」

「それが情熱の厄介なところよね」バーバラは優しく微笑した。「私は結婚経験があるから、よく知ってるわ」

「私は何も知らないの。というか、知らなかったの」サラは唇を噛《か》んだ。「あの事件以来、デートさえしなかったから。いいえ、一度だけしたわ。高校三年の時よ。相手は感じのいい男の子だった。でも、急に迫られて……それで私、気が動転して泣き出したの。彼は私の頭がおかしいと思ったみたい。それで噂が広まって、誰も私を誘わなくなった。もし誘われても、私は断っていたはずよ」彼女はコーヒーをすすりながら、ぽつりぽつりと語った。「私は男性に対して何も感じることができない。そう思っていたんだけど……」

「でも、そうじゃなかったのね？」

サラはうなずき、目を伏せた。「彼は……とても男らしい人でしょう。ハンサムだし、セクシーだし……。だから、私は考えたの。もしかしたら……」彼女はいったん上げた視線を落とし、手元のカップをのぞき込んだ。「それで試してみて、こういうことになってしまったの」彼女はコーヒーをすすった。

「彼は絶対に私を許してくれないわよね」

「ウルフが許せないのは自分自身よ。だから、苦しんでるの」バーバラは答えた。「これは今すぐどうにかなる問題じゃないわね。少し時間をおくべきだわ。ほら、オムレツが冷めちゃう。オムレツって温め直すとゴムみたいになるのよ」彼女は笑った。

サラは無理に笑顔を作り、フォークですくったオムレツを口へ運んだ。

サラの着替えを取りに行くために、バーバラは車でサンアントニオへ向かった。ウルフはまだ姿を見せていなかった。私も一緒に行きたい、とサラは訴えた。しかし、バーバラは耳を貸さなかった。いったん自分のアパートメントに戻ったら、サラはそこを離れないだろう。彼女はサラの苦悩を感じ取っていた。だからこそ、今のサラを一人にしたくなかったのだ。

ウルフの過去について、バーバラはサラが知らないことまで知っていた。ウルフを狙っている女がいることも息子から聞かされていた。ガブリエルが戻ってくるまで、サラはここにいたほうが安全なのだ。そう考えて、バーバラは嘘をついたのだった。〝リックから聞いたけど、あなたのお兄さんは誰かに命を狙われているんでしょう。だとしたら、あなたも一人にならないほうがいいわ〟

サラは落胆した。つまり、私はミシェルに相談することもできないわけね。ミシェルにお願いして、私のアパートメントに泊まってもらうつもりでいたのに。でも、それは身勝手というものよ。ミシェルはジャーナリズムのクラスでは優秀な成績を収めているけど、必修科目で苦戦している。私のせいで単位を落とさせるわけにはいかないわ。

サラはバーバラからスラックスと青いチェックのシャツとフラットシューズを借りていた。幸い、二人は同じような体つきをしていた。靴のサイズも一緒だ。今のサラは昨夜ウルフとここに来た時の優雅な女性とは別人のように見える。

ウルフは馬を何頭も飼っていた。サラはそのことを知っていたが、昨夜の経緯を思うと厩舎をのぞく気にはなれなかった。彼女は厩舎から囲いに視線を転じた。囲いでは、雌馬と子馬が元気に飛び跳ねていた。蹄《ひづめ》に縦縞《たてじま》が入った斑《まだら》模様のアパルーサ種の母子《おやこ》だ。母馬が子馬に鼻面を押しつけ、嬉《うれ》しそうにいなないた。その様子を眺めるうちに、サラは自然と笑顔になっていた。

「彼女は四歳になる」背後から低い声が聞こえた。「もともとは保護された馬でね。前の飼い主にタイヤレバーで殴られ、死にかけていたところを救い出されたんだ。彼女の信頼を得るのは大変だったよ。並大抵の苦労じゃなかった」

サラは唾をのみ込んだ。後ろを振り返ることができない。自分の顔が真っ赤だとわかっていたからだ。

でも、気配でわかるわ。ウルフはすぐ後ろにいる。体温が感じられるほど近くに。

「昨夜は銃で自分の脳を吹っ飛ばすことも考えた」

ウルフは淡々とした口調で続けた。「でも、それは君の兄貴のためにとっておくことにした」

サラはそろそろと向きを変え、不安げなまなざしで彼を見上げた。

ウルフはそのまなざしにひるみながら、ジーンズのポケットに両手を押し込んだ。充血した水色の瞳。石のように強ばった顔。今の彼は見るからに二日酔いに苦しんでいる男という感じがした。

「どうかわかってほしい。僕が君をアパートメントに帰さない理由を。バーバラにここへ来てもらった理由を」ウルフは静かな口調で訴えた。「僕は愚かな真似をした。できればその結果を見たくはない。でも、君は今、精神的に弱っている。そんな君を一人にするわけにはいかないんだ」

サラは目を逸らした。そして震えている自分の体に両腕を巻きつけて答えた。「オーケー」

「バーバラはずっとここにいてくれる。僕は……君が一人の時には近づかない。二度と君に触れない」

サラは無言でうなずいた。答えたくても言葉が出てこない。

ウルフは少しあとずさり、囲いに視線を転じた。

「君の話はすべて本当だった。ただ、当時の君の年齢については教えてくれていなかった」

「ええ」

ウルフは大きく息を吸った。「僕はもうイーセラとは無関係だと思っていた。でも、そうじゃなかった。僕はいまだに彼女への恨みを引きずっている。彼女の罪をほかの人間に償わせようとしている。僕は君にひどいことをした。自分が恥ずかしくてたまらない」

サラはしばらく沈黙したあと、口を開いた。「私はずっとあの話ができなかった。継父は……私に下品な真似をした。卑猥《ひわい》な言葉を浴びせた。当時の私には理解できない言葉もあったわ。それが理解できたのは裁判の時よ。私は法廷で娼婦《しょうふ》のような扱いを受けた。それだけでも最悪なのに……」

ウルフはフェンスに片足をのせ、馬たちを見やった。「言ってごらん、サラ」

サラはフェンスの横木を撫でた。「母は継父のために新しい弁護士を雇ったの。その弁護士が法の抜け穴を見つけて、再審を請求したのよ。それで継父は刑務所を出られた。でも、継父の頭にあるのは私に復讐《ふくしゅう》することだけだった。継父は銃を手に入れて、私の登校時を狙った。うちから出てきた私の前に飛び出し、私を罵倒して笑った。二度と俺を刑務所送りにできないようにしてやると宣言した」彼女はまぶたを閉じた。隣に立つウルフの険しい形相には気づいていなかった。「うちの隣には警察官が住んでいたの。ちょうど彼も出勤しようと家を出たところだった。事態に気づいた彼は勤務用の銃を抜いて、継父に武器を下ろすよう命じたわ。でも、継父は従わなかった。私に銃口を向けつづけた。だから、警察官は発砲したの。継父の頭を狙って……」彼女の全身が震えた。それ以上は言葉にできなかった。

ウルフはサラの体に両腕を回し、そっと引き寄せた。そして彼女の後頭部に手を当て、こめかみに唇をつけ、慰めの言葉をつぶやいた。

「その警察官は起訴されたわ。私の命を救ってくれた人が罰せられるなんておかしな話でしょう？　だから、私は証言台に立った。そこですばらしい国選弁護人に出会ったの。彼には独身の伯母さんがいた。その人が兄と私を引き取ってくれたの。私たちに家庭を与え、本当の子供のようにかわいがってくれたのよ」

「隣の警察官は？」

「私の証言で無罪になったわ」サラはまぶたを閉じ、再び身を震わせた。「でも、あの銃撃事件がだめ押しになって、私は夜に眠れなくなったの。継父のことは嫌いだった。本当に大嫌いだった。でも、私はあの男が死ぬのを見てしまった。それで……責任を感じてしまったの。母は裁判で私をなじったわ。おまえは最低の人殺しだと」彼女は苦しげに息を吸うと、嗚咽《おえつ》をもらした。「本当に……生き地獄だった」

　ウルフは彼女の濡れたまぶたにキスをした。長いまつげに舌を這《は》わせながら、彼女の髪を優しく撫でた。「かわいそうに。そんな思いをしてきたのか」

　サラは拳《こぶし》に握った両手を彼のデニムのシャツに預けた。コーヒーの匂いがする。それと、コロンのいい匂い。彼女はウルフの唇に額を当て、彼の抱擁に身をゆだねた。

　ウルフは身震いした。この信頼しきった態度。僕はサラを裏切るような真似ばかりしてきたのに。

「もしそれを知っていたら、僕は絶対に君に触れなかった」

　サラは頼りなげに息を吸い込んだ。「ええ、わかってるわ」

　それは告白にも等しい言葉だった。しかし、ウルフはそのことにも気づかないほど動揺していた。彼は無言でサラの髪を撫でつづけた。汗で濡れた自分の髪が風になぶられるのをそのままにして。

　サラは目を閉じたまま彼の腕の中で立っていた。それは彼女が初めて知る安らぎだった。

　やがて、二人の耳に車のエンジン音が聞こえてきた。玄関に横付けされたリムジンを見て、サラは少し照れたように身を引いた。

「あれはバーバラじゃないわね。バーバラは自分の車で出かけたもの」

「ああ、バーバラじゃない」ウルフが重々しく断言した。「彼女、ペットを連れてきてないだろうな」

「彼女？」サラは不安げに彼を見上げた。

「君が考えていることはわかる」ウルフは静かに答えた。「彼女は僕の恋人じゃない。前に話しただろう。イーセラのことがあってから、僕は誰とも付き合っていない、と。あれは嘘じゃない」

　サラは黙って彼を見ていた。

「君から見れば、よけいなお世話かもしれないが」家のほうを顎で示しながら、ウルフは続けた。「僕は心配なんだ。僕にされたことを忘れるために君が無茶をするんじゃないかと。その心配が解消されるまでは、君を家に帰すわけにはいかない」

「どういうこと？」

　ウルフはポケットに両手を押し込んだ。それと同時に、リムジンから一人の女性が降り立った。リムジンが走り去ると、女性はスーツケースを転がしてポーチに上がった。

「今にわかる」ウルフはそう言って、ポーチへ向かった。

　そこに立っていた女性はまだ若かった。紫のハイライトが入った黒髪を逆立て、銀のアクセサリーをじゃらじゃらと身につけている。くるぶし丈のドレスは黒で、爪も唇も黒く塗り、鼻にピアスをしていた。

　ポーチへ上がってきた二人に向き直ると、彼女は銀色の瞳をきらめかせて名乗った。「私はエマ・カインよ。察するに、あなたたちのどちらかがウォフォード・パターソンね」

　唖然《あぜん》としながらも、サラはくすりと笑った。

　ウルフはサラを顎で示した。「彼女は背が低すぎるから、たぶん僕がそうだね。よろしく」エマの手を握って、付け加える。「こちらはミス・サラ・ブランドンだ」

「二日しか時間が作れなかったの」エマは言った。「だから、さっさと始めましょう。静かな部屋とブラックコーヒーを用意して。あと、二人同時はだめよ。私は合同セッションは好きじゃないの」

　言葉にできない恐ろしい考えがサラの脳裏をかす

めた。「合同……？」ぎょっとして視線を上げた彼女の顔を見て、ウルフが噴き出した。

「セックスじゃないわ」エマが唇の端を歪めた。

「彼から聞いてないの？　私は精神分析医よ」彼女はサラににんまりと笑いかけた。「あなたたちは壊れてる。だから、私が修理するのよ！」

7

　エマ・カインはサラが抱いていたセラピストのイメージとは違った。その突拍子もない出《い》で立ちは、精神分析医というよりもヘビーメタルのミュージシャンのようだった。しかし、彼女が知的な人間であることは最初から明らかだった。

　エマはウルフの書斎に入ると、サラを安楽椅子に座らせ、タブレット型パソコンを取り出した。メモ情報を見て、唇をすぼめてから、ソファにもたれかかる。

「最初の質問よ」エマは微笑した。「今朝はウォフォード・パターソン——ウルフのことをどんなふうに感じてる？」

　サラは唇を噛《か》んだ。

「だめだめ。答えを探さないで。思ったままを口にするのよ」

「自分でもよくわからないの。ただ私、あんなことになるとは思わなくて。彼……彼は……」サラは言葉を探して口ごもった。

「彼は自分を辱めた女に復讐《ふくしゅう》するために、あなたを利用したのね」

　サラは惨めな気分でうなずいた。

「でも、あなたはまったく違うものを期待してた」

　サラはためらったあげく、またうなずいた。「私は男の人に何も感じることができなかった。でも、彼と出会ったわ。彼に見られると、胸がときめいた。そんな自分の反応が怖くて、わざとつんけんした態度をとったの」

　エマは微笑した。「彼はそのことを知らないのね？」

「ええ」

「あなたは彼が欲しかった」

サラは真っ赤になった。

「誰かを欲しいと思うのは悪いことじゃないわ」エマは穏やかに諭した。「人として当然の反応よ。それで子供ができるんだから」

「そうね。でも……」

「でも？」

サラの黒い瞳が涙で光った。「ああいうことになったのは私のせいだわ」彼女はぼそぼそとつぶやいた。口にすることさえ恥ずかしいと言いたげな態度で。「私は勘違いしていたの。彼も少しは私のことを思ってくれているんだと」

「その勘違いが事態をさらにこじれさせたというわけね？」

「ええ。彼にとってはなんの意味もなかったのよ」

サラは疲れた口調で答えた。「彼はある女性からひどい仕打ちを受けたの。愛し合う時に侮辱され、笑われて。私はその女性に似ているんですって」悲しげな笑顔で締めくくった。

エマはうなずき、メモを取った。「あなたは彼のことをどの程度まで知ってるの？」

「彼につらい過去があることは知っているわ。私もそうだけど、彼のほうがもっと悲惨なの。彼が何を生業《なりわい》としているか、過去にどんな仕事をしてきたか、正確なところは誰も知らないはずよ。本人はＦＢＩにいたと言っているけど、なぜか私の兄と親しいし。兄はプロの兵士なの。フリーで仕事を請け負っているのよ」

「傭兵《ようへい》のことなら私も知ってるわ。世間は彼らを誤解してるのよね。お金のためならなんでもやる無慈悲な連中だと」エマはかぶりを振った。「守秘義務さえなければ、私が真実を教えてやるんだけど」

「私も少し知っているわ。ミスター・パターソン……ウルフが話してくれたから」

エマは頭を傾《かし》げて微笑した。「ミスター・パターソン？」

「前はずっとそう呼んでいたの」

エマはまたノートに何か書き込んだ。「彼の子供時代については何か知ってる？」

「ええ」サラは唇を噛んだ。「でも、それは私が話すことじゃないから。本人から直接聞いて」彼女はすまなそうに付け加えた。「さっきは彼を辱めた女性のことを話したけど、それは彼が私に……ああいうことをした理由を説明するためで……」

「見上げた態度ね」

「彼もあなたに私のことは話さないと思うわ。必要な分しか」

エマはくすくす笑った。「必要な分どころか、完全黙秘よ」驚いているサラの顔に視線を据えて続けた。「でも、自分のことについてはそれなりにしゃべったわ。あなたを傷つけてしまったとしきりに悔やんでた。だから私、あなたは青あざだらけなんじゃないかと……」

「まさか！」サラは椅子から身を乗り出した。「彼はそんな人じゃないわ！　暴力なんて絶対にふるわない！」

エマは小鳥のように首を傾けて、続きの言葉を待っていた。

「彼は……とても優しい人よ」サラは頬を赤らめてつぶやいた。

エマは何も言わず、ただメモを取っただけだった。

一時間後、エマとサラはキッチンへ戻った。そこにはバーバラと意気消沈したウルフの姿があった。

そんな彼に、エマはにんまりと笑いかけた。「あなたの番よ」

ウルフは立ち上がり、サラに視線を投げてから、エマのあとに続いて書斎へ向かった。

「私の予想とは全然違ったわ」サラはコーヒーを飲みながらバーバラに報告した。「あの人にはなんでも話せたの。もうびっくりよ！」

「見た目もユニークよね」バーバラは笑った。

「ええ、ほんと」

「あなたの着替えを取ってきたわよ。ついでにカフェに寄って、様子を見てきたわ」

「迷惑をかけて……」

バーバラは謝罪の言葉を遮った。「これくらい、お安いご用よ。私はあなたが大好きなの」

「私、なんとお礼を言ったらいいか……」

「私は今回のことを休暇だと思ってるの」バーバラは微笑した。「休暇なんて、もう何年も取ってなかったから」

「でも、あなたはここでも料理をしているわ」

「強制されたわけじゃないわ。好きでやってるの」バーバラは愉快そうに答えた。「この違い、わかるでしょう？」

その問いかけにはサラもうなずかざるをえなかった。

サラはスラックスと黒いタートルネックのセーターに着替えた。セーターから浮き出た体のラインを隠すために、膝丈のベストも羽織った。長い髪はポニーテールにまとめ、ピンクのリボンで結んだ。

キッチンに戻ると、ウルフとバーバラが座っていた。

「ミス・カインは？」サラは尋ねた。

「ホテルに向かった」ウルフが答えた。「明日の朝、また来るそうだ」

「この家に泊まらないの？」

ウルフはコーヒーをすすった。「君がウィリーと同室でもかまわないと言うなら、泊まってもらってもいいけどね」

「ウィリーって？」

「二メートルを超す蛇だ」

サラは型破りな精神分析医が到着した時のウルフの言葉を思い出した。「それが彼女のペットなのね」

「ああ。しかも、ウィリーはまだ子供だ」

「またまたびっくりね」バーバラは笑った。

「でも、彼女は優秀よ」サラはバーバラの隣に座りながら言った。

「ああ、腕利きだ」ウルフも同意した。

「冷凍庫の中身を確認しておかなきゃ」バーバラが腰を浮かしかけた。

ウルフがそれを止めた。「いいから座ってて。夕食は僕が作ろう。キッシュとクレープを」

「あなた、料理をするの？」サラは目を丸くして尋ねた。

「ああ」

「楽しみだわ」バーバラは相好を崩した。「自分が作る料理ばかりじゃ飽きちゃうのよね」二人の視線に気づき、彼女は付け加えた。「手伝いは必要かしら？」

「そうだな」ウルフはサラに視線を移した。「ハーブを刻めるかい？」

サラは目を逸《そ》らしたままうなずいた。

「じゃあ、料理はあなたたちに任せるわ。私はその間にニュースをチェックしたいんだけど、かまわない？」

「どうぞどうぞ」ウルフは答えた。「うちは衛星放送でもなんでも見放題だ。好きにやってくれ」

「じゃあ、お言葉に甘えて」バーバラはコーヒーカップを握ったところでためらった。

ウルフは笑顔で言った。「コーヒーもこぼし放題だ。僕もしょっちゅう何かこぼしている」

バーバラは笑った。「わざとこぼすつもりはないけど、一番いい部屋には飲み物を持ち込まないって人もいるじゃない」

ウルフは肩をすくめた。「僕は家具に冷たい男だから」

サラは噴き出した。「なんですって？」

「何年か前、ある女性コメディアンが言ったんだ。男は家具に冷たいって。あれを聞いた時はなるほどと思ったね」

ウルフはサラと視線を合わせようとした。サラが目を逸らした。まだ早すぎたか。彼は哀れっぽく微笑した。

ウルフは上等のナイフをセットで揃《そろ》えていた。サラはその中の一本を使ってハーブを刻んだ。

「いい手つきだ」ウルフはフライパンでオイルを加熱しながら言った。

「私、料理が好きなの」

「そうだろうな。あれだけ料理の本を持っているくらいだから」

「でも、クレープは作れないわ。どうしても焦がしてしまうの」

「クレープは慣れだよ。とにかく練習することだ」

こういう空気も悪くないわ。サラは考えた。同じ場所に立ち、一緒に働いていると、仲間意識が芽生えてくる。彼と私が仲間になれるなんて今まで考えたこともなかったけど。

「エマは気に入った？」ウルフが尋ねた。

サラはうなずいた。「私が抱いていた精神分析医のイメージとは全然違うけど」

「僕はそこが気に入ってるんだ。エマは丸い穴に四角い釘《くぎ》を打ち込むような無茶はしない」

サラは刻んだハーブをボウルに移した。「私、あなたのことは何も話さなかったわ。ただ……」彼女は頬を赤らめた。

「残りは僕から話した」ウルフの口調が少し硬くなった。「エマは僕が君を殴ったと思っていたようだが……」

「そんな！」サラは叫んだ。「私、ちゃんと言ったのよ。あなたは絶対に私を傷つけない、絶対に暴力をふるったりしないって！」

その勢いに気圧《けお》されながら、ウルフは黒い瞳を探った。「エマもそう言っていたよ。僕をどやしつけたあとで。君が僕をかばったことを面白がっていた」彼はフライパンに視線を落とした。「でも、僕が君にひどいことをしたのは事実だ。自分が恥ずかしいよ」

サラは大きく息を吸い込んだ。「私があまり抵抗していなかったことも事実よ」

ウルフは作業の手を止め、彼女に向き直った。

サラは唇を噛んだ。「あなたは私を被害者扱いしている。でも、それは違うわ。あなたは私を傷つけなかった」

「君の体はね」ウルフは素っ気なく言った。「でも、君のプライドとなると話は別だ」

サラは肩を片方だけすくめた。「プライドなんてその前からぼろぼろだったわ。私は自分が女であることを恥じていた。もう何年も男に近づくことさえできずにいた。継父が撃ち殺されて、事態はさらに悪化したわ。ワイオミングの友人たちにまでそのことを知られてしまった。それもあって、兄はサンアントニオのアパートメントとコマンチウェルズの家を購入したの。こっちには私たちを知る人がいないから。ここでなら世間の目を気にしないで暮らせるから」

ウルフはカウンターにもたれ、水色の瞳を細めて待った。

「一度だけデートをしてみたの。高校三年の時よ。

相手は事件のことを知っている人だった」サラは自分の両手を見つめた。「私は彼に好意を持っていた。だから、もしかしたらと思って試してみたの。でも、彼は私をうちまで送ると、強引に中まで入ってきてキスを始めた。その時、モード伯母さんは留守だった。ガブリエルもいなかった。それで私……気が動転して、悲鳴をあげて抵抗したの。彼は正気を疑うような目で私を見たわ。そして、帰ったあと友人たちに言いふらしたの。あの女はキスされただけでヒステリーを起こすって。その話が学校中に広まったの」彼女は肩をすくめた。「だから、私は試すことさえやめたのよ。どのみち、男性には嫌悪感しか持てなかったし」

ウルフは彼女を見つめ、ゆっくりと問いかけた。

「でも、僕に対しては違った？」

サラは視線を上げた。顔を赤らめ、小さな声で答える。「ええ。私……あんなふうに感じたのは初めてだったわ」

ウルフの気持ちが沈んだ。彼は背中を向け、キッシュの材料を混ぜ合わせながら言った。「早すぎたんだ」

「そうね。私の考えが……」

「君じゃない。僕だよ。僕がイーセラのことを引きずっていたせいだ」ウルフは攪拌《かくはん》したミルクと卵をハーブのボウルに流し込んだ。「二年にわたってエゴを踏みにじられたからな。傷が癒えるにはそれなりの時間が必要なんだ」

「そんな女、縛り首にするべきだったのよ」サラはぶつぶつ言った。

ウルフは長々と息を吸った。「やろうとはしたんだ。地元の民兵組織も山狩りまでして彼女を捜し回った。でも、彼女は全財産をはたいて、国外への脱出ルートを確保した」

「それ以来、彼女とは会っていないの？」

「ああ。でも、最近になって、彼女をブエノスアイレスで見かけたという情報が入ってきた。彼女は大富豪の愛人を作り、その男の金でアフリカへ戻るつもりらしい」

「アフリカへ？　なんのために？」

「彼女は麻薬の密輸に関与していた。大物のディーラーとして世界中と取引していた。うちの部隊が彼女を追っていたのはそのためだ。我々はインターポールと組んで仕事をしていた。僕が彼女の情報を信じるという大失態を演じるまでは」ウルフは皮肉っぽい目つきになった。「情報源には深入りしないこと。それが諜報《ちょうほう》活動の大原則だ」

「諜報活動？」

ウルフはうなずいた。「僕はこの国の政府機関を転々としてきた。一時はインターポールにも所属していた」彼は泡立て器を置き、サラに向き直った。「そして、最後にフリーの傭兵になった。アフリカで君の兄貴と一緒に働いたこともある。だから、彼は僕を知っているんだ。イーセラと僕のことを知っているから、妹である君を僕に近づけたくなかったんだ」

「そうだったの」

「それだけじゃない。今やイーセラは麻薬の密輸以外の違法行為にも手を染めている。彼女は復讐心の塊だ。大金を失うきっかけを作った僕を恨んでいる。彼女が潜伏している間はまだよかった。でも、もう安閑とはしていられない。金づるをつかまえた今、彼女が狙うのは僕の首だ。すでに殺し屋も雇ったらしい」

サラの心臓が止まりそうになった。顔から血の気が引いた。彼女は怯《おび》えたまなざしでウルフを見上げた。

「だから、君が昨夜《ゆうべ》のことで僕に仕返しをするべきかどうか悩む必要はないんだ」ウルフは落ち着いて言葉を続けた。「君の代わりにイーセラがやってくれるから」

「でも、ここにいる限り、あなたは安全だわ。そうでしょう?」サラは問いただした。不安を隠すことができない。「ここにはあなたの友達がいる。エブ・スコットも、サイ・パークスも、私の兄も」

ウルフは彼女の柔らかな唇を見つめた。「昨夜のことを知ったら、君の兄貴がイーセラの手間を省いてくれるかもしれないね」

「私は、兄には言わないわ」サラは断言した。「あなたも言っちゃだめよ。これは私たちの問題なんだから。兄には関係ないことなんだから」

ウルフは頭を傾げた。「君は僕を憎むべき立場じゃないのか?」

サラはカウンターの表面を撫《な》でた。「そうかもしれないわね」

「でも、憎んでない?」

彼女はうなずいた。

「なぜ?」

答えは返ってこなかった。

ウルフは彼女の小さな手に自分の大きな手を重ねた。「なぜ?」

サラは振り返り、彼を見上げた。黒い瞳には苦痛と悲しみがあふれている。「私はそうなることを望んでいたの。私は……」

ウルフは一歩距離を詰めると、穏やかな口調で促した。「君は?」

「私は考えたの。もしかして、あなたとなら……」

ウルフはサラの長い黒髪をとらえ、指先でもてあそんだ。「君はああいう状況を経験したことがなかった。君も僕もあそこまで行くはずがないと高をくくっていた」

サラの顔が朱に染まった。

「でも、結果的にはああなった」ウルフはむっつりと続けた。「君は解剖学の知識はあるか？」

「どういう意味？」

「精子が自力で動けることは知っているか？」

よみがえった鮮明な記憶がサラの顔から血の気を奪った。

「僕は君に挿入しなかった。でも、達した時は君と密着していた」

「そんなこと、ありえないわ」

「ありえるよ。基礎訓練の時の仲間がそうだった。彼もその恋人も信心深かった。結婚前にセックスはしないと決めていた。でも、その真似《まね》事はした。昨夜の僕たちのように。そして、彼女はヴァージンのまま妊娠した。幸いなことに、彼には解剖学の知識があった。結局、二人は結婚し、今では四人の子供を持つ身になった」

サラはおなかに手を当てた。私は母親になれるかもしれないの？　頭がくらくらする。泣きたいような、笑いたいような気分だわ。でも、もしそうなったら、ウルフはますます私を憎むでしょうね。

「どういう結果になったとしても、二人で対処しよう」ウルフはきっぱりと言い切ると、彼女の顔を上に向かせ、鋭いまなざしで見据えた。「ただし、これだけは言っておく。子供は二人で作るものだ。双方に影響する決断を一人だけで下すべきじゃない。わかったか？」

サラは唾をのみ込んだ。「ええ」

「どっちに転んだとしても、結果は必ず僕に教えてくれ。でないと、一生許さない」

サラは頼りなげに息を吸い込んだ。「オーケー」

ウルフは彼女の赤い頬に触れた。「最後の生理はいつだった？」

サラは唇を噛んだ。

「いつだ、サラ？」

「二週間前」

「くそっ！」

ウルフは背中を向けた。キッシュ作りを続けながら、無言で自分を責めた。僕はばかだ。情熱に振り回されて、とんでもないことをしてしまった。サラに迷惑をかけてしまったのだ。いけないことだとわかってはいた。でも、僕はどうしても彼女が欲しかった。あれは愛の行為とは呼べないかもしれない。それでも、僕は満たされた。人生で最高の喜びを味わった。挿入しなくてもオーガズムを得ることができた。ところが、彼女はどうだ？ 彼女が得たものは一つもない。屈辱を味わっただけだ。

「僕は君の兄貴に撃たれるべきだ」彼はぶつぶつ言った。

ウルフが打ちひしがれている。私はどうすればいいの？ どんな言葉をかければいいの？ 私は彼の子供が欲しいわ。もし彼が少しでも前向きな態度を示してくれるなら。でも、彼が問題にしているのは私が妊娠しているかどうかだけ。もし妊娠していれば、彼はこの先何年も私に縛りつけられることになる。それは彼の望みじゃないわ。

彼のうちに誘われた時、きちんと断ればよかった。一言ノーと答えたら、こんなややこしいことにはならなかったのに。

「私はノーと言おうとさえしなかった」サラは苦しい胸の内を言葉にした。

「僕たちは生身の人間だ」ウルフは淡々とした口調で指摘した。「僕は気が変になるほど君が欲しかった。君もそうだったんだろう？」

「最初のうちは」サラはうなずいた。

ウルフはかき混ぜた卵を脇に置き、生地作りに取りかかった。「君はヴァージンだった。僕は君を……男女の世界に引きずり込んだ」彼は歯を食いしばった。「僕じゃいけなかったんだ。もっと若くて優しい男、家族の愛情を知っている男であるべきだった。君を慈しみ、君に子供を与え、君とともに年を重ねられる男であるべきだった。僕は三十七歳になる。君は二十四歳になるかならない若さだ。僕とは一世代も違う」

　サラは彼を見上げた。なぜそこまで年齢を気にするの？　こんなにハンサムなのに。こんなに男らしいのに。「年齢が何よ。相手があなたじゃなかったら、私はあんなふうに触れさせなかったわ」

　ウルフは粉まみれの手で振り返った。「僕だけなのか？　一度もなかったのか？」

　サラはうなずいた。「あなただけよ。あんなふうに私に触れたのは」

　ウルフの頬に赤みが差した。「だとすると、ますます問題だ」

　サラは悩ましげな水色の瞳を見上げた。「私にも非はあるわ」

　ウルフはたじろいだ。

　サラは目を逸らした。ウルフのまなざしに体が反応するのを感じ、胸の膨らみを隠すように腕を組む。

　ウルフは何も言わなかった。

　三人はキッシュとクレープを胃に収めた。デザートとしてクレーム・ブリュレまで平らげた。

「レストランを開く気はないの？」バーバラが皿を食洗機に並べながら尋ねた。「あんなご馳走《ちそう》、初めて食べたわ」

　ウルフは小さく笑った。「僕は料理が好きなんだ。里親家庭ってのは総じて食事がまずくてね。それで、料理ができる女性を見つけて、教えてもらったのさ」

「里親家庭？」バーバラが聞き返した。

　ウルフはうなずいた。だが、詳しい説明はしなかった。サラもよけいな口は挟まなかった。

夕食後、テレビで映画を観《み》はじめたバーバラを残して、ウルフとサラは外へ出た。今夜は流星雨が観測できるとニュースで伝えられていたからだ。春にしては冷える夜だった。コートを持っていないサラは、ウルフに押しつけられた革のジャケットを羽織っていた。

「放射点は北西だから、あのあたりだな」ウルフは空を指さした。

「ずいぶん詳しいのね」

「僕はシュミット・カセグレン式望遠鏡を持っている。口径十インチのやつだ。でも、屋根裏にしまったままで、外に持ち出したことは一度もない。一人で天体観測するなんて寂しすぎるだろう」

「私は反射望遠鏡を持っているわ。同じ理由で使ってないけど」

「じゃあ、流星雨の時はうちに来いよ。一緒に観測しよう」

「そうね」

ウルフはしばらく沈黙してから言った。「君に償うためなら、僕はなんでもする。どんなことでも。君は僕が腹を割ることができた唯一の話し相手だ。僕は人を信じていない。人と色々な話ができない。特に過去のいやな話は」

「知ってるわ」

「君は今回のことを許せると思う？」

サラは隣に立つウルフの緊張を感じ取った。サラの答えを待つ間、彼の体はかすかに震えていた。

「許せるわ」

ウルフの体から強《こわ》ばりが消えた。「僕が君だったら、許せたかどうかわからない」

「あなたは知らなかったんだもの。私はすべてをあなたに話すことができなかった」サラはジャケットの前をかき合わせた。ジャケットはウルフの匂いがして、温かく、心地よかった。「私の反応が過剰だったんだわ」

「僕が暴走列車みたいに突っ走ったせいだ。僕は君に酔っていた。自分の感情をコントロールできなかった。あんな目に遭ったのにまた欲望に屈して、君に八つ当たりしてしまった」

「でも……男の人ってそういうものじゃないの？」

「イーセラと会うまで、僕は自制心を失ったことがなかった。どんな女に対しても」

それはそれで少し変なんじゃないかしら？　サラは首を傾げた。

窓からもれるかすかな明かりを頼りに、ウルフは彼女の顔をのぞき込んだ。「僕は養母の一人に誘惑されたんだ。十二歳の時に。彼女は若い男の子が好きだった」彼は唇を噛んだ。「僕は自分を抑えられなかった。屈辱に打ちのめされていた僕に彼女は言った。これは自然なことだと。ところが、そこに彼女の夫が現れて……」彼は顔を背けた。

「そのこと、エマに話したほうがいいわ」

「エマには話せない。君だから話せたんだ」ウルフの口調は重かった。

サラは彼の手の中に自分の手を滑り込ませた。

ウルフは身を硬くした。それでも、すがるように彼女の手を握りしめた。「それから二十年の間、僕は女に対して自制心を失わないように努めてきた」

「だからこそ、イーセラとの間に起きたことがよけいにこたえたのね」

「ああ、こたえた」ウルフは二人の指をからませた。

「笑える話を聞かせてやろうか？」

「どんな話？」

ウルフの手に力が加わった。「昨夜、僕は生まれて初めてオーガズムを知った」

サラはここが暗がりであることを感謝した。

振り返ったウルフが視線を下げた。「今、真っ赤になってる？」

「ええ。だから、見ないで」

ウルフは小さく笑った。「まさか敵同士がこんなことになるとはね。君をからかうつもりはないが、事実は事実だ。あんな喜びがあることを僕は知らなかった」

サラは唾をのみ込み、小声で打ち明けた。「私も知らなかったわ」

ウルフは頭を下げ、二人の額を合わせてささやいた。「僕は君もいかせた。何度も、何度も。君の姿を眺めながら」

「いやな人！」

「いく時の君の顔は美しかった。僕が与えた喜びを受け取る君の姿は、僕が今までに見たどんな光景よりも美しかった。僕は君にそのことを伝えたかった。でも、過去に負けて、すべてを台無しにしてしまった」

サラは動かず、何も言わなかった。

「僕は君の中に入りたかった」ウルフは彼女の額に向かってささやいた。「ゆっくりと、深く、激しく。僕は……」君を妊娠させたかった。それは言えない。認めるわけにいかない。でも、現にそうなった可能性はある。今、サラのおなかには僕の子供がいるかもしれない。

「ウルフ……」

「どんな感じか想像できるかい？」ウルフはかすれ声で問いかけた。「君の体と僕の体があんなふうに密着するんだ。空気が入る隙間もないくらいに」

「やめて……」

二人の唇をぎりぎりまで近づけて、ウルフはささやいた。「僕には……それができないんだよ……ほかの女とでは」

「今……なんて？」サラは息をのんだ。

「聞こえただろう。僕は君以外の女には興奮できない」

サラは唖然《あぜん》とした。「あのきれいなブロンドの女性たちは……」

「確かにみんな、きれいだった。世慣れていたし、その気もあった」ウルフはため息をついた。「でも、僕は彼女たちを自宅に送り届けて、そのまま立ち去った」

「なぜ？」サラは戸惑いを声にした。

「理由は僕にもわからない」ウルフはリボンを引っ張り、ポニーテールにまとめてあったサラの髪を解放した。自由を得た髪がなめらかな黒いカーテンのように彼女の肩を覆い、背中へ滑り落ちていく。「君の髪は本当にきれいだね。君と同じくらいきれいだ」

「わけがわからないわ」

「ああ、わけがわからない。ただ、僕は君に触れずにいられない」ウルフは皮肉っぽくつぶやくと、彼女を引き寄せた。とたんに彼の体が反応した。「ほらね？」

サラはじっと突っ立っていた。

「ああ、ごめん！」ウルフが身を引こうとした。

サラは彼の体に両腕を回した。彼女自身の体は震えていた。それでも抱擁を解こうとはしなかった。

「サラ」ウルフは歯を食いしばった。

「いいの」サラはささやいた。「私、あなたのことは怖くないわ」

ウルフはサラの背中に軽く両手を当て、彼女を引き寄せると、力いっぱい抱きしめた。大きな体が欲望に震えていた。だが、彼はそれ以上のことはせず、彼女を腕の中に抱いたまま、ただ暗闇の中にたたずみつづけた。

「サラ」ウルフはささやいた。「もし子供ができていたらどうする？」

「私……どうしたらいいのか」

「妊娠は血液検査で調べられる。結果が出るまでそれほど時間はかからないはずだ」

「ええ」

ウルフは彼女の顔を上に向かせた。「結果は僕にも教えてくれ」

「ええ」サラはため息をつき、たくましい胸に頬を寄せた。「教えるわ」

彼女はまぶたを閉じた。天国にいるみたい。ウルフのそばにいると安心できるわ。大切に守られている気がする。もし彼が私を愛してくれていたら、もっと幸せに思えるんだけど。でも、それは無い物ねだりというものね。

8

　サラはバーバラにお願いして、自分のノートパソコンも持ってきてもらっていた。その夜遅く、バーバラが眠りに落ちるのを待って、彼女はベッドを抜け出すと、音をたてないように注意しながら、ノートパソコンを立ち上げた。

　ゲームの世界に入ると、すぐにレッドナハトが話しかけてきた。

〈何日かログインしなかったね。病気？〉

〈色々あって〉

〈同じだ。僕はある人を傷つけた〉

〈私も〉

〈人でなしになった気分だ。僕は彼女の信頼を裏切った〉

〈私もある人に同じことをしたわ。その人に罪の意識を背負わせてしまった〉

〈現実の人生は厳しいな〉

〈詳しく聞かせて〉

〈バトルはどうする？〉

〈やりたいけど、もう遅い時間よ。明日は早起きしなきゃならないの〉

〈ああ。美容師の仕事か〉

　いったんついた嘘《うそ》はつきとおすしかない。サラは冗談っぽく切り返した。

〈そっちこそ犯罪者を追いかける仕事があるんじゃないの？〉

〈まあね。僕には敵がいる。恐ろしく危険な敵が〉

　彼女の心臓がどきりと鳴った。

〈気をつけて。私にはあなたしか遊び相手がいないのよ〉

少し間を置いて、レッドナハトが書き込んだ。

〈僕の遊び相手も君だけだ。だから、君も気をつけて〉

サラは胸が熱くなるのを感じた。なんて思いやりのある人なの。レッドナハトはどういう法執行の仕事をしているのかしら？

〈じゃあ、二、三日中に。さぼった分を取り返さなきゃ〉

〈わかった。それまで元気でいろよ〉

〈あなたもね〉

〈おやすみ、僕の友達〉

サラは嗚咽《おえつ》をこらえて返事を打った。

〈おやすみ、私の友達〉

彼女はログオフし、ノートパソコンの電源を落とした。黒い瞳には涙がたまっていた。

翌日、エマ・カインが戻ってきた。女性二人のセッションは順調に進んでいた。サラはエマにすべてを打ち明けた。子供時代について。母親の裏切りについて。裁判とその後について。ずっと誰にも言えなかったことだが、すでにウルフに話していたせいか、それほど抵抗は感じなかった。

サラはそのことも打ち明けた。「すごく不思議なんだけど、彼にはなんでも話せるの。実の兄にさえ話せないことも」

「彼も、あなたには話せるみたいね。いいことだわ。男の弱みはベッドでの能力よ。女に恥をかかされた話は同性にはしづらいんじゃないのかしら」

「あんなに優しい人をひどい目に遭わせて」サラはぶつぶつ言った。「私がその女性を撃ってやりたいくらいだわ」

エマは笑った。

「何がおかしいの？」

「彼と同じようなことを言うから」エマは説明した。

「彼も言ってたのよ。あなたの継父が生きてたら、ただじゃおかないって」

サラは微笑した。しかし、その微笑はすぐに消えた。「あなたは解剖学に詳しいの？」

「私は医者よ」エマは答えた。「解剖学は医者の専門分野だわ」

「でも、あなたは精神分析医で……」

「正式には司法精神医学者ね」エマはサラの戸惑う表情を見て、くすくす笑った。「カウンセリングもやるけど、私の専門は暴力のメカニズムなの」

「そうだったの！」

「ええ。だから、解剖学はお手の物よ」

サラは唾をのみ込んだ。「挿入しなくても妊娠することはありうるの？」

エマは頭を傾《かし》げた。「直接的な接触はあった？」

「ええ」

「その間、彼は興奮してた？」

「ええ」

「だとしたら、答えはイエスよ。それで妊娠することもありうるわ」エマはノートに何か書き込んだ。「彼には話した？」

「彼から指摘されたの」

「そう」

サラはため息をついた。「私は彼の子供を産みたい。でも、彼はそんなに乗り気じゃなかったわ。ただ、結果がわかったら、すぐ自分にも教えろと言っただけで」彼女は自分の体を抱きしめた。「私、中絶なんてできない。絶対にいや！」

「くよくよ悩むのは結果が出てからにしたら？」エマは助言した。「杞憂《きゆう》で終わる可能性だってあるんだし」

「そうね」

「なぜ彼が子供を望まないと思うの？」

「彼は私が若すぎると思っているの」

「あなたは二十四歳よね？」

「ええ。でも、向こうは三十七歳だから」

エマは笑った。「私の親友は十七も年上の男と結婚したわ。相手は最初、懐疑的だったの。こんな若い娘に本当の愛がわかるわけがない、一時的にのぼせあがってるだけだって。今、二人の間には三人の子供がいるけど、彼女は相変わらず旦那に首ったけよ！」

サラは思わず笑った。

「だから、彼の言うことは無視しなさい。どうせでたらめを並べてるだけなんだから。それより妊娠のことだけど、あなた自身の気持ちはどうなの？」

「彼の子供が産めるなら、私はなんでもするわ。どんなことだって！」

エマは唇をすぼめた。メモは取らなかった。

ウルフはサラのように素直にはなれなかった。

セッションで子供について尋ねられると、彼は言った。「彼女は若すぎる。世間を知らなすぎる。彼女はまだ本当の大人とは言えない。過去のいやな記憶の中で迷子になったままだ。まともにデートをしたこともない。男と出かけたこともない。男女の関係について学んだこともない。そんな彼女に母親になれとは言えないだろう」

「でも、もしそれが彼女の望みだったら？」

「ありえないね」ウルフはきっぱりと言い切った。「彼女は本気でこうなることを望んでいたわけじゃない。僕に引きずり込まれただけだ。もし僕が強く迫らなければ……」

「彼女は自分が迫ったと言ってたけど」

「嘘だね」ウルフは吐き捨てた。「彼女は僕に足をすくわれただけだ。僕は彼女に揺さぶりをかけつづけた。彼女にイエスと言わせるために汚い手を使った」彼は目をつぶった。「もし無孔処女膜という問題さえなければ、僕は彼女を自分のものにしていた。彼女の信頼を最悪の形で裏切っていた。彼女には初めての男を選ぶ権利がある。少なくとも、その権利だけは彼女から奪わずにすんだ」

まったく、男ってものは。エマは内心舌打ちした。女心がまるでわかってないのね。でも、ここは私が口を出す場面じゃないわ。相手の話を聞き、助言を与える。それが私の仕事なんだから。

エマは地元に戻らなければならなかったが、気が進まなかった。ウルフとサラにはまだセラピーが必要だったからだ。

玄関先まで見送りに出た二人に、エマは言った。

「できれば今後もセッションを続けたいわね。あなたたちが私以外の精神分析医に話をするとは思えないから」

サラは唇を噛《か》んだ。ウルフは顔をしかめ、ズボンのポケットに両手を押し込んだ。

エマはため息をついた。「あなたたち、インターネットのビデオ通話は使える？」

「イエス」二人は同時に答え、声を揃《そろ》えて笑った。

「なんならビデオ通話でセッションしてもいいわよ」エマは言った。「定期的に時間を決めて。それならオフィスでセッションをするのとたいして違わないでしょ？」

「そうしてもらえると嬉《うれ》しいわ」サラは安堵《あんど》の表情を浮かべた。

「まあ、いいけど」ウルフはうなずいた。

エマは微笑した。「じゃあ、決まりね。また改めて連絡するわ」彼女は待機しているリムジンに視線を投げた。「あの運転手、ずっと外に立ってたのよ。困ったような顔をして」

「なんだか落ち着かないみたい」サラは言った。

エマはくすくす笑った。「あれは怯《おび》えてるのよ。

後部座席に私のベイビーを入れたケースを置いてきたから」

「例の蛇だな」ウルフはうなずいた。

「なんで蛇を怖がる人がいるのかしら？　不思議よね」エマはため息をつき、肩をすくめた。「おかげで私はいまだに独身よ。デートなんてもう何年もしてないわ」

「爬虫《はちゅう》類好きのすてきな男性を探すべきね」サラは助言した。

「それが無理なら、爬虫類の前でも困った顔をしない男で手を打つとか」ウルフが付け足した。

エマはかぶりを振った。「そのうちね。じゃあ、また連絡するから」

運転手は待ちかねたようにエマを出迎えた。そして後部座席のドアを開けると離れた場所に立ち、彼女が乗り込むのを待って、素早くドアを閉めた。

「あの人、きっと何度もチェックしたわよ。車内の仕切りがきちんと閉まっているかどうか」サラは嬉々《きき》としてつぶやいた。

ウルフは笑った。「仕切りにロックがあればと思っただろうな」

スモークガラスのせいで車内のエマの姿は見えなかった。それでも、二人はリムジンに向かって手を振った。

リムジンが走り去ると、彼らは家の中へ戻った。

「私もうちに帰らないと」サラは静かに切り出した。

ウルフは長々と息を吸い込んだ。サラを帰したくない。この家が空っぽになる。僕が一人きりになってしまう。また。

「明日にしたら？」彼は提案した。

サラはためらった末にうなずいた。「ええ、明日ね」彼女も本当は帰りたくなかったのだ。

ウルフは卵を集めるために、サラを連れて鶏小屋へ向かった。

「足元に気をつけて」彼は注意した。「鶏は縦横無尽に動き回るから」

サラは小さく笑った。「私は鶏と一緒に育ったのよ。父が生きていた頃はカナダの牧場で暮らしていたけど、そこでも鶏を飼っていたわ」

「君の父親は準軍事組織に所属していたんだろう？」

「ええ」サラの表情が陰った。「父は危険なしでは生きられない人だった」

「その気持ち、わかる気がする」

彼女は不安げにウルフを見やり、視線が合うと素早く目を逸《そ》らした。「あなたも腰を落ち着けることが難しいタイプみたいね」

ウルフは否定できなかった。「ああ、たぶん。僕はここに引っ越してきて四年近くになるが、ずっとここにいたわけじゃない。今でもフリーで軍関係の仕事をしているから」

サラは冷水を浴びせられた気がした。なぜ気づかなかったの？　ウルフも言っていたでしょう。イーセラとはアフリカで出会ったと。

「危ない橋を渡っているのね」

「いつもというわけじゃない。ちゃんと注意もしている。たいていの場合は」ウルフはサラに視線を投げた。彼女がうなだれていることに気づき、たじろいだ。「でも、君に対しては注意が足りなかった。君はいつか僕を許してくれるかもしれない。でも、僕は自分が許せない。絶対に！」

サラは視線を上げた。ウルフの顔は無念さに歪《ゆが》み、水色の瞳には苦悩があふれていた。

「私が最後にあんなことになったのは、あなたのせいじゃないわ」頬を赤らめながらも、彼女は訴えた。「あなたは何も悪いことはしていないのよ」

ウルフの顎に力が加わった。「僕は君のプライドを傷つけた。イーセラが僕のプライドを傷つけたように」

サラは首を傾げた。彼を見返しながら、きまり悪そうに尋ねた。「男の人って……愛し合う時にそういうことを言うものじゃないの？　一度だけ際どい映画を観《み》たことがあるけど、その中でも男性がショッキングな言葉を口にしていたわ」そこで彼女は目を伏せた。「あなたが言ったようなことを。でも、彼は怒っていたわけじゃない。相手を傷つけようとしたわけでも……」

サラの言葉にウルフの体が反応した。彼は目を逸らした。そのことをサラに気づかれないように、少しだけ体の向きを変えた。「確かに男は色々なことを言う。でも、僕はわざと君を傷つけようとした。だから、自分を恥じているんだ」

「私をイーセラの代わりにした、ということね」サラは重い口調でつぶやいた。

ウルフは息を吸った。顔を上げて、地平線まで続く広大な土地を見やる。「最後は……そうだ。でも、それまでは過去のことなど忘れていた。僕はあれほど強烈な喜びを感じたことがなかった。本物のセックスでさえ、あれほど気持ちよくはなかった」

サラは何も言わなかった。それでも、心の痛みが少しだけ和らいだ気がした。彼女はじっとウルフを見返し、やっと言葉を口にした。「私は……何も知らないの」

ウルフは振り返り、彼女と視線を合わせた。「だから、あんなによかったのかもしれない。僕は誰かの最初の男になったことがなかった。三十七年の人生でただの一度も」

「まあ」

ウルフは顎をそびやかし、勝ち誇ったように宣言した。「でも、僕は君の最初の男になった」

サラの表情が曇り、黒い瞳に涙が光った。

「サラ！」ウルフは卵を入れるバスケットを地面に置いた。そして両手でサラの顔をとらえ、潤んだ黒い瞳をのぞき込んだ。「無理強いは経験のうちに入らない。あいつは君を傷つけたかっただけだ。君を愛したかったわけじゃない」

サラは唾をのみ込んだ。

ウルフは彼女に顔を近づけた。「僕は君に初めての喜びを味わわせた。そして、その喜びを思い出したくない経験にしてしまった。本当にすまない！」

サラは声をあげて泣きじゃくった。

暖かな日差しが降り注ぐ中、ウルフは彼女の体にそっと両腕を回し、柔らかな唇にキスをした。それから彼女の涙を唇で拭った。

「あの時は……太陽に飛び込んでいくような気がしたわ」サラはささやいた。「体の中で爆発が起きたような……」

ウルフの体が強《こわ》ばった。「ああ」

サラはまぶたを開け、水色の瞳をのぞき込んだ。「あなたもそうなの？　最後はそんな感じになるの？」

ウルフの顔が引きつり、彼女を抱く両腕に力が入った。

「不躾《ぶしつけ》な質問だったわね」サラは身を引こうとした。

「動かないで」ウルフがうなった。

サラはきょとんとした表情になった。

ウルフはむっつりとほほ笑み、サラを引き寄せた。そして自分の体に起きていることを伝えてから、彼女から腕を離した。

「話をしているだけで……こうなるの？」サラは戸惑いを口にした。

ウルフは大きく息を吸い込んで、うなずいた。

「ごめんなさい。私、気がつかなくて」

ウルフはまぶたを閉じて身震いした。しかし一分ほどすると、体の強ばりもほぐれてきた。「ずっとご無沙汰だったから。それに、君はどんな女よりも僕を興奮させる。別に文句を言っているわけじゃないよ」彼は微笑した。「この年になると、呪いというより天の恵みだ」

「この年？」

「君には理解できない話さ」

サラはかすかに微笑した。「そうね。私は世間を知らないから」

ウルフは自分の胸に置かれた小さな手を撫《な》で、透明のマニキュアが塗られた爪を見下ろした。「男は年を取ると興奮しづらくなるんだ」

「あなたは別よ」サラはとっさに否定してから、真っ赤な顔で目を伏せた。

ウルフは悪戯《いたずら》っぽく笑った。「君に対してはね。でも、ほかの女には反応しない」

サラははっとして視線を上げた。「あのきれいなブロンドの女性たちは……」

「僕にはなんの意味も持たない」ウルフは肩をすくめた。

「どうしよう」

彼は片方の眉を上げた。「なんだ？」

サラはおずおずと微笑した。「私、危険な気分になってきたみたい」

「僕もだ。だから、君は明日うちに帰ったほうがいい。僕にこれ以上感情を傷つけられる前に」

「あなたは私と眠りたいのね」

「いや」ウルフの顔が強ばり、水色の瞳がきらめいた。「僕は君と愛し合いたい。一晩中。昼も夜も。一週間ぶっ通しで」

サラの顔が真っ赤に染まった。

ウルフは笑ってあとずさった。「そんなことになったら、僕たちは病院送りだ。だから、卵を集めて、もっと味気ない話をしよう」

サラは彼と並んで卵を拾い集めた。心がすっかり軽くなっている。生まれ変わったような気分だ。

「国防省が音響武器を開発しているそうね」

ウルフは噴き出した。「そこまで味気ない話はいやだな」

「じゃあ、こういうのは？」サラは茶目っ気たっぷりに切り出した。「胸が実物の二倍に見えるブラジャーが発売されたんですって」

ウルフは動きを止めた。彼女を見下ろし、穏やかな口調で問いかける。「胸が気になるのか？　君の胸は美しいよ。服ごしに眺めているだけで体がうずくぐらいだ」

「でも、小さいし……」

ウルフは彼女の額にキスをした。「サイズは問題じゃない。いや、そうとも言えないか」彼は眉をひそめて付け加えた。「もし君が例の手術を受けたら、それが問題になるかもしれない」

「なぜ？」

「僕はたいていの男より大きめなんだ。だから、かなり気をつける必要がある」

サラは一昨日《おととい》の夜のことを思い出した。彼の欲望を目の当たりにして、パニックに陥りかけたことを。

「ごめん」ウルフは素っ気なく謝った。「いやなことを思い出させてしまったね」

「あの時は気が動転していたから、よくわからなかったんだけど」

「それに、一口に男と言っても、性欲の強さは人それぞれだ」

「そうなの？」

ウルフはうなった。

サラは彼のベルトの下を見やり、頬を赤らめて視線を戻した。それから、唐突に口走った。「国際宇宙ステーションには宇宙飛行士を補佐するロボットも派遣されているのよ。あと、政府の諜報《ちょうほう》機関はメロンにカメラを仕込んだりするんですって」

その無邪気な言葉がウルフに欲望を忘れさせた。あまりのくだらなさに彼は腹を抱えて笑った。

サラはにんまり笑った。「どう？　これで楽になった？」

「ああ。さすがは魔女だ」ウルフは彼女に短く激しいキスをした。「でも、もうやめてくれ」

サラの顔全体に笑みが広がった。

ウルフはかぶりを振った。「やっぱり、君は明日帰ったほうがよさそうだ」彼はサラと視線を合わせて付け加えた。「とりあえず今のところは」

サラは天にものぼる心地でウルフのあとに従った。過去のいやな記憶がすべて煙のように消えていく気がする。

その夜はバーバラがすばらしい食事を用意してくれた。夕食がすむと、三人はキッチンでコーヒーを飲んだ。

ウルフはバーバラに笑顔を向けた。「さすがはプロの料理人だ。僕も料理人を雇おうかな。そうすれば、キッチンの重労働から解放されるし」

「あなたほど腕の立つ料理人はそうそういないんじゃないの？」サラは指摘した。

「そうかな。でも、この家は大きいだろう。自分以外の人間がいるのも悪くない」ウルフはそう言うと、女性たちから目を逸らした。

「あなたさえよければ、また来てあげるわよ」バーバラは笑った。「私もたまには町を出たいし」

「私も」サラも相槌《あいづち》を打った。「兄がコマンチウェルズのうちにいない時は、ずっとサンアントニオにこもったままだから。しかも、彼は最近めったにうちにいないのよ」

ガブリエルか。あいつは今アフリカのある国で厄介な外交交渉に関わっている。でも、サラにその話はできない。兄思いの彼女をこれ以上心配させたくはない。

　ウルフはイーセラのことを思い出し、サラに目をやった。イーセラは僕を恨んでいる。今の彼女には金がある。報復を実行できる力がある。もしイーセラがサラを狙ったら？

　ウルフは心臓の鼓動が乱れるのを感じつつ、歯を食いしばった。僕のせいでサラを危険な目に遭わせるわけにはいかない。だとしたら、やるべきことは決まっている。しばらくサラと距離を置こう。できるだけ大勢の女と出歩こう。それでイーセラの目は欺けるはずだ。でも、もしサラがここに泊まっていたことが世間に知られたら？　いや、サラだけじゃない。バーバラもだ。

　だったら、なんとかごまかせる。バーバラの息子に頼まれたことにしよう。バーバラには危険が迫っていた。だから、僕が彼女をここにかくまった。ただし、変な噂《うわさ》を立てられないように、親友の妹に付き添ってもらった。よし。これでいける。

「君たち二人にやってほしいことがある」ウルフはだしぬけに切り出した。「バーバラ、君はリックの仕事がらみで狙われたとみんなに触れ回ってくれ。身の危険を感じたから、リックが町にいない間はここに避難していたと。サラ、君は兄の親友に頼まれて、バーバラに付き添うためにここに来たという設定だ。いいね？」

　女性たちはまじまじと彼を見返した。

　先に口を開いたのはバーバラだった。「でも私、あなたのスタッフに言っちゃったのよ。あなたが体調を崩し、サラに送られてここに帰ってきた。そして、私は付き添いとしてここに来たって」

　ウルフは頬を緩めた。「悪くないアイデアだ。でも、僕はこのとおりぴんぴんしている。なのに、君たちはまだここにいる」彼はコーヒーカップを置いた。「僕には敵がいる。質《たち》の悪い敵が。あの女は僕だけじゃなく僕のガールフレンドまで狙ってくるだろう。僕は君たちを巻き添えにしたくないんだ」

「ガールフレンドね」バーバラはにんまり笑った。

「光栄だわ。私は少なくともあなたより五つか六つ年上だけど」彼女は唇をすぼめて続けた。「それとも、十くらいかしら」

ウルフは大声で笑って、バーバラをからかった。

「五十前なら余裕で現役だよ、ハニー。君はきれいだし、料理もうまい。今度リックの上司に会ってみないか？　少々難のある男だが、見た目はかなりいいと思う。女受けするタイプじゃないかな」

「そうねえ」バーバラは咳払《せきばら》いをした。まだ誰にも話していないが、彼女にはほかに気になる男性がいたのだ。

「話はわかったわ」サラはうなずいた。でも、もしイーセラが殺し屋を送り込んできたら？　彼女は自分たちよりもウルフの身が心配だった。「ここには、あなたの力になれる人間が大勢いるのよね？」

サラの気遣いはウルフを面食らわせた。「ああ。うちには元ＦＢＩ捜査官が二人いる。ギャング上がりもいるな。もっとも、これはあくまで噂の域を出ない話だが」

「フレッド・ボールドウィンね」バーバラが口を挟んだ。彼女の顔には照れたような笑みが浮かんでいた。「彼は国側が提出した証拠をひっくり返して、カーリー・ブレアの命を救ったのよ。そのあとは警察に勤めてたわ」

「でも、常に銃を携行するのがいやで警察を辞めた。そんな男がうちの牧場監督に収まるとはね。しかも、とびきり優秀な牧場監督だ」

「彼はいい人よ。子供好きだし」バーバラは寂しげにほほ笑んだ。「それなのに天涯孤独だなんて、本当に気の毒だわ」

ウルフとサラは視線を交わした。どちらの目にも驚きの色があった。

「フレッドは痩せすぎだ」ウルフは言った。「でも、健康にいいものを食べようとしないんだよ」

「次に彼がカフェに顔を出したら、私から話してみるわ」バーバラは考える表情で言った。「あの人、週に何回も来るのよ」

サラは何も言わなかった。しかし、彼女の黒い瞳は愉快そうにきらめいていた。

ウルフは咳払いをしながらうなずいた。「そうだろうね。フレッドは宿舎の食事が好きじゃないんだ。トッドが焼くステーキは焦げたコヨーテみたいな味がするから」

「この前やってきたカウボーイは、彼の料理を絶賛してたけど」

「ということはオーリンだな」ウルフはかぶりを振った。「あの男は味音痴でね。僕がビーフ・ウェリントンを作った時は、せっかくのいい肉を無駄にしたとぼやいていた」

バーバラはひとしきり笑うと、明るい表情で約束した。「食事については私からフレッドに話すわ」

サラとウルフはまた視線を交わしたが、口に出しては何も言わなかった。

その夜、サラはまたしても悪夢にうなされた。そこには継父の姿があった。服を引き裂かれて、彼女はあとずさった。継父はサラを脅した。彼女の体をまさぐりながら、卑猥《ひわい》な言葉を浴びせた。やがて、夢の内容が変化した。サラは悲鳴をあげ、ベッドから身を起こした。

サラは隣で眠るバーバラに視線を投げた。まさに熟睡ね。貨物列車がこの部屋を通過しても気づかないんじゃないかしら。でも、そのほうがありがたいわ。あんな金切り声、誰にも聞かれたくないもの。

サラはベッドを抜け出し、浴室で顔を洗った。それから、キッチンへ行くためにドアを開けた。

廊下に黒いシルクのパジャマのズボンだけをはいた大男が立っていた。

サラは欲望のまなざしで大男を見つめた。広い肩。ほどよい筋肉質の体。豊かな毛に覆われた胸。引きしまった腰。こんなに美しいものは目にしたことがないわ。見ているだけで息が止まりそう。

彼女は光沢のあるロイヤルブルーのパジャマを着ていた。シャツは襟付きの長袖で、ズボンはくるぶしまで届く長さだった。その姿は堅苦しく見えたが、生地の下にある胸の頂は小さな旗のように直立していた。

ウルフはうなった。彼女を両腕で抱き上げて、長い黒髪に唇を押し当てる。

サラは大きな体にしがみついた。こみ上げた涙が彼女の目頭を熱くした。

「悪い夢を見たのか？」ウルフがささやいた。

「ええ」

「僕もだ」

彼はキッチンへ向かった。キッチンに着いてからも、しばらくはサラを抱きしめたままだった。

「コーヒーでも飲む？」

サラは壁に目をやった。「今、午前三時よ」

ウルフは肩をすくめた。「僕は眠れない時でもコーヒーを飲むよ。パンもかじる。そして、ベッドの中で動画共有サイトを観るんだ。それでも、君の声は聞こえた。うちの壁はけっこう分厚いのに」

サラは火照った顔を彼の首元に埋《うず》めた。「あなたの悪い夢はイーセラの夢ね？」

「ああ。そして、君の悪い夢は……聞くまでもないな。僕のせいか？　今日、僕が何か言うかするかしたせいだね？」ウルフは気遣わしげに尋ねた。

「違うわ。特にきっかけなんてないの。ただ、そうなるのよ」

ウルフはうなずいた。「僕の場合もそうだ」サラを椅子に下ろそうとしたところでためらった。

「どうしたの？」

「僕には君を怖がらせるつもりはない。それだけはわかってほしい」

サラはうなずいた。しかし、ウルフが何を言いたいのか、彼女には理解できていなかった。ウルフが抱擁を解き、あとずさるまでは。

彼はすでに興奮していた。この前の夜よりもさらに激しく。シルクのパジャマを着ていてもごまかせないほどに。サラは目を丸くした。

ウルフはかすれ声で笑った。「そんなに見つめないでくれよ」彼は気まずそうに背中を向け、コーヒーをいれはじめた。

「あなたって本当に……大きいのね」サラの声がうわずった。「私、鈍感でごめんなさい！」

ウルフは彼女に視線を投げ、片方の眉を上げてくすくす笑った。「君はヴァージンだ。こういうことに気がつかないのも無理はない。もし気がついたとしても、理解はできないだろう」

「そういうことをはっきりと描写している映画もあるわ」サラはすまし顔で指摘した。「ロマンス小説だってそうよ」

「君もああいうのを読むのか？」

「ええ、まあ。でも、あれはあくまで現実の代用品よ。あなたと出会う前の話だわ」

ウルフは暗いまなざしを彼女に向けた。「でも、現実はこれだ」そう指摘すると、またコーヒーをいれる作業に戻った。「僕は暴走し、君の人生を破壊した」

「あなたはエマを呼んでくれた。私を修理するために。あなた自身を修理するために」サラは微笑した。

「そのおかげで、私は本当の安らぎを取り戻すことができたわ」

「でも、君は今夜も悪い夢を見た」

「悪い夢は悪い夢だったけど、なんとなくいつもと違ったの」

ウルフはコーヒーメーカーのスイッチを入れると、椅子に座ってテーブルに両肘をついた。「どんなふうに違った？」

「今回、私は椅子をつかんだの。それで迫ってくる継父を殴り倒したのよ」サラは笑った。「いつものように悲鳴はあげたけど、今回は怖かったからじゃないわ。あれは、そう、勝ちどきみたいなものね」

ウルフの表情が和らいだ。「進歩したんだ」

「たいした進歩よ」サラは笑みを返し、水色の瞳を探った。「あなたはどう？」

ウルフは肩をすくめた。「変化なし。相変わらずさ」

「そう。私はエマとのセッションで楽になれたわ。あなたもそうなることを期待していたんだけど」

「いつかは効果が出てくるだろう。でも、僕はエマに心を開けないんだ。君に対するようには」ウルフは顔をしかめた。「女性にああいう話をすることには、どうも抵抗があってね」

その気持ちはサラにも理解できた。「私もガブリエルには言えないわ。血を分けた兄妹《きょうだい》なのに」

「そうなると、君に僕のカウンセリングをやってもらうしかないな。僕は君に話をする。君はそれをエマに伝え、助言を求める」そこでウルフはいったん口をつぐんだ。「僕はまだイーセラにされたことをエマにきちんと話してないんだ」

ウルフはそれだけ私を信用してくれているのね。サラはそっとつぶやいた。「オーケー」

ウルフは意を決した表情で彼女に視線を据えた。「僕はしばらく君と距離を置かなくてはならない。本当はいやだが、君を危険にさらすわけにはいかない。僕のそばにいる人間はすべてイーセラの標的になる。わかるね？」

「だから、あなたに近づくなというのね」

ウルフはうなずいた。

サラは長々とため息をついた。「オーケー」

「これは僕の本意じゃない。できれば僕もこんなことをしたくはないんだ」

サラは微笑した。

コーヒーメーカーのスイッチが切れた。ウルフは席を立ち、二つのカップにコーヒーを注《つ》いだ。「君はオペラが好きだろう？」

「大好きよ」

「じゃあ、僕と一緒においで」

「パジャマ姿でオペラハウスに乗り込むの？」サラは軽口をたたいた。彼女がユーモアの片鱗《へんりん》を見せるのは数日ぶりのことだ。

「君に正装はさせられないよ。空飛ぶ猿をけしかけられたら大変だ」ウルフも冗談で切り返した。

サラは笑い、彼の腕をぶった。「それはもうやめて」

ウルフは彼女の変化を感じ取った。そのことを嬉しく思いながら、彼女をリビングルームへ案内した。

9

ウルフはテレビの電源を入れた。入力を家庭用ゲーム機に切り換え、動画共有サイトにアクセスした。それからサラの隣に腰を下ろし、若い男女を撮影した二〇一二年の動画を選んだ。

「二人とも、まだ子供ね」サラは言った。

「当時、彼は十七歳だった。彼女のほうは十六歳だ。まあ、聞いて」

最初に少年へのインタビューが流れた。彼はまずいじめに遭い、自信をなくしていたことを告白した。それから、かわいいパートナーのおかげで自信を取り戻し、公開オーディション番組に出場した経緯を語った。

場面が切り替わり、少年がパートナーとともにステージ上へ現れた。審査員の一人がグループ名を尋ねると、〈シャーロット＆ジョナサン〉という答えが返ってきた。さらに質問が続いたが、少年は内気で口数が少なかった。審査員たちも観客もあまり興味が持てない様子だった。

そして、伴奏が始まった。少年が口を開き、パートナーとともに《祈り》を歌いはじめた。最初の節が終わる頃には、観客は総立ちで拍手をしていた。

二人が歌い終わった時には、サラの頬も涙で濡《ぬ》れていた。

ウルフは動画を止め、彼女に視線を向けた。「悲劇のあとの勝利だ。彼は容姿のせいでずっといじめられてきた。でも、今は観客全員が立ち上がり、自分に拍手を送ってくれている。どんな気持ちがしただろうね？　彼のパートナーも言っていたが、人を見かけで判断するのは間違っている」

「彼は最高よ」サラは答えた。「本当にすばらしい才能だわ」

ウルフはうなずいた。「僕たちもいつかメトロポリタン・オペラで彼に会えるかもしれないね」

「僕たち？」サラは小さくつぶやいた。

ウルフは目を細くした。「君と僕だ」

私はなんて答えればいいの？　サラはかすかな希望とともに水色の瞳を探った。

ウルフは視線を逸《そ》らし、テレビとゲーム機のスイッチを切った。

「あなた、ゲームをするの？」サラは驚きを口にした。

ウルフは肩をすくめた。「僕の唯一の趣味だ。君は？　ゲームをするのかい？」問いかけてから彼は笑った。ばかな質問をしたとでもいうかのように。

サラはレッドナハトのことを考えた。レッドナハトと私は温かい友情で結ばれている。でも、それを公にすることには抵抗があるわ。たとえ相手がウルフであっても。

彼女は笑顔でごまかした。「そうね。ゲームはそんなにしないかも」

ウルフはかぶりを振った。「まあ、人にはそれぞれ好みがあるから。キッチンに戻ろうか。冷蔵庫にクロワッサンがあるんだ」

苺《いちご》ジャムをつけたクロワッサンはおいしかった。サラはコーヒーをすすりながら、丸々一個を平らげた。「あなたはコーヒーをいれるのも上手ね」

「僕は濃いのが好きなんだ。カフェで出るコーヒーなんて茶色のお湯に思えるよ。ただし、バーバラのカフェは別だ」ウルフは笑いながら付け加えた。「彼女も本物のコーヒー好きだから」

「それに、とても親切だわ。私のためにここに泊まってくれて。ねえ、気づいてた？　バーバラはフレッドが好きなのよ」

ウルフは小さく笑った。「フレッドも彼女が好きだと思うよ。だから、彼女のカフェに入り浸っているんだろう。でも、おかしなもんだね。彼女に言われるまで、僕はまったく気づいていなかった」

「私も」

ウルフはマグカップの側面を指で撫《な》でた。「今から眠れる？」

サラは答えをためらった。

「眠れる？」

彼女はひるんだ。

ウルフは使った皿とマグカップを流しに置いた。

「いい解決法がある」

彼は返事を待たなかった。いきなりサラを抱き上げてリビングルームへ引き返し、ソファの上に彼女を横たわらせた。そこは数日前に彼が暴走した場所でもあった。

ウルフは顔をしかめた。「そうだね。ここにはいやな思い出がある。でも、少しはそれを変えられるかもしれない」彼はサラの隣に横たわり、二人の体にアフガン織りのブランケットをかけた。そしてテーブルへ腕を伸ばし、ランプのスイッチを切った。

リビングルームは闇に包まれた。真っ暗な中で家電のライトだけが光っていた。

「ルールを確認しよう」彼はサラの小さな手を自分の胸に引き寄せて言った。「性的な接触はしない。これ以上お互いに近づかない。そして、これが一番肝心なんだが」彼はサラに顔を向けた。「いびきをかかない。オーケー？」

「私はいびきなんてかきません」サラはわざと怒ったふりをした。

「それは今にわかる」ウルフは闇の中で微笑し、深いため息をついた。胸に置かれた彼女の手の感触に反応して、落ち着きなく身じろぎをする。

「だめよ」サラは警告した。「これ以上お互いに近づかない決まりでしょう」

ウルフは笑った。「努力はしているんだけどね。君の手の感触が気持ちよくて」

サラの心臓がどきりと鳴った。

ウルフはそれを感じ取って、歯を食いしばった。「この解決法はまずかったかな」

サラは寝返りを打ち、ウルフの裸の胸に頬を預けた。彼女の心臓は激しく轟《とどろ》いている。だが、サラはその場から動かず、小さな手を伸ばして彼の豊かな髪を撫でた。

「おやすみなさい。二人でいれば安全よ」

ウルフはこみ上げてきた涙と闘った。僕は今まで女に優しくされたことがなかった。誘惑されたことはある。強引に迫られたことも。でも、優しくされたことはなかった。ただの一度も。彼は震える息を吸い込み、まぶたを閉じた。サラが僕の髪を撫でている。柔らかな体を僕に押しつけて。この状況で眠れというのか。そんなことは無理だ。絶対に。

ウルフは一瞬にして覚醒した。それは危険な場所で生きてきた男の習性のようなものだった。

ドア口に視線をやると、そこにバーバラの姿があった。彼女は笑いをこらえながら、アフガン織りのブランケットにくるまった二人を眺めていた。

「サラが悪い夢を見たんだ」ウルフは小声で説明した。

「まあ、ごめんなさい」バーバラは謝った。「私、全然気づかなくて」

「仕方ないさ。僕はもともと起きていたから」ウルフは言った。自分も悪夢にうなされたことは認めたくなかった。彼はサラを見下ろし、そっとほほ笑んだ。「よく眠っているな」

「あなたもよく眠ってたみたいよ。起こすつもりはなかったんだけど」

「僕は眠りが浅いんだ。職業病ってやつでね」

バーバラはうなずいた。「これから朝食を作るわ。何かリクエストはある？」

「冷凍庫にクロワッサンがある。サラにはそれと苺ジャムがいいだろう。僕は卵料理とソーセージのほうがありがたいな。アイテムは冷蔵庫にいくらでもあるから」

バーバラの眉が上がった。「アイテム？」

「ああ、ごめん」ウルフは顔をしかめた。「ついゲーム用語を使ってしまった。材料のことだよ」

「男って本当にゲームに弱いのね」バーバラはくすくす笑った。「我らが警察署長のキャッシュ・グリヤもゲームにはまってるのよ。しかも、娘のトリスに手ほどきまでして！　おかげで、ティピーはつきっきりで娘を監視してるわ。ネットのトラブルに巻き込まれたら大変だもの」

しかし、あのキャッシュ・グリヤが妻子持ちになるとはね。ウルフはにやにや笑った。彼とグリヤ署長は古くからの知り合いだ。

「じゃあ、今から始めるわね」バーバラは眠っているサラにもう一度笑顔を向けると、姿を消した。

ウルフはサラの顔に鼻を押しつけた。「起きろ、寝ぼすけ。バーバラが朝食を作りはじめたぞ」

「朝食」サラはため息をつき、寝返りを打った。まぶたを開けると、目の前にウルフのハンサムな顔があった。彼女の心臓がどきりと鳴った。

「君は美しいね」ウルフが優しい声でささやいた。「夜明けの空のように。息をのむ美しさだ」

サラは目を丸くして問いかけた。「あなた、酔ってるの？」

ウルフは頭をのけ反らせて笑った。「やれやれ。起き抜けに詩人を気取るもんじゃないな」彼はソファから立ち上がり、大きく伸びをした。

サラも寝ぼけ眼で上体を起こした。そうよ。私はウルフの腕の中で眠ったんだわ。ウルフの力強い体を、張り詰めた固い筋肉を眺めながら、彼女は笑みをもらした。

ウルフが彼女に向き直った。「実は、ひやひやしていたんだ」

「なぜ？」

彼はサラの体の下に両腕を差し入れ、アフガン織りのブランケットごと抱き上げた。「男は明け方に危険な状態になるんだよ。知らなかったのかい？」

水色の瞳をのぞき込みながら、サラはうなずいた。

ウルフは大きなため息をつき、彼女にほほ笑みかけた。「この家も寂しくなるな」そうつぶやいたところで、彼は真顔に戻った。「君がいなくなったら、火が消えたみたいになりそうだ」

サラは唇を噛《か》み、涙をこらえながら思わず口走った。「イーセラのことはほかの人に任せて。あなたは動かないで」

ウルフはサラの鼻にキスをした。「僕のことを心配してくれるのか？」

「当たり前でしょう」

「僕にあんなことをされたのに？」

サラは身を乗り出し、彼の温かな喉に顔を埋《うず》めた。

「私、あなたの腕の中で眠ったことを思い出していたの」

不意にウルフの腕に力が加わった。彼は悲しみと後悔にもみくちゃにされながらサラを抱きしめた。

「ウルフ！」

ウルフは一瞬にして身を引いた。「ごめん。痛かった？」彼は気遣わしげに尋ねた。しかし、先端の尖《とが》った小ぶりな胸の膨らみを見下ろすうちに、表情が変わってきた。

サラは彼の意図に気づいた。「だめよ。バーバラがキッチンに……」

ウルフはサラを客室へ引っ張っていった。ドアを閉めると、いきなり胸の先端を口に含み、強く吸う。サラは震えながら背中を反らした。

「そうだ」ウルフは彼女とともにベッドに倒れ込んだ。手早くパジャマのボタンを外し、あらわになった胸の膨らみを味わう。サラは抗議するそぶりさえ見せなかった。それどころか、体を浮かせ、自ら彼の愛撫《あいぶ》を受け入れた。

ウルフは顔を上げ、大きな黒い瞳をのぞき込んだ。

「いいのか？」

「いいわ」サラは身震いしながらささやいた。

彼は片方の胸の膨らみに手を当てた。水色の瞳が炎のように輝いている。「これはいけないことだ。間違ったことだ」

「なぜ？」

ウルフは胸の膨らみに唇を近づけた。硬くなった先端を唇でとらえ、強く激しく吸う。サラの体が強《こわ》ばってきた。彼女の唇から小さな悲鳴がもれた。ウルフは彼女が絶頂に達するのを感じた。彼自身の体も解放を求めていたが、彼はその声を無視した。これはサラのためだ。サラだけのためだ。

やがて、サラの体から力が抜けた。ウルフは顔を上げ、自分がつけた赤い痕跡を見つめた。まるで焼き印だな。そう。彼女は僕のものだ。僕の女だ。

彼はショックに見開かれたサラの瞳をのぞき込んで言った。「わかってる。僕はろくでなしだ」

サラは身を震わせた。「私、恥ずかしいわ。すぐあんなふうになって」

「恥ずかしがることはない。君はとても敏感なんだよ。それに、僕は君をいかせるのが好きだ」ウルフは微笑した。そこに嘲りの色はなかった。「今回は観察しなかったよ」

サラの顔が真っ赤に染まった。

ウルフは息を吸った。「僕は問題を抱えている。

君も問題を抱えている。そのつもりもないのに、僕は君を傷つけてしまった」彼は柔らかな胸の膨らみを撫でた。「やはり、しばらく距離を置いたほうがいいんだろうな。ずっとこんなことを続けていたら、僕たちはきっと最後まで行ってしまう。君が手術を受けても、受けなくても」

「わかってる」サラは悲しげなまなざしで彼を見上げた。ベッドカバーの上で、乱れた黒髪が彼女の美しい顔を縁取っている。「あなたはそうなりたくないのよね」

「ああ」ウルフは真顔で答えた。「僕は三十七歳だ。しつこく言うようだが、君は若すぎる。年相応の経験さえない。君は僕以外の男と肉体の喜びを分かち合ったことがない。いまどき珍しい――なぜそんな顔をするんだ？」

サラはあっけにとられた表情で問いかけた。「私があなた以外の男にあんなふうに体を許せると思うの？」

ウルフの顔から表情が消えた。

「年齢が何よ。私は男に触られることを考えただけで吐き気がするの。ずっとそうだったの」

「ああ」ウルフは感に堪えた様子で声をもらした。

サラは上体を起こし、パジャマのシャツの前をかき合わせた。「確かに私は問題を抱えているわ。問題まみれよ」

ウルフは彼女の隣に腰を下ろし、カーペットに視線を据えた。「僕もそうだ」

「でも、男と女では色々と違うんでしょうね。あなたはほかの女性たちとは……しないと言ったわ。でも、エマとのセッションを続けたら、それも変わるかもしれない。問題を克服して……」

サラの言葉はウルフの耳を素通りした。彼はさっきのサラの言葉について考えていた。そして、静かな喜びを噛みしめていた。エマは僕を望んでいる。

僕は愚かな真似《まね》をした。彼女を傷つけ、彼女のプライドを破壊した。それでも、彼女は僕を望んでいる。

不意に現実に戻ったウルフは尋ねた。「なんだって？」

「そろそろ帰り支度を始めないと」サラは言った。

ウルフはベッドから立ち上がった。「もし異変を感じたら、僕に電話しろ。周囲の人間に目を配り、慎重に行動するんだ。僕は君に見張りをつける。ただし、君にはわからない形で。もし君に気づかれたら、そいつは即刻首だ」

サラは彼の表情を探った。「私も危険な状況にあるの？」

「念のためだよ。イーセラはすでに誰かに僕を見張らせているかもしれない。僕と君の関係を疑っているかもしれない。だから、僕は君と距離を置く必要があるんだ。でも、もし連絡をくれれば、僕はいつでも君のそばに駆けつける」

サラはなんとか笑顔を作った。「ありがとう」

ウルフはため息をついた。「大事な話し相手に何かあったら、困るのは僕だから」

「オーケー」

彼はドアを開けたところで振り返り、にやりと笑った。「ところで、君はいびきをかかないんだな。僕の腕の中で天使みたいに眠っていたよ」

サラは長い髪を押しやった。言いたいことは山ほどあったが、彼女は口をつぐんだままだった。

「じゃあ、朝食の席で」

ウルフが客用寝室から出ていき、ドアが閉まった。サラはパジャマのシャツを脱ぎ、鏡の前に立った。十数年ぶりに自分の姿を見たくなったからだ。そこには美しく官能的な女が映っていた。女は幸せそうに見えた。黒い瞳が喜びにきらめいている。

いきなりドアが開いた。

「もう一つ、言っておきたいことが……」

振り返ると、ウルフがドア口に突っ立っていた。端整な顔が強ばり、大きな体は小刻みに震えている。サラは彼の視線を受け止めた。自分の体を隠そうとはしなかった。

「僕から受けたダメージを確認していたのか？」

彼女は首を横に振った。

「じゃあ、なんだ？」

「あなたに求められた証《あかし》を見ていたの」サラはささやいた。「そして、あなたが与えてくれた喜びについて考えていたの」

ウルフはまぶたを閉じて、強い衝動と闘った。サラをベッドに押し倒したい。なんとかしてこのうずきを止めたい。

サラはパジャマのシャツを羽織り、ボタンを留めた。「ごめんなさい。私、変なことばかり言っているわね」

「僕は君が欲しい。君が欲しくてたまらない」ウルフは荒々しい口調で打ち明けた。「でも、それは君の言葉のせいじゃない」

サラは静かに彼を観察した。彼は猛々《たけだけ》しいほど興奮している。「見ただけで……そうなるの？」

「ああ」

その言葉がサラの不安を吹き飛ばした。彼女は肩の力を抜いた。

「僕が怖くないのか？」ウルフは自制心にすがりながら尋ねた。

「ええ。私……」少し考えてから、サラは続けた。「誇らしいわ。あなたはあの恐ろしい女性に傷つけられた。それでも、今はこうして私を求められるようになった。そのことを誇らしく思うわ」

「ああ、ベイビー」

「その呼び方、好きよ」

ウルフは顎をそびやかし、得意げに言った。「それはあの時を思い出すからだろう。僕にベイビーと呼ばれて、喜びの悲鳴をあげた時のことを」

サラはゆっくりとうなずいた。恥じらう気持ちもあったが、以前ほどではなかった。

ウルフは考えた。これから数週間はサラに会えない。連絡も取れない。まるで地獄だ。

「言っておきたいことって何？」

「バーバラが君をサンアントニオまで送っていくそうだ」ウルフはため息をついた。「できれば僕が送りたいが、僕たちが一緒にいるところを見られたら……」

「気にしないで」

彼はサラを見つめた。彼女の姿を心に刻みつけてから背中を向ける。「早く下りてこい。でないと朝食が冷めてしまう」

「オーケー」

廊下に出たところで、ウルフは足を止めた。もしサラが妊娠していたら……。まさかとは思うが、実際にペッティングで妊娠した例もある。彼女にはまだ妊娠の兆候は出ていない。でも、これから出てくるかもしれない。

おなかの中で僕の子供を育むサラ。赤ん坊に乳を飲ませるサラ。彼女はきっとすばらしい母親になるだろう。

ウルフは目を閉じた。いや、まだ早い。サラはやっと暗闇から抜け出しかけたところだ。彼女には時間が必要だ。人生の可能性を探求し、色々な男と会い、自分の本当の望みを知るための時間が。できることなら彼女を突き放したくはない。でも、彼女を守るためにはそうせざるをえない。イーセラの目をごまかすために、当分はほかの女たちと出かけるしかない。イーセラは執念深い女だ。もし僕の心がサラにあると知ったら、サラを傷つけようとするだろう。ことによってはサラの命まで狙うかもしれない。サラを失ったら、僕は生きていけない。それをイーセラに気づかせないためにも、ここは耐えるしかないんだ。

ウルフは玄関先でサラに別れを告げた。バーバラは遠慮して車の中で待っていた。

彼はためらいがちに言った。「長くはかからないと思う。僕たちがイーセラを見つけるまでの話だ」

「僕たち？」サラは聞き返した。黒い瞳が不安に見開かれる。

ウルフは彼女の頬を両手で包み込んだ。「彼らだ。言い間違えた」

「死なないで」サラは涙をこらえながらささやいた。

「ああ」ウルフは彼女に唇を押し当ててうなった。彼はサラにキスをした。ポーチの暗がり――車内のバーバラと囲いの周辺にいるカウボーイたちからは見えない場所で何度もキスを繰り返した。

ウルフはしぶしぶ抱擁を解き、彼女の涙を唇で拭った。「僕が言ったことを忘れるな。常に周囲に目を配れ。どんな理由があっても、夜間は一人で外出するな」そこで彼はためらった。「もし誰かから電話がかかってきて、僕が怪我《けが》をしたとか君に会いたがっているとか言われても、うのみにするな。いったん電話を切って、僕に直接確認しろ。ゲイブの場合も同じだ。やつらは君をおびき出すためにゲイブを利用するかもしれない。カーリー・ブレアもそうだった。父親が怪我をしたという言葉にだまされたんだ」

「わかったわ」サラは水色の瞳を探った。「あなたも気をつけて」

「僕はいつも気をつけている。たいていの場合は」ウルフは肩をすくめ、皮肉っぽく付け加えた。「君に対しては違うが」

サラは微笑した。「じゃあ、また」

「ああ、また会おう」ウルフは言った。彼女を見つめるまなざしには強い意志が感じられた。

　バーバラの車に乗り込むと、サラは手を振った。しかし、後ろを振り返ることはしなかった。もし振り返って、一人でぽつんとたたずむウルフの姿を見たら、この場を離れられなくなるからだ。

「本当にあのアパートメントにいて大丈夫なの？」バーバラが気をもんだ。「私のうちに泊まったほうがいいんじゃないの？」

「そして、あなたも巻き添えにするの？」サラは尋ねた。

　バーバラは眉をひそめた。「私は詳しい事情を知らないのよ。いったい何が起きてるのか、教えてくれない？」

「詳しいことは話せないけど、ウルフには何人も敵がいるの。そのうちの一人が私を狙うかもしれないのよ。ありえない話じゃないわ。実際、私は兄の敵に狙われたもの。その時はガブリエルがうちにいたから、事なきを得たけど」

「知らなかったわ」

「そのことはミシェルも知らないの」サラは自分たちの被後見人の名前を口にした。「今回のことにしても、私は彼女に話してないし、これから話す気もないわ。大学で頑張っている彼女に心配をかけたくないもの」

「ミシェルはとてもいい子ね」

「ええ。兄は彼女に夢中なの」サラは笑った。「でも、このことは誰にも言わないで。兄は彼女が卒業するまで待つつもりでいるから」

「卒業って、もうすぐじゃない？」

「ええ。もう仕事も決まっているの。ミシェルならいい記者になるわ。彼女は私と兄の誇りよ」

「あの子はつらい人生を送ってきたのよね。母親を亡くし、父親を亡くし、最後に残った麻薬依存症の継母にも目の前で死なれて」バーバラはかぶりを振った。「ガブリエルがあの子を引き取ってくれて本当によかった」

「そして、私は兄から付き添い役を仰せつかった。ここ数年は、ミシェルとガブリエルが私の人生のすべてだったわ」

「近いうちに、その人生にもう一人加わりそうだけど」バーバラは助手席に視線を投げた。サラの顔は赤く染まっていた。「彼は立派な男よ」

「そうね。でも、結婚する気はないみたい」サラは悲しげにつぶやいた。

「スウィートハート、正しいきっかけさえあれば、どんな男でも結婚する気になるものよ。まあ、見てらっしゃい」

〝正しいきっかけ〟ウルフは私に欲望を感じている。それは間違いないわ。でも、欲望以外はどうなのかしら？　彼は感情というものを信じていない。この前のことで私に罪の意識を感じてはいるけど。ほかの人に言えないことも私には話すけど。でも、それと愛情とは別問題よ。私は愛のない関係には耐えられない。かといって、彼が私と結婚する気になるとも思えない。彼は女を信じていないもの。イーセラのせいで女性不信になっているもの。

とにかく、私は待つしかないんだわ。でも、これからの数週間を無事に乗り切ることができるのかしら？　彼と別れたばかりの今でもこんなにつらいのに。何週間も彼に会えないなんて、まるで生き地獄よ。私にはこういう時の対処法がわからない。今まで男の人を愛したことがないから。

サラの心臓が喉までせり上がった。彼女は目をつぶった。愛。私はウルフを……愛している。なぜ今まで気づかなかったの？　もちろん、私は彼を愛しているのよ。そうでなければ、男性とああいうことができるわけがないわ。このタイミングで気がつくなんて。私はいったいどうすればいいの？

女性たちを乗せた車が走り去ると、ウルフは悄《しょう》然《ぜん》として家の中へ戻った。無人の空間を見回しながら考えた。空っぽの家。閉ざされた部屋。まるで僕の人生のようだ。

僕は孤独が好きだった。一人でいるほうが気楽だった。でも、今は寒さしか感じない。どの部屋を見ても、サラのことを思い出す。特にリビングルーム。僕はここでサラに喜びを教えた。そして、彼女のプライドを破壊した。彼は自己嫌悪に陥った。しかし、サラの純潔を奪ったソファを眺めるうちに、別の記憶がよみがえった。サラはここで、僕の腕の中で眠った。僕を信頼しきった様子で。

「サラ」ウルフはうなった。

彼はキッチンへ入り、サラが使ったカップを手に取った。カップの縁に残っていた淡い口紅の跡に唇を当てて、身を震わせる。

ウルフはそのカップを流しへ置いた。サラはもういない。僕は彼女を手放した。

でも、それは理由があってのことだ。

彼は朝食の後片付けを始め、食洗機のスイッチを入れて流しを磨き上げた。それから鍵のかかる部屋へ移動し、盗聴防止装置を使ってエブ・スコットに電話をかけた。

「どうした？」エブが開口一番に尋ねた。

「何か動きはありましたか？」

「ああ。あとで君にも伝えるつもりだったが、悪い知らせが入ったぞ。イーセラが我々の監視を突破してアフリカに戻った。かつて手放したホテルを買い戻して、今はそこで大金持ちの愛人と暮らしている。その愛人の知り合い筋から得た情報によれば、彼女は君を亡き者にするためにある人物に五十万ドルを支払ったらしい。そいつが何者かはまだわかっていないが」

　ウルフは眉をひそめた。「執念深い女だ」

「いや、まったく」一瞬ためらってからエブは続けた。「今週、サラ・ブランドンが君の家にいたようだが……」

「バーバラ・ファーガソンをうちで保護していたんです」ウルフは嘘《うそ》をついた。「リック・マルケスに逮捕された男が、逆恨みをして彼女を狙っていたので。サラにはその付き添いとして来てもらいました。僕にはゲイブくらいしか友人がいません。だから、その妹のサラに頼んだんです」

「そういうことか」エブは笑った。「すまない。私の考えすぎだ」

「彼女は僕には若すぎます」

「でも、美人なのは認めるだろう？」

「ほかに情報はありますか？」ウルフはいきなり話題を変えた。

　エブはそこに意味を感じ取ったが、なんとか笑みをこらえ、すました口調で言った。「イーセラに雇われた男たちがロンドンへ飛んだ。わかっているのはそこまでだが、連中の目的地はこのアメリカだろう」

「僕も守りを固めておきます。二人ばかりこっちに回してもらえませんか？　ロークはどうです？」

　短い沈黙があった。「あいつはあいつで色々とあるようだ。アフリカにいたあとはマナウスにいたが、今はどこにいるのか誰にもわからない」

「機密扱いというわけですね」

「ああ。でも、うちに優秀なのが二人いるから、彼らを派遣しよう。どっちも身元の確かな男だ。必ずそのうちのどちらかと行動をともにしろ」

「そうします」

「複数の女性とデートをするのも悪くないな」エブ

はさりげなく提案した。「そうすれば、誰が君の本命なのか、イーセラにはわからない。本命は必ず狙われるぞ。おそらく君より先に」

「その点についてはすでに考えてあります」

エブはためらってから続けた。「ガブリエルも面倒なことになっている」

ウルフはぎくりとした。「何があったんです？」

「彼は今、中東の小さな村で油田の警備を支援している。ところが、その油田を狙う反政府勢力がいてな。まだ表沙汰にはなっていないが、近々大騒動に発展するかもしれない」

「ガブリエルの訓練は僕が担当しましたが、彼は僕が知る中でも指折りのプロの戦士ですよ」

「確かに」エブは同意した。「でも、君には負けるだろう。君は誰よりも見事に戦術を実行できた」

ウルフは笑った。「僕には偉大な師がいましたから」

「ああ。そうだった。無茶はするなよ」

「はい」

「あと、大切に思う女には近づくな」

「ご心配なく。僕は女嫌いです」

エブは舌先まで出てきた言葉を押し戻した。「オーケー、また会おう」

「ええ、また。感謝します」

「友として当然のことをしているだけだ」

電話を切ると、ウルフは椅子の背にもたれた。僕はサラに会えない。彼女と話すことも触れることもできない。そんなことをすれば、サラは危険にさらされるだろう。イーセラに命を狙われるだろう。イーセラの執念深い性格を思い返し、彼は小さく身震いした。あの女は血も涙もない。エマもそう言っていた。サラから伝え聞いた情報に基づいて、そう判断していた。僕はまだエマに心を開けない。でも、いつかはそうしなければならない。過去を乗り越えない限り、未来は……。

　未来のことを考えている場合か。僕はまだ危険な生き方をしている。今でもたまに政府の秘密工作活動を請け負っている。そのことはサラには話していない。でも、彼女はうすうす気づいているようだ。僕が刺激なしでは生きられないことに。

　もし身を固めるとなれば、今の生き方はあきらめざるをえないだろう。ウルフはじきに三十八歳になろうとしていた。体は健康そのものだが、前ほど敏《びん》捷《しょう》には動けなくなっている。彼が前線部隊を離れ、戦術的な指導や計画の立案をするようになったのもそのためだ。

　彼はサラの胸の膨らみのことを、その頂に吸いつく赤ん坊のことを考えた。強い渇望とともに。

　忘れたのか？　その赤ん坊は、おまえがサラにひどいことをした結果だぞ。聞こえてきた心の声にウルフは耳をふさいだ。どうせかなわぬ夢だ。今の僕に気を散らしている余裕はない。現実に対処しない限り、先のことは考えられない。まずは偽の足跡を残すことだ。僕に特定の相手はいないとイーセラに信じ込ませることだ。

　彼は受話器を取り上げ、連絡先リストの一番上に書かれた番号をプッシュした。

10

サラは当分ウルフから連絡が来ないことを覚悟していた。ウルフがイーセラから自分を守ろうとしていることもわかっていた。ウルフに会えないのはつらいことだが、それだけならまだ耐えられた。ところが、彼の牧場を去ってから三週間後に問題が生じた。朝食を戻すようになったのだ。

最後までいかなくても妊娠する可能性はある。ウルフはそう言ったわ。エマも同じ意見だった。あの時はまさかと思ったけど……。私はいったいどうすればいいの？　サラは思い悩んだ。しかし、数日が過ぎても答えは出ないままだった。

彼女は尾行されていることに気づいていた。そのために、外出の機会を減らしていた。食料品店へ行くのも週に一度だけにして、レストランの宅配を利用した。彼女のアパートメントに食事を届けに来た少年たちは、必ずボディガードに呼び止められ、穏やかな口調で質問された。彼女はそのことを知らなかった。ただ、尾行にどう対処するべきか、それだけを考えていた。

ボディガードに気づかれずに医者へ行くことは不可能だ。結局、サラは風邪をひいたふりをした。医者に行く途中も、わざと音をたてて咳《せき》をした。

ドクター・メドリンは若くて感じのいいブロンドの女性だった。看護師に採血を命じると、彼女はいったんサラのそばを離れた。数分後には戻ってきたが、その顔に笑みはなかった。

「あなたは決断を下さなくてはならないわ」

サラは目を閉じた。「私、妊娠しているのね」

「ええ。私が見たところ、四週目に入ったあたりね。

擬陽性という可能性もあるけど、ほかの兆候から判断しても、まず間違いないと思うわ。あなたはこの子を産みたい？」

「もちろん」サラは目を逸《そ》らし、声を絞り出した。

「子供の父親は？」

「もし妊娠していたら知りたいと言ったけど、たぶん……本気で言ったんじゃないと思うわ。私たち、ペッティングしただけなのよ。あなたも知っているでしょう。私には、その、問題があって……」

ドクター・メドリンはサラの手に自分の手を重ねた。「ええ、知っているわ」

「だから、最後まではいかなかったの。それなのに……」

「そういうこともあるのよ」

サラは長々と息を吸った。「私はどうしたらいいの？　彼には話すべきよね。だけど、もしクリニックで処置を受けろと言われたら……」彼女の表情が曇った。「私には無理よ。そんなことができるとは思えない。でも、彼に言われたの。これは二人の人間に関わる問題だから、片方が勝手に決めてはいけないと」

「私もそう思うわ」ドクター・メドリンはうなずき、これから処方する薬について説明を始めた。

サラは女性医師の言葉を聞いていなかった。赤ん坊のことばかり考えていたのだ。自分が父親になると知ったら、ウルフはなんて言うかしら？　彼は一度も結婚という言葉を口にしていない。三十七年間生きてきた中で、彼が本気になった女性は、私が知る限りイーセラだけだわ。もし彼が、あえてこの年まで独身を貫いてきたのだとしたら、それは彼自身に結婚する気がないということよ。

「サラ、私の話を聞いてた？」ドクター・メドリンが穏やかな口調で問いかけた。

「ええ、もちろん」サラは笑みを返し、自分の両手に視線を落とした。「ついでに、もう一つお願いしてもいい？」

「いいわよ。何かしら？」

頬を赤く染めながらも、サラは答えた。

女性医師は微笑した。「じゃあ、すぐに準備を始めましょうね」

それから三日間、サラは悩みつづけた。そして、ついにウルフに連絡を取る決心をした。ウルフはきっと怒るだろう。絶対に連絡するなと彼女に警告したのだから。だが、答えが知りたいと言ったのはほかならぬウルフ自身だ。これは電話で言えるような話ではない。だから、彼女は携帯電話を握り、ウルフに短いメールを送った。

〈金曜日のコンサートに行きますか？〉

返ってきたメールはさらに短かった。

〈イエス〉

ウルフは理由を尋ねなかった。サラも説明しなかった。

金曜日の夜、サラは新しく買った黒いイブニングドレスに身を包んだ。腰回りにゆとりのあるデザインを選んだのは、わずかに膨らんできたおなかを隠すためだった。今夜の彼女は輝いて見えた。肌に透明感が加わって、これまで以上に美しく見えた。

サラは鏡に向かってほほ笑みかけた。そこにエレガントで幸せそうな女が映っていたからだ。くるぶし丈のドレスは袖がなく、幅の広い肩紐《ひも》で支えられていた。胸元が大きく開き、背中にも深いカットが入っていた。彼女はそのドレスにエメラルドのネックレスを合わせた。イヤリングと指輪もダイヤモンドとエメラルドのものにした。

ウルフは私と距離を置くと決めているわ。でも、私と会えば、その決心も崩れるかもしれない。私をうちに誘うかもしれない。そこで起こることを想像して、サラは頬を赤らめた。もし彼がキスをしてくれたら、話しやすくなるんだけど。ウルフの唇の感触を思い返し、彼女はますます真っ赤になった。

今夜は自分の人生で最も幸福な夜になるだろう。ウルフはきっと赤ん坊を望むはずだ。彼女はそう確信していた。

サラは手配していたリムジンに乗り込み、コンサート会場へ向かった。コンサートではベートーヴェンの交響曲が演奏されることになっていた。特にベートーヴェンが好きというわけではない。だが、今夜の目的はウルフと会うことであって、音楽を聴くことではないのだ。数週間ぶりの再会にサラは胸を躍らせていた。ミシェルが大学を卒業した時以上に幸せな気分だった。

会場に着くと、サラは平静を装った。通路を進む間も、知り合いを見かけては声をかけた。しかし、彼女の目は一人の男だけを探し求めていた。黒髪に水色の瞳を持つハンサムな大男だけを。

予約していた席に着いた時には、すでにオーケストラの音合わせが始まっていた。サラは眉をひそめた。コンサートが始まる前に一言でも話をしたかったのに。ウルフはまだ来ていない。もしかして来るのをやめたのかしら？

その時、かたわらで人の気配がした。振り向いたサラの胸に痛みが走った。そこにはウルフがいた。ウルフだけではなく、白いサテンのドレスを着たブロンドの美しい女性も。ウルフは笑っていた。その女性にキスをしていた。女性のほうも幸せそうに彼にしがみついていた。

サラの自信は粉々に砕け散った。悲しい予感が彼女の体を強《こわ》ばらせる。

サラを見ても、ウルフは表情一つ変えなかった。

今日の昼間にエブから連絡を受け、イーセラのスパイが暗躍していることを知らされていたからだ。そのスパイは今も彼らを見張っているだろう。だから、彼は素知らぬ顔を装った。サラを守るために。サラも自分も傷つくことを承知のうえで。

この数週間、彼は様々な女性を誘って、こういうイベントに顔を出してきた。イーセラの目をごまかすために、できる限りの努力を続けてきた。その努力をここで放棄することはできない。たとえサラを泣かせることになっても、彼女を危険にさらすわけにはいかないのだ。

「やあ、ミス・ブランドン」ウルフはぞんざいに挨拶した。ただの知り合いに会った時のように。「チェリー、こちらはサラ・ブランドン。僕の親友の妹だ」

「よろしくね」チェリーは浮き浮きした様子で挨拶した。「そのドレス、とってもすてき！」

「あなたのドレスのほうがすてきだわ」サラは悲しみを隠して答えた。

「私、おしゃれが大好きなのよ」チェリーは笑った。「今夜は彼のために特に気合いを入れちゃった」そう付け加えると、うっとりとしたまなざしでウルフを見上げた。

「嬉《うれ》しいね」ウルフはくすくす笑い、チェリーにキスした。

二人はサラの隣に座った。

サラは手にしていたプログラムをロープのようにねじり上げ、ステージに視線を移した。そして、カーテンが上がりはじめたことを神に感謝した。

サラはなんとかその夜をやり過ごした。ウルフは礼儀正しかったが、ひどくよそよそしかった。

まるで赤の他人同士みたい。私のおなかには彼の子供がいるのに。でも、彼には言えないわ。この状況で言えるわけがない。

　コンサートが終わった。結局、ベートーヴェンの交響曲の第何番が演奏されたのか、サラにはわからないままだった。彼女は悪い夢を見ている気がした。自分がここにいることさえ現実とは思えない。

「いいコンサートだったと思わない？」チェリーがはしゃいだ。「音楽もすばらしかったし！」

「ええ」サラは声を絞り出した。「いいコンサートだったわ」

「またいつか会えたらいいわね、ミス・ブランドン」

「ええ」

「おやすみ、ミス・ブランドン」ウルフが言った。サラと目を合わせようともしない。続いて、彼はチェリーに話しかけた。「もう遅い時間だし、そろそろ帰ろうか？」

「ええ、そうね」チェリーは彼に寄り添い、くすくす笑った。

　二人の背後で、サラは優雅な石像のように立っていた。顔に笑みを貼りつけ、心が壊れていくのを感じながら。

　ウルフはドア口のところで振り返った。サラの姿から無理やり視線を引き離し、自分の弱った心に活を入れる。サラを抱きしめたい。あの美しい顔から悲しみが消えるまでキスをしたい。でも、そんなことをすれば、僕だけでなくサラまで狙われることになる。彼は胸が引き裂かれる思いで会場をあとにした。僕はサラを傷つけることばかりしてきた。でも、今回は最悪だ！

　サラはアパートメントに戻ると、泣きながら眠りに就いた。ウルフは本気よ。本気であのチェリーという女性と付き合っているのよ。彼はもう私を求めていない。今夜のことでそれがよくわかったわ。

　明け方、彼女はベッドを出て、ノートパソコンを起動した。ゲームにログインすると、すぐにレッドナハトが話しかけてきた。

〈いやな夜だった？〉

〈人生最悪の夜だったわ〉

〈右に同じだ〉

レッドナハトに今夜のことを話したい。気持ちを吐き出して、慰めてもらいたい。でも、ゲームの世界では友達だけど、彼は会ったこともない他人なのよ。他人にこんな話はできないわ。

〈愛は男にとって最も忌むべき感情のようね〉

〈そんなものは銀行に預けておけばいい〉

少し間を置いて、レッドナハトは続けた。

〈誰かに傷つけられたのか？〉

〈ええ〉

〈僕はある人を傷つけた。僕が大切に思う人を。そうせざるをえなかった〉

〈なぜ？〉

〈僕と一緒のところを見られると、彼女にも危険が及ぶから〉

そうだわ。レッドナハトは法執行の仕事をしているんだった。彼には敵がいるのよね。

〈原因はあなたの仕事ね〉

〈ああ〉

〈彼女はそのことを知っているの？〉

〈彼女には話せない〉

しばらく空白の時間が流れた。

〈バトルとダンジョン、どっちにする？　今は何かをぶっ壊したい気分だ〉

サラは笑った。

〈私も。バトルがいいわ。敵を殲滅《せんめつ》してやりましょう〉

〈オーケー（笑）。一緒に大暴れしよう〉

ゲームを続けながら、サラは話し相手がいるありがたみを噛《か》みしめた。レッドナハトには大切に思う女性がいたのね。でも、そのほうが気が楽よ。私にも大切に思う男性がいるもの。ただし、その男性は私のことをなんとも思っていない。その事実をこのタイミングで知らされるなんて。本当に悲劇としか言いようがないわ。

　サラは徒歩でクリニックに向かった。目指すクリニックは彼女のアパートメントから二ブロックの距離にある。ボディガードの尾行をまくため、彼女はあちこちの店に立ち寄った。タクシーまで利用した。このことを知ったら、ウルフが傷つくとわかっていたからだ。

　ウルフはこの子を望んでいない。あんなにきれいなブロンドの女性と付き合っているんだもの。子供なんて望むわけがないわ。それでも、私がそこまで追い込まれていたと知ったら、彼はきっといい気持ちはしない。だから、彼に知られないように行動するのよ。私がやるべきことをやるの。大丈夫。きっとできるわ。私は強い人間だから。

　少なくとも、サラはそう考えていた――クリニックに到着するまでは。しかし、書類に記入しはじめたところで、彼女はいきなり泣き出した。

　受付係が彼女の手を軽くたたいた。「ハニー、あなたの中にはまだ迷いがあるのよ。うちに帰って、あと一日か二日くらい考えてみたら？　それでも気持ちが変わらなかったら、また来ればいいわ」

　サラは受付係の同情の視線を受け止めた。「ありがとう」

　受付係は微笑した。「どういたしまして」

　サラは泣きながらクリニックをあとにした。自分が見られていることにはまったく気づいていなかった。彼女をガードする男たちは、あっさりと尾行対象にまかれるような素人集団ではなかったのだ。

サラはネットで同居人を募集した。一人で暮らす妹のことを心配したガブリエルが、そうするように勧めたからだ。実際、サラは孤独だった。ミシェルは大学卒業と同時に自立し、サンアントニオの新聞社の新米記者として多忙な日々を送っている。

そうよ。ミシェルには頼れない。それに、彼女には赤ちゃんのことを知られたくない。だったら、ぐずぐずしていちゃだめよ。おなかが目立ちはじめる前になんとかしないと。

　そこでサラは一計を案じた。ワイオミング州ケイトローの牧場へ戻ることに決めたのだ。牧場は人里から離れていたが、そこには頼もしい助《すけ》っ人《と》がいた。牧童頭の一人は元ＦＢＩで、もう一人はモンタナ州ビリングスで警官をやっていた男だった。

　あそこなら襲われる心配はないわ。ウルフと鉢合わせする可能性も低い。ウルフもうちの近くに牧場を持っているけど、ガブリエルの話だと、最近はまったく行っていないようだもの。こっちに美人のガールフレンドがいるんだから、当分遠出はしないわよね。

　私はこの子をあきらめない。生まれて初めて、私を愛してくれる存在ができるのよ。あきらめられるわけがないでしょう。私だけの赤ちゃん。考えただけで胸が熱くなるわ。いつかウルフにばれたとしても、その時はその時よ。今の私にはそこまで気にしている暇はない。やるべきことがたくさんあるんだから。

　ドクター・メドリンにはシェリダンで産科医をしている友人がいた。彼女はサラに友人の連絡先を教え、友人にサラの診察を依頼した。友人は快く承諾してくれた。

　同居人の募集に関しても、ネットに広告を出して数分もたたないうちに応募者が現れた。その応募者は今朝、面接に来ることになっていた。しかし、実際に玄関のチャイムが鳴ると、かすかな不安が頭をもたげた。他人と暮らすにはそれなりの覚悟が必要だ。せめて相手が変人でなければいいのだが。

　サラはドアを開けた。そこに立っていたのは、淡いブロンドの髪をシニヨンにまとめた女性だった。女性は二十代半ばくらいに見えた。焦げ茶色の瞳に笑みはなく、形のいい唇も一直線に引き結ばれていた。背筋もぴんと伸びていた。

「ミス……」女性は手にしていたカードを見下ろした。「ミス・ブランドン？　私はアメリア・グレイソンといいます」

「はじめまして、ミス・グレイソン。どうぞ中に入って」

　アメリア・グレイソンは力強い足取りでリビングルームへ入り、背のまっすぐな椅子に腰かけた。自分の背筋もまっすぐに伸ばして、サラを見据えた。

「具体的には、どういうお仕事ですか？」

「付き添い《コンパニオン》よ」サラは重い口調で答えた。

「なんのための？」アメリアは警戒する様子を見せた。

　相手が考えていることに気づき、サラは噴き出した。「ごめんなさい。違うの。そういうことじゃなくて。私が必要としているのは、ワイオミングの牧場で一緒にいてくれる人なの。牧場って男だらけの世界でしょう」彼女は顔をしかめた。「私、男の人は苦手だから」

　アメリアは少し安堵《あんど》したようだった。「私もそうです。仕事としては何をすればいいんでしょう？」

「食事の支度は私がするわ。私、料理は得意なの。だから、ほかの家事を手伝って。食洗機はあるし、たいていの設備は揃《そろ》っているから。お休みは土曜の夜と日曜日。報酬ははずむつもりよ」

　サラが提示した金額に、相手はあんぐりと口を開けた。

「どうかしら、ミス・グレイソン？」

アメリアは口を閉じた。「前の職場では、料理と掃除と四人の子供のお守りをしていました。車を洗うのも、四匹の犬を散歩させるのも私の仕事で、お休みは日曜の夜だけ。でも、報酬はあなたが提示した額の五分の一くらいでした」そう言って、彼女は頬を赤らめた。

「まあ、ひどい！」

アメリアはわずかに姿勢を崩した。「最初の一カ月は試用期間ということにしませんか？　お互いの相性を確認するために」

サラは微笑した。「じゃあ、決まりね。あなたさえよければ、今日からここで暮らして」

「ここで？　前の職場は通いで……」

「ミス・グレイソン、あなたは前の職場でひどい扱いを受けた。でも、これからは私の宝物になるのよ。だから、遠慮せずにここで暮らして。保険も福利厚生も……ミス・グレイソン！」

アメリアは泣いていた。彼女はバッグから取り出したティッシュで涙を拭った。「すみません。目に何か入ったみたいで」ぶっきらぼうに言い訳すると、アメリアはサラを見据えた。同情はいらないと宣言するかのように。

サラは頬を緩めた。「あなたとはうまくやれそうよ。じゃあ、あなたの部屋に案内するわね」

アメリアはただの宝物ではなかった。疲れを知らない働き者でもあった。彼女は帳簿をつけられた。裁縫や編み物もできた。おまけに軍事的な知識も豊富だった。しかし、サラが前に軍にいたのかと尋ねると、彼女は笑って否定した。

アメリアは大学を卒業してから四年の間に様々な家庭で働いてきたようだった。大学では化学を学んでいたというだけあって、恐ろしく頭が切れた。こんなに有能な人がなぜメイドみたいな仕事ばかりしてきたのだろう？　サラは不思議に思ったが、よけいな詮索はしなかった。私生活に立ち入ることでアメリアを失いたくなかったからだ。彼女はそれほどアメリアのことが気に入っていた。

　ワイオミングの牧場は国有林に隣接していた。優に百ヘクタールを超えるその広大な土地では、純血種のブラックアンガス牛とカウボーイたちが仕事で乗る馬が飼育されていた。サラはそれとは別に自分の馬を持っていた。真っ白い体に茶色の斑《まだら》模様が入った美しいアパルーサ種の牝馬《ひんば》だ。彼女はスノーと名付けたこの馬を溺愛していたが、今の体調では乗馬はあきらめざるをえなかった。

　幸い、アメリアはまだサラの妊娠に気づいていなかった。サラもそのことには触れなかった。アメリアが聖書を持ち、夜はそれを読んでいることを知っていたからだ。信仰心の厚い人間から見れば、自分のように未婚のまま妊娠することは悪なのかもしれない。そう思うと、とても打ち明ける気にはなれなかった。

　悪夢はいったん収まったかに見えたが、ワイオミングで復活した。サラは自分の悲鳴で目を覚ました。ベッドから汗まみれの体を起こし、泣きじゃくる。

　そこにアメリアが駆けつけた。彼女は長い寝間着に長いローブを羽織っていた。どちらも実用的なコットン製だった。

「ミス・ブランドン、どうしたんです？」アメリアは叫んだ。シニヨンから長い髪がこぼれていた。今の彼女はいつもの物静かで堅苦しいアメリアとは別人のようだった。

「夢を見たの……いやな夢を」サラは両膝を立て、そこに顔を埋《うず》めた。あふれ出る涙を止められなかった。「ごめんなさい。最初に話しておくべきだったんだけど」

「すぐ戻ります」アメリアは言った。その言葉どおり、一分後には濡《ぬ》らしたタオルを手に戻ってきた。アメリアはベッドに腰を下ろし、タオルでサラの顔を拭った。「カモミールティーをいれたので、キッチンに来ませんか？」

サラはパジャマにローブを羽織り、ふらつく足でアメリアのあとを追った。キッチンに入ると、テーブルの前の椅子にへたり込んだ。

なぜか今夜の夢にはウルフが出てきたわ。彼はどこかの暗く危険な場所にいた。はっきりとは覚えていないけど、血が見えた。たくさんの血が！

「はい」アメリアがテーブルにティーカップを置いた。「これを飲んでください。気持ちが落ち着きますよ」

「ありがとう、ミス・グレイソン」かすれた声で礼を言うと、サラは唇を噛んだ。「私、あなたに迷惑をかけて……」

「悪夢を見ない人間なんていませんよ」

サラは悲しげに微笑した。「でも、私の悪夢とは違うんじゃないかしら」

アメリアが思わぬことを口にした。「何かいやなことがあったんですね」

サラはぎょっとして視線を上げた。

アメリアはうなずいた。「子供の頃ですか？」

サラは下唇を噛んだ。

「私に話す必要はありません。でも、誰かには話すべきだわ」

サラは小さく笑った。「セラピーならもう受けているわ。インターネットのビデオ通話で」黒い瞳が愉快そうにきらめく。「私のセラピストは蛇を飼っているのよ」

アメリアが眉をひそめた。「エマ・カインですか？」

サラは息をのんだ。「なぜわかったの？」

「それは訊《き》かないでください。もし訊かれても、私は答えません」

サラはいったん開いた口を閉じた。

「そう。ここはぐっとのみ込んで」アメリアは冗談めかして言った。「私は過去の話もしませんから」

サラは問いかけるように眉を上げた。

「またよからぬことを考えていますね」アメリアはぴしゃりと言った。「一度脳みそを取り出して、石《せっ》鹸《けん》で洗ってみたら？」

サラは思わず噴き出した。

アメリアもにんまり笑った。「笑う元気があれば大丈夫」

サラはため息をつき、かぶりを振った。「ミス・グレイソン、あなたがいてくれて本当によかったわ。辞めるなんて絶対に言わないでよ。もしあなたがここから逃げ出しても、マースデンに連れ戻してもらうから」

「マースデン？」

「この牧場の監督よ。以前はＦＢＩにいたの」

「ああ、あの背の高い人。彼はいい人ですよね」

「ええ」サラはカモミールティーをすすった。軽い吐き気もお茶のおかげで収まってきたようだ。「これ、おいしいわ」

「私はハーブティーが好きなんです。あなたはコーヒーばかり飲んでいますね」アメリアはやんわりと指摘した。

「カフェインレスのコーヒーよ」サラは弁解した。「ただ濃いめにしているだけ。これだけは譲れないわ」

「私はコーヒーはあきらめました」アメリアは寂しそうにつぶやいた。「あきらめざるをえませんでした」

「カフェインレスもだめなの？」

「それではストローでステーキを食べるようなものです」

サラはまた笑った。「オーケー、降参するわ」

「賢明な判断です。私は戦いではめったに負けませんから」アメリアは椅子の背にもたれ、ため息をついた。それから、砕けた口調で続けた。「あなたがここを選んでよかった。コマンチウェルズはちょっと……」

サラは訝《いぶか》る表情になった。「あそこの牧場もここと似たようなものだけど」

「コマンチウェルズには彼がいるから」アメリアはぼそぼそと答えた。

「彼？」

「私の……知り合いです」アメリアは口ごもった。「私は二度とあそこには戻りません」

その気持ち、わかる気がするわ。サラはウルフのことを考えた。つらい思いもしたけど、彼と一緒にいる間は楽しかった。コンサートの夜以来、彼からは何も言ってこない。私は彼からの連絡を待っていたのに。あのブロンド美女との関係を否定してほしかったのに。でも、期待した私がばかなのよ。彼は私を望んでいない。それは火を見るより明らかでしょう。だったら、現実を受け入れるしかないわ。

「心配しないで」サラは請け合った。「私もコマンチウェルズに戻る気はないから」

アメリアが無言で彼女を見返した。

「理由はあなたと同じよ」サラは付け加えた。

「まあ」アメリアはハーブティーをすった。そして少し考えてから、いつもの落ち着いた表情に戻った。「そろそろ眠れそうですか？」

サラは目をしょぼしょぼさせながら微笑した。

「ええ、たぶん。ありがとう、ミス・グレイソン。本当に助かったわ」

「お安いご用です」アメリアは答えた。

「私は反対だ！」エブ・スコットが声を荒らげた。「あの女には近づくな。自ら罠《わな》にはまりに行くようなものだぞ」

しかし、水色の瞳を持つ大男は聞いていなかった。彼は道具をかき集め、身なりを整えていた。その格好は見る者が見れば秘密工作員だと一目でわかるものだった。黒ずくめの服。腿にマジックテープで留められたホルスター。自動小銃。革手袋。戦闘靴。今の彼はプロらしく見えた。実際、彼はその道のプロだった。

ウルフはエブに向き直った。「僕にはもう生きる望みはありません。あの女は僕の人生を、僕が幸せになるわずかなチャンスをぶち壊した。そして、今もまた人の命を奪おうと企《たくら》んでいる。だったら、僕がそのチャンスをくれてやる。僕の命と引き替えに、あの女の罪を暴いてやる。立会人は三つの国から呼び寄せました。援護チームも組織しました。名前は言えませんが、政府の秘密組織の人間も交じっています。これでもしあの女が僕を殺したら、どうなると思います？」そこで彼はいったん言葉を切った。「少なくとも、僕はこの苦しみから解放される」

エブは眉をひそめた。「イーセラの身柄は我々が確保する。それを待って、サラと話をすればいい。君が彼女を守ろうとしていたことを……」

「彼女は二度と口を利いてくれませんよ。僕が生きている限り」ウルフは苦々しげに吐き捨てた。水色の瞳にはエブが直視できないほどの苦悩がある。

「それはまだわからないだろう」

「いいえ、わかります」

「なぜそう言い切れる？　君は彼女と接触を断っていたはずだが……」

「あなたの部下たちがワイオミングに行くまでの彼

女の行動を記録していたでしょう。僕はそれを読んだんです」

「それがどうした？」

ウルフは手元のバッグに視線を落とした。「彼女はクリニックに行きました」氷のように冷たい声で彼は答えた。「僕は連れの女と親しげにふるまっていた。サラはその理由を知らなかった。僕から理由を話すこともできなかった。彼女は僕に捨てられたと思い込み、子供を産めば僕に迷惑がかかると考えた。それで……クリニックに行ったんです」声がうわずる。これ以上は話せない。目が潤むのを感じて、彼は顔をごしごしこすった。

「そうか。そんなことになっていたのか」エブはうなった。

「彼女は僕以上に苦しんでいるはずです。過去につらい経験をして、心に傷を抱えていたから」

「その子は君の子だったのか？」エブが遠慮がちに尋ねた。

水色の瞳に危険な光が宿った。ウルフはエブに詰め寄った。「サラを侮辱するのか？　もちろん、僕の子だ！」

なぜこんな悲劇が起きてしまったんだろう？　僕が知る限り、サラは蠅《はえ》をたたくことさえできない性格だ。今度のことで彼女の心は完全に壊れてしまったのかもしれない。

「すまなかった」エブが穏やかな口調で謝罪した。

「こちらこそ」ウルフは素っ気なく答えると、後ろに下がった。「僕がこんな人間になってしまったのも、サラがつらい決断をしたのも、すべてイーセラのせいだ。あの女には罪の代償を支払ってもらう。僕が支払わせてみせる」

ウルフはエブに背中を向け、バッグのファスナーを閉めた。

いきなりキャンプに現れたウルフを見て、ガブリエルは唖然《あぜん》とした。「いったい何事だ？　なぜ引退した人間がここにいる？」

「現役復帰だ」ウルフは宣言した。

今のウルフは別人に見えた。明らかに、かつてのウルフとは違っている。サラを容赦なくからかい、彼女を怒らせ、笑わせていた牧場主はもうどこにもいない。代わりにそこにいるのは冷たい目をした傭《よう》兵《へい》だ。ガブリエルが初めて知り合った頃のウルフだった。

「サラもワイオミングの牧場に戻ったし」ガブリエルはぶつぶつ言った。「あいつは何も教えてくれない。僕と話していても、必死に悲しみをこらえている感じで……」

「やめろ」ウルフはかすれ声で遮り、目を逸らした。

ガブリエルは表情を改めた。「この際、吐き出してしまえよ！　さあ！」

ウルフの表情はまったく変わらなかった。「おまえは世界でただ一人の親友だ。その親友を傷つけることはできない」

「いいから話せ！」

ウルフは戦闘靴に視線を落とした。「どこからどう話せばいいのか……」

「妹を傷つけたのか？」

ウルフはうなずき、息を吸い込んだ。「ああ」目を伏せたまま答えると、まぶたを閉じて全身を震わせた。「サラからメールが来て、ベートーヴェンのコンサートに行くかと尋ねられた。僕は行くと答えた。あの夜の彼女は……天使のようだった。あまりに美しくて、目がくらみそうだった。僕はブロンドの女を連れていた。その女に気のあるふりをして……」

「なんだって？」ガブリエルが声を荒らげた。

「会場にイーセラのスパイがいたんだ」ウルフは続

けた。「サラを危険な目に遭わせるわけにはいかない。だから、僕は無関心を装った。彼女を無視し、単なる知り合いとして扱った」彼はまた身を震わせた。「僕は彼女を傷つけた。その理由を話すことさえできなかった。もし僕が彼女に話しかければ、彼女と接触を持てば、彼女までイーセラに狙われることになるから。サラは僕に捨てられたと思った。だから、その翌朝……」彼はいったん口をつぐんだ。そうしなければ、次の言葉が出てこなかった。「彼女は……クリニックに行った」

「クリニック？」ガブリエルはぼんやりとウルフを見つめた。次の瞬間、その言葉の意味に気づいた。とたんに頭に血がのぼった。僕の妹が、男に軽く触れられることにも耐えられなかった妹が、僕の親友に妊娠させられたというのか。「クリニックだと？」

ウルフはうなずいた。水色の瞳が潤んでいる。彼は青ざめた顔を背けた。「彼女は何も傷つけられない。どんなものだろうと傷つけることができない。そんな彼女を僕はそこまで追い込んでしまった。罪の意識を背負わせて……」彼は友人に向き直った。

「僕を撃ってくれ。後生だから」

「くそ」ガブリエルはすべてを理解した。親友の心情も。妹の心情も。「くそ」また同じ言葉をつぶやき、彼はのろのろと言った。「あいつは君を愛している」

「わかってる」ウルフは目を逸らし、声を絞り出した。頬が赤く染まっていた。「僕にはプランがあった。未来に向けたプランが。そうするうちに、イーセラの報復が始まった。僕はサラに数週間は連絡できないと言った。サラはイーセラのことを知っていた。でも、彼女を守るための作戦については知らなかった。僕は様々な女と出歩かざるをえなかった。僕に……命より大切な存在がいることを、イーセラに気づかれないために。サラは僕の子供を身ごもっていた。彼女は僕が心変わりしたと思った。自分はもう僕に望まれていないんだと。子供を産んでも、僕に迷惑をかけるだけだと。こんな結果になるなんて……死んだほうがましだ！」

「すまなかった」ガブリエルはぼそりとつぶやいた。

ウルフは背筋を伸ばした。「いや。謝るのは僕のほうだ。僕は君の妹の人生をめちゃくちゃにした」荒れ狂う感情が落ち着くのを待って、彼は続けた。「せめてもの救いは、彼女にセラピーを受けさせたことだ」

　僕が何年かけてもできなかったことを。ガブリエルは愕然《がくぜん》として問いただした。「セラピーを？　サラに？　いったいどんな手を使ったんだ？」

「エマ・カインを覚えているか？」

　ガブリエルは身震いした。「蛇をペットにしている女性医師だろう？」

　ウルフはうなずいた。「ただし、仕事に関しては有能だ。サラにセラピーを受けさせた方法だが、僕も一緒に受けたんだよ」

　ガブリエルはぽかんと口を開けた。「でも、君はずっと……」

「ずっとセラピーを拒否していた」ウルフはうなずいた。「でも、サラと……」彼は言葉を切った。「この話は親友にも言えない。その親友の妹がからんでいるとなればなおさらだ。「サラと色々あって。いや、子供ができるようなことはしなかった。それなのに、できてしまった」

　ガブリエルは行間を読んだ。「サラは君を愛していたんだ。そうでなければ……」

「ああ」苦しげに息を吸い込むと、ウルフは頭を垂れた。「すべて僕のせいだ。今頃、彼女は地獄を味わっているだろう。彼女を一人にしたくはないが……」

「一人じゃないよ」ガブリエルは言った。「あいつは牧場へ戻る前にコンパニオンを募集した。だから、僕が信頼できる人物——妹を任せられる女性を手配した」

「君の知り合いか？」

「詳しいことは訊かないでくれ。サラには僕から連絡してみよう。いや、上からの指示で無線は使えないな。あいつに居場所を訊かれても、何も答えられない」

　ウルフの顔は石のように硬かった。「諸悪の根源はイーセラだ。サラがクリニックに行ったのも、僕がサラを傷つけざるをえなかったのも、イーセラが原因だ。あの女のせいで、僕は僕たちの子供を失った。その代償を支払わせてやる。この命に代えても！」

「君はサラのことを大切に思っているんだな」ガブリエルがのろのろと言った。

「大切に！」ウルフは虚《うつ》ろな声で笑った。苦しげに顔を歪《ゆが》め、また息を吸い込む。一分後、彼は再び口を開いた。「二、三、必要なものがある」

　ウルフは苦悩を隠そうとしていた。だが、ガブリエルにはわかった。彼は年上の友人の肩に手を置いた。

「僕が用意しよう。なんでも言ってくれ」

「ありがとう」

「妹は立ち直るよ」ガブリエルはぼそぼそと言った。「真実を知ったら、いつかきっと立ち直る」

　ウルフは親友の視線を受け止めた。「いや。そんな日は来ない」

　イーセラが所有するナイトクラブは市が開かれる広場にあった。〈エル・マロック〉と呼ばれるその店の中では、本格的なモロッコ料理が供され、男に体を見せられないアラブの女たちに代わって、スペインから出稼ぎに来た女たちがベリーダンスを披露していた。だが、それは表向きの顔に過ぎなかった。〈エル・マロック〉の実態は、誘拐や売春、麻薬取引などを生業《なりわい》とする犯罪者たちのアジトだった。

ウルフは冷めた目つきで店内を見回した。彼が着ている黒いジャケットの下には、四五口径の自動小銃を納めたホルスターが隠されている。彼はベルトにナイフを差していた。靴の中にも銃を忍ばせている。これでいつ何が起きても対応できるはずだ。

ウルフは暗がりにいる男に気づいた。この地域で工作活動をしている連邦政府の人間だ。彼はあえてその男を無視した。向こうも彼に気づかないふりをした。

ウルフはゆっくりと通路を進み、ベリーダンサーたちが踊るフロアのそばのテーブルに座った。ウイスキーを注文し、のんびりとした態度でダンスを眺める。彼は天井近くに設置された防犯カメラに気づいていた。そのカメラで自分が監視されていることも知っていた。

馴染《なじ》み深い香水の匂いが漂ってきたのは、ウイスキーを一口すすった時だった。

彼はわずかに首をひねり、近づいてくる背の高い女に目をやった。女はダイヤモンドをちりばめたセクシーな黒いドレスをまとい、長い黒髪を背中に流していた。女の黒い瞳が愉快そうにきらめいている。

昔と同じだ。僕を見るたびに、この瞳は愉快そうにきらめいた。でも、そのきらめきの下には軽蔑がひそんでいた。

「やあ、イーセラ」ウルフは砕けた口調で声をかけた。

11

町で買いたいものがあるの、とサラは言った。それに、少し新鮮な空気が吸いたいわ、と。そうやってアメリアをだますと、サラは自ら車のハンドルを握り、一人で産科医のオフィスへ向かった。ワイオミングは春を迎え、ありとあらゆる花が美しく咲き誇っていた。

ドクター・ハンセンは長身痩躯《そうく》の男性で、温厚かつ人当たりがよかった。彼は看護師を呼び入れ、サラの診察を始めた。そして、ひととおりの触診をすませると、眉をひそめて臨床検査を命じた。オフィスに戻ってきた時、彼の顔には渋い表情が浮かんでいた。

サラは泣きそうになった。「私の赤ちゃんに何か問題があるんですか？」

ドクター・ハンセンは即座に否定した。「いや、赤ちゃんは元気ですよ」

「よかった！」

「ただ、少し気になることがあります。大きな問題ではないんですが」ドクター・ハンセンは目を細くした。「あなたは心臓に異常がありますね」

サラは唇を噛《か》んだ。「異常と言っても、たいしたことじゃありません。先天的なもので……」

「ウォルフ・パーキンソン・ホワイト症候群」ドクター・ハンセンはうなずいた。「問題のないケースがほとんどですが、絶対にないとは言い切れません。いちおう注意はしておくべきでしょう。出産時の合併症を予防するために、地元の心臓専門医を紹介したいのですが」

「わかりました」

「高血圧についても彼が説明してくれるでしょう」

「高血圧？」サラは戸惑った。そういえば、ドクター・メドリンもそんな話をしていたけど。「高血圧はストレスと関係しているんですよね？」

「そういう場合もあります。とにかく薬はのみつづけてください」ドクター・ハンセンは笑顔に変わった。彼女が前任の医師からすでに説明を受けていると思ったようだ。「何も心配することはありませんよ。本当に」

サラはほっとして、おなかに手を当てた。まだ目立たないけど、この中では小さな命が育っている。私の愛する命が。

「あなたは本当に赤ちゃんを望んでいるんですね」

「ええ。世界中の何よりも」

ドクター・ハンセンはわずかに躊躇《ちゅうちょ》した。「赤ちゃんの父親は、このことを知っていますか？」

一瞬置いてから、サラは首を左右に振った。「彼は私を望んでいません。だから……言えないんです。いつかは言います。言わざるをえません。でも、今は言いたくないんです」

「詮索する気はありませんが、男には知る権利がありますよ」

サラはうなずいた。「私もそう思います」

ドクター・ハンセンは微笑した。「それならけっこう。心臓専門医の診察予約はジョーンに任せてください。日時が決まったら、電話でお伝えします。では、一カ月後くらいにまた会いましょう」

「色々とご配慮いただいて」サラは言った。

「これも仕事のうちですよ」ドクター・ハンセンは笑った。

イーセラがテーブルごしに手を伸ばし、からかうようにウルフの手の甲を撫《な》でた。

かつてのウルフならそれだけで興奮していただろ

う。だが、彼は動かず、ただイーセラを見据えていた。

　イーセラは虚を突かれた様子だった。だが、すぐに立ち直り、嘲りの笑みを浮かべた。「驚きだわ。まさかここであなたに会えるなんて。私に報復するために来たの？　私のビジネスを邪魔するだけじゃ満足できなかったの？　わけがわからないわ。私はあなたに喜びを教えただけなのに」

「いや、違う。君が教えたのは服従と屈辱だ」ウルフは穏やかな口調で切り返した。「僕はいい生徒だった」

「それだけ私が欲しかったってことでしょう」イーセラは笑った。「あなたは我慢ができなかった。一度バーの床の上でしたこともあったわね。カウンターの裏で。周囲に人が大勢いる中で」

　屈辱的な過去を蒸し返され、ウルフは吐き気を覚えた。それでも、彼の視線は揺るがなかった。恥ずかしい記憶を利用して、相手をコントロールする。それもイーセラの手口の一つなのだ。

「あなた……変わったわね」イーセラは黒い瞳を細め、悪意に満ちた笑みを浮かべた。「あなたに女がいることはわかっていたわ。だから、部下たちに調べさせたの。彼らは必ず女の正体を突き止める。その時は……」彼女は猫のように喉を鳴らしながら身を乗り出した。「私がその女を殺してあげる。部下たちにレイプさせて……」

「君は誰も殺せない。もう二度と」ウルフはテーブルの下でピストルを傾けた。彼の冷たい微笑にはイーセラも身震いするほど鬼気迫るものがあった。

　これは予想外だわ。あのウルフがこんな顔を見せるなんて」イーセラは周囲を見回した。

「君の部下たちは拘束されたよ。僕たちが話している間に」ウルフは笑顔で教えた。「君の記録文書も当局が差し押さえた。君の取引相手たちも今頃は尋問を受けているだろう。そして、君は殺人罪で裁かれる。極刑を免れたとしても、長い刑務所暮らしが待っている」

「あなたも道連れにしてやる！」イーセラは叫んだ。「あの一家を殺したのはあなたよ！」

「そう仕向けたのは君だ。あの事件は調査され、僕たちには責任がないことが認められた。ただし、君は別だ。だから、君は逃げた。でも、そろそろ観念したほうがよさそうだね、ハニー。もう逃げ道は残されていない。ゲームオーバーだ」

「逮捕したきゃしなさいよ」イーセラは開き直ったふりをした。レシーバーを持つ部下がまだ拘束されていないことを祈りながら、ポケットの中に手を忍ばせ、ボタンを押す。「刑務所の中にいても仕事はできるの。たとえ真っ暗な独房に入れられたとしても、あんたの女を見つけ出して、殺すことくらいはできるのよ！　あんたに平和な日は来ない！　あんたの女にも！」

彼女がわめき散らしている間に、一人の男がカーテンの奥から現れ、銃を構えた。

イーセラの目が勝ち誇ったようにきらめいた。ウルフは彼女の意図に気づいた。だが、一瞬だけ遅かった。背後から飛んできた銃弾が彼の胸を貫いた。同時に彼の指が引き金を引いた。テーブルの下から放たれた銃弾がイーセラの体に当たった。黒い目が驚きに見開かれ、赤く塗られた唇から一筋の血がこぼれ落ちる。遠ざかる意識の中で、ウルフはその光景を眺めていた。

サラは牧場へ向けて車を走らせた。しかし、ドクター・ハンセンの話が気になり、運転に集中することができなかった。

ドクターは私を心臓の専門医に診せたがっているわ。私の心臓の異常が赤ちゃんにも影響すると考えているのかしら。それに、高血圧の話まで持ち出して。確かに最近の私はストレス過多の状態よ。ドクターが薬を処方したのはそのせいでしょうね。ストレスは様々な問題を引き起こすものだから。

彼女はおなかに手を当て、笑みをもらした。私の赤ちゃん。少なくとも、この子は無事に育っている。ウルフに話せないのが残念ね。でも、彼は私を望んでいない。あの態度を見ればわかるわ。子供の存在は彼の人生をややこしくするだけ。だから、彼には言わないほうがいいのよ。

物思いに耽《ふけ》っていたせいで、サラは曲がるべき場所を間違えた。気がついた時には、〈ランチョ・レアル〉へ通じる道を走っていた。〈ランチョ・レアル〉はマロリーとケインとドルトンのカーク三兄弟が所有する牧場だ。サラはマロリーの妻モーリー・カークと親交があった。モーリーがブラントビルで両親や兄と暮らしていた頃、サンアントニオの社交イベントで出会い、以来ずっと友達付き合いを続けていたのだ。

モーリーが父親の牧場の販促活動に駆けずり回っていたことを思い出し、サラは頬を緩めた。モーリーの父キング・ブラントはサンタガートルーディス種の牛を飼育し、毎年、若い雄牛を売りに出していた。この販売会は業界では有名で、カーク兄弟も一年ほど前に彼から新しい種牛を仕入れたということだった。

モーリーとマロリーが結婚するまでの道筋はけっして平坦《へいたん》なものではなかった。父親の金目当てに寄ってくる男たちにうんざりしたモーリーは、ワイオミングへ家出して、〈ランチョ・レアル〉でカウガールとして雇われた。彼女は父親から牧場の仕事に関わることを禁じられていた。だから、すべてを一から学ぶ必要があった。そんな彼女を助けてくれたのが、カーク家の牧場監督ダービー・ヘインズだった。

それでも、モーリーは頑張った。順調に仕事を続けていた。マロリーのガールフレンドの悪巧みで、カーク家の貴重な古美術品を盗んだという濡《ぬ》れ衣《ぎぬ》を着せられるまでは。

モーリーは無実を主張した。しかし、マロリーは聞く耳を持たなかった。傷ついた彼女は仕事を辞め、テキサスの実家へ戻っていった。

それからほどなく、マロリーはキング・ブラントの牧場〈スカイランス〉の販売会に出向き、そこで華やかに着飾った若く美しい令嬢――モーリーと再会したのだった。

その時の話になると、モーリーはいつも笑った。そして、こう言うのだった。〝マロリーは危うくパパに始末されかけたのよ〟

モーリーに濡れ衣を着せたガールフレンドは、ライバルがただの貧しいカウガールでなかったことを知り、愕然《がくぜん》として言葉を失った。

その後、マロリーは脱獄犯に誘拐された。犯人の正体を知っていたモーリーは、父親の反対を押し切って救出に向かい、マロリーの居場所を突き止めた。無謀な行動かもしれない。だが、彼女はマロリーが死ぬのを黙って見ていられなかった。それほどマロリーを愛していたのだ。

それを機に、キングとマロリーの関係も少しずつ変化していった。かつての敵はいい友人になった。孫が誕生すると、キングは〈ランチョ・レアル〉へやってきた。滞在中はマロリーと連れだって鱒《ます》釣りにも出かけた。

サラは玄関の前で車を停《と》め、運転席から降り立った。近づいてくる車に気づいていたのか、赤ん坊を抱いたモーリーが戸口に現れた。懐かしい友の姿に彼女は目を丸くした。

「中に入って、コーヒーでも飲んでいって!」モーリーは抱擁を交わしながら言った。「明日か明後日《あさって》あたり、あなたに会いに行くつもりだったの。あなたが牧場に戻ったと噂《うわさ》で聞いたから」最後の言葉には非難めいた響きがあった。

「ごめんなさい。私が戻ってきたことは誰にも知らせてないのよ」サラは小声で言い訳した。「実はちょっと……問題があって」

モーリーは友人をリビングルームへ通した。家政婦のメイビーもついてきた。

「今日はまだ一度も坊やを抱いてないんだけど」家政婦は文句を言った。「何かつまむものを用意するから、そうしたら抱かせてね」

「いいわよ」モーリーは笑った。

メイビーはコーヒーとケーキを運んできた。それから、小さな男の子を抱き取り、子供部屋のほうへ姿を消した。

「彼女は我が家の宝物よ」モーリーは友人に説明した。「もしも彼女がいなかったら、私たちはお手上げだわ」

「とても感じのいい人ね」コーヒーを一口すると、サラは眉を上げた。「ラテ？　いったいどこで手に入れたの？　この近くにコーヒーショップでもあるの？」

モーリーはにんまり笑った。「ヨーロッパ製のコーヒーメーカーよ。ドイツから仕入れたの。いけるでしょう？」

「すごくおいしいわ。コーヒーショップで飲んでいるみたい」サラはため息をつき、久しぶりのラテを味わった。

「あなたがここにいるということは、ガブリエルは今、海外ね」

「ええ。またどこかの危険な場所にいるんだと思うわ。兄は刺激がないと生きられないの。でも、やっぱり心配だわ」

「その気持ち、よくわかるわ」モーリーはカップを置き、友人の様子をじっくり観察した。「何かあったのね」

サラは顔をしかめた。「あなたにはなんでもお見通しね」

「長い付き合いだもの」モーリーは身を乗り出した。「いいから、言っちゃいなさいよ」

サラは唇を噛んだ。「私……妊娠しているの」

モーリーは目を丸くし、あんぐりと口を開けた。サラのこれまでの経緯をすべて知っていたからだ。

「あなたが……」

「妊娠しているの」サラは仕方なく繰り返した。

モーリーは手で顔を扇《あお》いだ。「ということは、相手はよっぽど特別な男ね」

「ええ。彼は……特別な人だったわ」サラは目を伏せた。「でも、彼は私を望まなかった。本気で望んでいたわけじゃなかった。サンアントニオで彼と会ったの。先に私はメールで確認したわ。その夜のコンサートに行きますかって。そうしたら、イエスという答えが返ってきた。だから私、そこで彼に赤ちゃんのことを話すつもりだったの」彼女はまぶたを閉じ、体を震わせた。「彼はコンサートに来たわ。美しいブロンドの女性を連れて。私のことは無視して、その女性のご機嫌ばかり取っていた。それでわかったのよ。私たちはもう終わったんだと」

「まあ、サラ」モーリーは友人の手に自分の手を重ねてつぶやいた。

「私……赤ちゃんには両親が必要でしょう。でも、彼は私を望んでいない。それで、私は考えたの」サラは唾をのみ込んだ。「それが最善の道だと考えて、クリニックに向かったの。だけど、いざクリニックに着いたら、涙が止まらなくなって。受付係の女性はとてもいい人で、一度うちに帰って考えるように言ってくれたわ。だから私、そうしたの」彼女は哀れっぽくほほ笑んだ。「結局、私にはできなかった。彼に望まれない子供だとしても、私はこの子が欲しいから」そうつぶやくと、彼女は小さな笑みを浮かべ、自分のおなかを撫でた。「世界中の何よりも大切に思っているから」

「その男は根性をたたき直す必要があるわね」モーリーは息巻いた。

「彼のせいじゃないのよ。彼がどんな人生を送ってきたか、あなたには想像もつかないでしょうね。彼は私よりはるかにつらい思いをしてきた。だから、人を信じられないの。私が彼の立場でもそうなったと思うわ。私は彼を愛したかった。でも、彼はそうさせてくれなかった」

モーリーの瞳が細くなった。「まだ彼を愛しているのね」

サラは情けなさそうに微笑した。「心の底から。愛情ってままならないものね。消そうとしても消せないの」

「もし彼に知られたら？」

「その可能性はないわ。彼は兄の友人だけど、このことは兄も知らないもの。もし気づいても、私が頼めば兄は秘密にしてくれるはずよ。すごく怒られるとは思うけど」

「それは間違いないわね」

サラは一つ息を吸って、またコーヒーをすすった。

「だから、彼に知られるとしても当分先の話ね。それまではここで平和と静寂を楽しむつもり。私にはいい産科医がついているし、付き添い《コンパニオン》もいるから」

彼女はにっこり笑って付け加えた。

「コンパニオン？」

「ええ、ミス・アメリア・グレイソンよ。家と私の面倒を見てくれるとても優しい人なの。前の雇い主には冷遇されたようだけど、私は彼女を大切にしているわ。彼女はかけがえのない存在だもの。おまけに、あの人、料理もできるのよ」

「確かに、かけがえのない存在だわ」モーリーはうなずいた。

「あなたの坊やもかけがえのない存在よね。あなたとマロリーのどっちに似ているのかしら？」

「両方よ」モーリーはうっとりとほほ笑んだ。「こんなに幸せになれるなんて、自分でも思ってなかったわ」彼女はかぶりを振った。「私、マロリーとは結婚できないと思っていたの。その前に彼は父に殺されるだろうって」

「あなたは何かを盗むような人じゃない。それくらい、あなたを知っている者なら誰でもわかることなんだけど」

「それだけジェリー・ブルーナーの話に説得力があったってことよ。彼女の狙いはマロリーじゃなかった。彼のお金だったの」モーリーは笑った。「あなたにも見せてあげたかったわ。マロリーと一緒に販売会に現れた時の彼女の顔！　スイカを丸ごとのみ込もうとしているみたいだった！」

「マロリーもそういう顔をしてたんじゃないの？」サラは皮肉っぽく問いかけた。

「ええ。実は私も驚いていたのよ。父がマロリーを販売会に招いたことを知らなかったから。マロリーとジェリーを出迎えたのはダニー叔父さんだった。父は一直線に彼らのほうへ向かったわ。そして、叔父さんが私とダリルを手招きして……。あなた、ダリルを覚えてる？」

「もちろん。とてもハンサムな人よね」

「それに、とても優しいの。でも、私は本気で彼と結婚したいとは思わなかった。彼との婚約に同意したのは、マロリーのことで傷ついていたからよ。自己憐憫《れんびん》に陥っていたからだわ」

「いつか彼にもいい人が現れるわ」

「彼にふさわしい人がね」

「お兄さんは、お元気？」

モーリーは目をくるりと回した。「元気と言えるのかどうか。コートは鶏問題に悩まされているわ」

サラは目をしばたたいた。「鶏問題？」

「彼の隣人が雄鶏《おんどり》を飼っているの。その雄鶏がコートを敵視しているのよ。わざわざ牧場までやってきて、彼を襲うくらいに。この前は、カウボーイたちが固めた守りを突破して、コートをポーチまで追い詰めたらしいわ。彼は銃で応戦したけど、狙いが外れて……」

サラはたまらずに噴き出した。「それ、本当に雄鶏の話？」

「雄鶏の話よ。コートは飼い主に文句を言ったわ。でも、彼女はあのばかな生き物を愛しているから、絶対に手放さないでしょうね」

「その飼い主って何者なの？」

「若くてかわいい女性よ。大叔母さんの助けを借りて、一人で小さな牧場を維持しようと頑張っているわ。彼女はコートに気があるみたい。でも、あの雄鶏がいてはね」モーリーは残念そうにつぶやいた。「それに、オダリー・エベレットのこともあるし」

「ヘザーの娘ね」天使の声を持つ美しい女性のことを思い返しながら、サラはうなずいた。

「オダリーの夢はグランドオペラで歌うことなの。コートは彼女との結婚を望んでいるけど、彼女は音楽の世界で成功することしか頭にないわ。今もイタリアで声楽のレッスンを受けているのよ。だから、コートはただ嘆くことしかできないの」

「かわいそうなコート」

「彼は一時期あなたに気があったのよ」モーリーは冗談めかして言った。

サラは笑った。「一時期というか一日だけね。私がデートをしないってことに彼が気づくまでの話だわ」

「あの頃は、あなたには人並みの人生は送れないんだと思っていたけど」モーリーは訝《いぶか》るように微笑した。「あなた……なんとなく……変わったわよね。前より表情が明るくなったわ」

「赤ちゃんのおかげよ。私、今ほど幸せだったことはないわ。今ほど惨めだったことも」サラはカップに視線を落とした。「もし彼が私を愛してくれたら、もう何も望まないんだけど」

　モーリーはため息をついた。「男って厄介よね。いないと困るけど、いると頭痛の種になる」

「そうね」サラは腕時計に目をやった。「もうこんな時間？　そろそろ失礼しなきゃ。今夜はアメリアがクレープを焼いてくれるの」

「クレープも焼けるの？」

「彼女は料理の達人よ」

「あなたが褒めるくらいだもの。そうとうな腕前であることは確かよね」モーリーは答えた。彼女はサラが料理にうるさいことを知っていたのだ。

「もうおなかぺこぺこよ。診察の前はいつもあまり食べられなくて」

「ドクターにはなんて言われたの？」

　サラは微笑した。「私も赤ちゃんも元気だけど、一度心臓の専門医に診てもらうべきだって」

「心臓の？」

「私、心臓に異常があるの。異常と言っても些細《ささい》なものよ。ドクターも出産に影響はないと言っているわ。いちおう様子を見るだけで、何も心配することはないって」

「よかった！」

　サラは友人を抱擁した。「気にしてくれてありがとう。今日まで会いに来られなくてごめんなさいね。引っ越し後もなんだかんだと忙しくて。ずっとサンアントニオにいたでしょう。こっちの暮らしに慣れるにはもう少し時間がかかりそうだわ」

「いったん慣れてしまえば、きっとここの暮らしが気に入るわ。この土地の春はすばらしいもの！」

「テキサスよりも？」サラはからかった。

「それはまた別よ」モーリーは微笑した。「でも、美しいという点では同じね」

サラは自分の車に戻った。見送りでついてきたモーリーが、風にそよぐロッジポールパインの木々を見渡した。

「見事だと思わない？　テキサスにこういう木はないわよね」

「ええ。確かに立派な木だわ」

「今度はもっとゆっくりしていってよ」モーリーは言った。「うちの子と遊ばせてあげるから」

「餌で釣る作戦ね！」サラは笑った。「ぜひ勉強させてもらいたいわ。私、オムツの替え方も知らないのよ。ミルクの作り方だって……」

「母乳で育てるという手もあるわよ。そのほうが赤ちゃんにもいいんですって」

「調べてみるわ」サラは答えた。

「得意のネット検索ね」モーリーはかぶりを振った。「今でも毎晩ゲームをやっているの？」

「ほぼ毎晩」サラはうなずき、頬を緩めた。「ゲーム仲間がいるのよ。似たもの同士っていうのかしら。彼とは気が合うの。彼も心に傷を抱えているから」

彼女は悲しげに微笑した。「名前は知らないけど、法執行の仕事をしているらしいわ。それに、とても優しいの。私には話し相手がいないから」

「いるじゃない。ここに」モーリーは自分を指さした。

「ありがとう」

「どういたしまして。近いうちに電話するから、一緒に食事に行かない？」

「いいわね」サラはドアを開け、運転席に乗り込んだ。「話を聞いてくれてありがとう」

「当然でしょう。友達なんだから。困った時はいつでも電話して」

「そうするわ。本当にありがとう」

「気をつけて運転してね」モーリーは注意した。

サラは笑みを返し、車を発進させた。

自宅に帰り着くと、アメリアが玄関先で待ち構えていた。

「やっと帰ってきた！　心配しましたよ」

「電話をくれればよかったのに」サラは笑った。

「どこに電話するんです？」アメリアが携帯電話を掲げた。

私の携帯電話！　持っていくのを忘れていたんだわ。

「まあまあ。私はテロリストに拉致されることもなく無事に戻ってきた。めでたし、めでたしよ」サラはにんまり笑った。

アメリアもにんまり笑い返した。「そうやって笑顔を見せてくれると、私もほっとします」

サラはジャケットとバッグをしまった。「このところ、笑顔になる理由があまりなかったから。でも、少しは元気が出てきたわ」振り返ったサラは、アメリアの気遣わしげな表情に気づいた。「本当に元気が出てきたのよ」

「それならいいんですけど。クレープの用意はあらかた終わりました。デザートにメレンゲのお菓子も作ったんですよ」

「私の大好物だわ！」

アメリアは笑った。「ええ、気づいてました」

サラはアメリアに続いてキッチンへ入った。少し胃がむかついていたが、そのことを口にする勇気はなかった。アメリアは信仰心の厚い女性だ。私が妊娠していると知ったら、ここを辞めるかもしれない。サラはアメリアを失いたくなかった。だから、だんまりを決め込んだ。

二人が夕食を食べ終えた頃、玄関のドアがノックされた。

アメリアはすぐさまサラとドアの間に立った。のぞき穴に目を当てると、彼女は蛇でも見たかのようにあとずさった。

「誰なの？」サラは尋ねた。

アメリアは無言でドアを開けた。

戸口に現れたのは、淡いグレーの瞳をした背の高い男だった。男はサラにほほ笑みかけた。

「タイ！」サラは声をあげた。

タイ・ハーディングはガブリエルの友人だった。ブランドン兄妹《きょうだい》は継父の射殺事件をきっかけにタイと知り合った。継父を撃った警察官の無実を証明できたのも、タイが情報収集に協力してくれたからなのだ。タイはマロリーの誘拐事件でも活躍した。モーリーの話では、タイのおかげで脱獄犯の居場所を突き止められたということだった。

「どうしてあなたがここに？」

「仕事でね」タイは答えた。「僕の拠点はヒューストンだが、最近はワイオミングでの仕事が多いんだよ」

「中に入って。食事はもうすませたの？アメリアがクレープを焼いたのよ。まだ二枚残っているはずだから……」

ドアが大きく開かれたところで、タイはサラのかたわらに立っていたブロンドの女性に気がついた。その瞬間、彼の顔から笑みが消えた。

「やあ、ミス・グレイソン」

アメリアはのろのろとうなずいた。「ミスター・ハーディング」

サラは眉をひそめた。「あなたたちは知り合いなの？」

「顔を知っている程度です」アメリアは硬い口調で答えた。

タイが驚きから立ち直るにはもう少し時間がかかった。彼は顎をそびやかした。「久しぶりだな」

この緊迫したムードは何？　サラは戸惑い、アメリアに問いかけた。「彼はヒューストンに住んでいるのよ。あなたはサンアントニオにいたのよね？」

「育ったのはコマンチウェルズです」アメリアは抑揚のない声で説明した。「あそこには彼の祖父母のうちがあって、彼も夏はそこで過ごしていました」

「当時は二人ともまだ高校生だった」タイは静かにアメリアを見据えた。「遠い昔の話だ」

アメリアはうなずいた。彼と視線を合わせようとはしなかった。

「カリアーには会ったか？」

アメリアは身を硬くした。「いいえ。彼はアフリカにいるわ」

タイは顔をしかめた。「あいつ、まだ引きずっているのか？　あれは君のせいじゃないのに」

「いいえ、私のせいよ」アメリアは後ろに下がりながら言い返した。

「せめてコーヒーだけでも飲んでいって」サラは食い下がった。少しずつ見えてきたコンパニオンの素顔が気になって仕方がない。

タイはためらった。アメリアが苦しんでいるように見えたからだ。「いや、今夜は遠慮しておこう。挨拶ついでにガブリエルの様子を聞きたかっただけだから。最近、彼から連絡がなくてね」

「兄は元気でやっているわ」サラは答えた。「私が知る限りでは。今はサウジアラビアの周辺国で秘密のプロジェクトに関わっているみたいよ」

「もし彼から連絡があったら、僕に電話するように伝えてくれないか？　一つ仕事の話が来ているんだが、彼も興味を持つかもしれないと思ってね」

「あなたは今もヒューストンにあるデイン・ラシターの探偵事務所にいるんでしょう？」サラは尋ねた。

「ああ。でも、そろそろ変化が欲しくなってきたよ」

　サラは微笑した。「それ以上は言えないということね？」

　タイは笑った。「そういうことだ」

「とにかく、あなたに会えてよかったわ」

「僕もだよ。サラ、君に会えてよかった」

「電話の件は必ず兄に伝えるから」

「ありがとう」タイはアメリアのまっすぐ伸びた背中に視線を移した。「また会おう、グレイソン」

　アメリアは無言でうなずいた。

　サラはドアを閉めると、アメリアに歩み寄った。

「彼を知っているのね？」

　アメリアは視線を落としてうなずいた。「昔は友達でした」

「ただの友達？」

　アメリアは敏感な植物のように心を閉ざした。その笑顔は明らかに作られたものだ。「過去を掘り返すのは考古学者の仕事ですよ。メレンゲのお菓子はどうします？」

　サラは白旗を掲げた。「もちろん、食べたいわ」

　アメリアは先に立ってキッチンへ向かった。しかし、途中でサラの苦しげな息遣いに気づき、眉をひそめて振り返った。「ずいぶん荒い息をしていますね。まるで蒸気エンジンみたい」

「ほんと、そんな感じね」サラは笑い、少しためらってから弁解した。「帰る途中、モーリー・カークに会ってきたの。彼女とは友達なのよ。彼女がテキサスにいた頃に親しくしていたの。そこでラテをご馳走《ちそう》になって。たぶん、そのせいだと思うわ。私、最近はカフェインを控えていたから」

「だから、コーヒーは断つべきなんです」アメリアはぶつぶつ言った。

　サラは笑った。「わかったわ。降参よ。心臓に軽い異常もあることだし、カフェインの入ったものは飲まないようにするわ。でも、あのラテ」彼女の唇からため息がもれた。「本当においしかった！」

「私もラテは好きです」アメリアはくすりと笑って打ち明けた。「でも、心臓に異常があるなら、それもやめたほうがいいでしょうね」

「同感だわ」

その夜、ベッドに入ったサラは再びコンサートの夜のことを考えた。ウルフは私に冷淡だった。連れの女性のことしか見ていなかった。彼の牧場にいた時は、心が通い合ったと思える瞬間もあったのに。

私は彼に恋をしていた。彼との未来を夢見ていた。きっとそうなると信じていた。

でも、彼はコンサートに別の女性を連れてきた。私はあの夜、彼に赤ちゃんのことを話すつもりでいた。彼との一夜を期待していた。でも、運命は私に味方してくれなかった。そして私の期待は粉々に砕かれてしまった。

今、私のおなかには彼の子供がいる。彼が永遠に知ることのない子供が。彼はこれからも女性たちと遊び歩くんでしょうね。私のことなんかきれいさっぱり忘れて。私にはつらい過去がある。でも、これほど胸が苦しいと思ったことはなかった。

最悪なのは、私がまだ彼を愛していることよ。あんな血も涙もない男をどうして愛せるの？　私は彼を憎むべきだわ。でも、どうしても憎めない。彼を忘れられない。

そこでサラは気持ちを切り替え、タイ・ハーディングの訪問について考えた。あの時のアメリアの様子は明らかに変だったわ。きっと何かあるのよ。アメリアはアメリアで何かつらい事情を抱えているんだわ。彼女の力になってあげたい。でも、その前にまず私自身の問題を片付けないと。

サラは明かりを消し、なんとか眠ろうとした。しかし、ようやく眠りに就けたのは、夜が白々と明けかけた頃だった。

　サラがサラダを作っていた時、電話が鳴った。彼女は電話に手を伸ばした。ドクター・ハンセンのところの看護師か、ミシェルだろうと思いながら。しかし、電話をかけてきたのはそのどちらでもなかった。

「サラ？」エブ・スコットの厳《いか》めしい声が聞こえた。

「サラだね？」

　サラは震えながら椅子に腰を落とした。この前に見た悪夢。あれはウルフの異変を告げるものだったのかしら？

「ウルフのことね！　彼の身に何かあったの？」

　エブは彼女の声に恐怖を聞き取った。「落ち着いて聞いてくれ。そうだ。彼は撃たれて、飛行機でヒューストンの病院に搬送された。状態はよくない。だが、彼は君の名前を……」

「すぐ行きます！　次の便で！」

「君はリムジンで空港に向かうだけでいい。ヒューストン行きの直行便は私が用意する。空港のロビーにプラカードを持った男を立たせておくから、あとは彼の指示に従ってくれ」

「はい。そうします」サラは泣き声だった。「彼は死にませんよね？　絶対、大丈夫ですよね？」

「今、医師たちができる限りの手を尽くしてくれている。ただ……」

「ただ、なんです？」

「まずはリムジンを手配して。それがすんだら、私に電話をくれないか。詳しく説明するから」

　サラはリムジンの会社に電話し、大急ぎで一台回してほしいと依頼した。そしてエブに折り返しの電話をかけながら、荷造りを始めるようアメリアに指示を出した。

「理由はあとで話すから」サラはアメリアに言った。

エブはすぐに電話に出た。

「私です。詳しい話を聞かせて！」

「彼は君がクリニックに行ったことを知っている」エブは重い口調で切り出した。「その件で彼は荒れ狂っていた。あの夜、彼は君に話しかけなかった。話しかけたくてもできなかったんだ。コンサート会場にはイーセラのスパイがいたから。彼は君への気持ちをイーセラに知られることを、君がイーセラに殺されることを死ぬほど恐れていた。イーセラには金があった。殺し屋を雇うこともできた。だから、彼は大勢の女と出歩いていたんだ。イーセラの目をごまかすために」

「ああ、神様」サラの体が震えた。あふれ出た涙が彼女の頬を伝い落ちる。

エブは言いにくそうに続けた。「それで、彼は自暴自棄に陥り、自らイーセラと対決したんだよ」

「なんてこと」サラはうなり、歯を食いしばった。「イーセラが彼を撃ったのね！」

「いや。自分の手下にやらせた。だが、イーセラは致命的なミスを犯した。ウルフは四五口径を持っていた。その銃口を彼女に向けていた。手下に撃たれると同時に、彼も引き金を引いた。わざと撃ったわけではないと思う。彼はイーセラの逮捕と裁判を望んでいたから。あれは撃たれた反動だ」

サラは泣きじゃくっていた。「彼を死なせないで。彼が死んだら、私も生きていけない。生きていたくない！　彼のいない人生なんて考えられない！」

「サラ」エブは強い口調で呼びかけた。「彼はまだ生きている。だから、こっちに来なさい。直接彼に言いなさい。そうすれば……」

サラは車のエンジン音に気づき、窓の外に目をやった。「リムジンが来たわ」

「飛行機もそろそろ空港に着陸する頃だ。元軍用機だから乗り心地はよくないが、無事に君をここまで運んでくれるだろう。いいかい？」

「ええ。エブ……ありがとう」

「礼を言いたいのは私のほうだ。彼は私の友人でもあるんだよ」

「ガブリエルには話しましたか？」

「それは……まだ」エブの声が力を失った。「現在、秘密の作戦が進行中で、彼とは連絡が取れない。残念だよ。ウルフは彼の親友だ。もし彼がこのことを知っていれば、すぐ駆けつけただろうに」

「私もこれから駆けつけます」

「では、ヒューストンで会おう」

サラは電話を切ると、アメリアの頬にキスした。アメリアはすでに二泊分の荷造りをすませていた。

「ありがとう。説明できなくて悪いけど、私、もう行かないと。彼が死にそうなの」サラの唇は震えていた。目も真っ赤だ。

「大丈夫。彼は死にませんよ」アメリアが穏やかな口調で請け合った。「あれほどタフな男が戦わずして倒れるわけがありません」

奇妙な言葉だった。しかし、今のサラに疑問を感じる余裕はなかった。彼女はただ笑みを返し、リムジンに向かって駆け出した。アメリアも二つのスーツケースを転がしながらついてきた。

そのスーツケースを見下ろして、サラは言った。

「荷物は一つで十分よ」

「戸締まりをして、マースデンに電話しました。留守中は彼がここを管理してくれます」アメリアはきっぱりと言った。「私も一緒に行きます。あなた一人を行かせるわけにはいきません」

サラは再び泣き出した。

「ほら、泣かないで」アメリアは優しくなだめた。「ぐずぐずしている暇はありませんよ。早く車に乗って」

サラはうなずき、リムジンの後部座席に乗り込んだ。

その病院は新しく近代的だった。廊下は広く長く、照明設備はモダンで、至るところに観葉植物が置かれている。しかし、サラはそのことに気づいていなかった。今はただ恐怖で胸がいっぱいだったのだ。

彼女は待ち受けていたエブ・スコットに駆け寄った。エブに抱き留められ、彼の腕の中で泣きじゃくった。

「彼は持ちこたえているよ」エブが説明した。「病院付きの牧師が大いに力になってくれた」

サラは身を引き、レースのハンカチで涙を拭った。

「彼に身内はいるんですか？　彼が里子に出されたことは知っています。でも、どこかにいとこがいたりはしませんか？」

エブは首を振り、微笑した。「身内と言えそうなのは君と私くらいだ」

サラはおなかに手を当て、弱々しく息を吸った。

エブがはっとした表情で彼女と視線を合わせた。

サラは頰を赤らめた。「なぜわかったんです？」

「これでも二人の子供の父親だからね」エブは言った。緑の瞳が笑っている。「そういう仕草は忘れられないものだよ」彼は唇をすぼめた。「ということは、君は正面からクリニックに入り、そのまま中を素通りして裏口から出たわけか」

サラは気恥ずかしそうに笑った。「まあ、そんな感じです」

「私の部下は君がクリニックに滞在した時間までは記録していなかった。ウルフが元気になったら、こってり絞られそうだな」

「彼に知らせるつもりはありませんでした」サラは悲しげにつぶやいた。「私は彼を守りたかったんです」

「そして、彼も君を守ろうとしていた」

サラはうなずいた。熱い涙が彼女の視界を曇らせる。「いつ？」

「いつ状況が判明するか？　そろそろだと思うが」

彼らは待合所で腰を下ろした。近くに一組の家族がいた。年配の女性が泣いている。しかし、その隣に座る十代の少年は懸命に涙をこらえていた。サラは二人に目を向け、なんとか笑顔を作った。二人も笑みを返した。そして、彼らは待った。

数分後、一人の医師がやってきて、近くの家族に話しかけた。年配の女性がわっと泣き出した。泣き顔はすぐに笑顔に変わった。かたわらの少年の顔にも笑みが広がった。サラに同情の笑みを向けると、彼らは医師のあとに続き、廊下を遠ざかっていった。

「少なくとも、誰かにはいい知らせが届いたのね」サラはぽつりとつぶやいた。「その誰かが私たちだったらよかったのに」

「君は一人で来たのか？」エブが気遣わしげに尋ねた。

エブはウルフが持ちこたえられなかった場合のことを心配しているのね。サラは無理にほほ笑んだ。

「いいえ、ミス・グレイソンも一緒です。彼女は私の秘書みたいな存在で、私一人では行かせられないと言って、ついてきてくれたんです。今はホテルと車の手配をしています」

「ミス・グレイソン？」エブは妙な顔つきになった。「アメリア・グレイソンのことかい？」

サラは眉を上げた。「彼女を知っているんですか？」

エブは微笑した。「いや、気にしないでくれ」

〝それはどういう意味ですか？〟サラがそう質問しようとした時、緑の手術衣を着た男性がドアから現れた。彼はマスクを外しながら近づいてきた。

サラはエブの手を握り、恐怖と闘いながら心の中で祈った。

二人の前で足を止めると、男性はエブに話しかけた。「かなりの重傷だ。肺に穴があき、肋骨《ろっこつ》の一部が折れていた。肝臓と腸にも損傷が見られた。しかし、私は偉大な外科医だ」男性の瞳がきらめいた。

「損傷した組織は切除し、骨の破片も取り除いた。腸を縫合し、銃弾を摘出した。本来なら銃弾は残すところだが、患者の体内にある鉛をこれ以上増やしたくなかったんでね」顔をしかめて付け加える。

「毎度のことながら、あんたたちには苦労させられるよ」

サラは何も言わなかった。ただその場に立ち、安《あん》堵《ど》の涙に頬を濡らしながら、医師の話に耳を傾けていた。

エブは肩をすくめた。「これも修業の内だと思ってくれ。苦労をかけた分の礼はする」

医師は笑った。「患者を連れて帰りたいなら、あとはマイカ・スティールに頼むといい。あの男は私以上にこういうケースに慣れている。あんたのところにいたカーソンも、ジェイコブズビルでまた医者の道を歩みはじめたんだろう？」

「ああ」エブは医師と握手した。「ありがとう」

「友人として当然のことをしたまでだ」医師はサラに視線を移した。「君は私の患者の友人かな？」

「友人には違いないが」エブが代わって答えた。

「彼女のおなかには彼の子供がいる」

「子供が……」

不安と興奮の連続で、サラはついに限界に達した。彼女はずるずると崩れるように床に倒れ込んだ。

サラは病院のベッドで意識を取り戻し、起き上がろうとした。しかし、看護師はそっと彼女を押し戻し、マフィアばりの怖い目つきでにらみつけた。

「あきらめなさい。私から逃げられた患者はまだ一人もいないんだから！」

「お願いだから見逃して」サラは懇願した。「彼の手術が終わったの。彼に会わなきゃならないの。彼は今、生きる希望をなくしているのよ！」

「それはどうかしら」看護師は唇をすぼめた。「彼は今、悪態をつきまくっているわ。エブ・スコットがあなたがここにいることを話したの。でも、自分からは会いに行けないじゃない。それで、ドクターたちに八つ当たりしているのよ」

サラは喜びに頬を染め、再びベッドに横たわった。

「彼は私がここにいると知っているのね？」

「ええ」

サラは大きく息を吸った。悲しみに曇っていた黒い瞳が、今は喜びに輝いている。「いつ？」

「いつ彼に会えるか？　あなたの血圧が下がったら、すぐに会えるわ」

「でも私、血圧は高くないけど」

「いいえ、立派な高血圧よ」看護師はやんわりと否定した。「サンアントニオでも降圧剤を処方されていたでしょう。気づかずにのんでいたの？」

「確かに、血圧の話は出たけど、それはストレスに注意しろという意味かと……」サラは真っ赤になった。「私ったら、ばかね。妊娠すると頭の働きが鈍くなるのかしら。赤ちゃんのことは、彼には……」

「ええ、誰も話していないわ。それはあなたの仕事だから」

サラはため息をついた。「私、彼には内緒にしていたの。きっと怒られるわね」

「あの人は怒らないと思うわよ。あなたから引き離されること以外では」看護師はいったん言葉を切った。「ほら、聞こえるでしょう？」

本当だわ。すごく大きな声。それに、この言葉遣い。誰かが止めないと、今に逮捕されるんじゃないかしら。

「なんとかお願いできないかしら？」サラは懇願し

た。

「じゃあ、車椅子を取ってくるわ」

サラは車椅子で回復室に入った。ウルフは相変わらずサラに会わせろとわめき散らしていたが、彼女の姿に気づくと表情を一変させた。

サラは車椅子から立ち上がり、ウルフのベッドに歩み寄った。ウルフはいくつもの機械につながれていた。酸素吸入器もつけていた。彼は消毒剤の臭いがした。血と火薬のような臭いも。彼は全身血で汚れていた。顔にも血がついていた。

それでも、サラにはウルフが美しく見えた。サラは身を乗り出し、彼の黒髪を撫でた。そして目に涙を浮かべ、彼の額と鼻と乾いた唇にキスをした。

「サラ」ウルフが声を詰まらせた。

「心配しないで」サラはささやいた。「私はここにいるわ。どこにも行かない」

「僕はあの女を殺した。そうなんだろう？」

サラは近くに立っていたエブ・スコットを見やった。彼がむっつりとうなずいた。

「ええ、残念だけど」サラは顔を歪《ゆが》めて言った。

「彼女が何か企《たくら》んでいることは目つきでわかった。でも、間に合わなかったんだ」ウルフはまぶたを閉じた。「僕は彼女を信用していなかった。だから、テーブルの下に四五口径の銃を隠し持っていた。安全装置を外した状態で。でも、彼女を殺すつもりはなかった。身柄を確保できればそれでいいと思っていた。ところが、いきなり銃弾が飛んできて……反射的に指が動いてしまった」

「それは当局も承知している。誰も君を責めてはいない」エブがベッドに近づいた。「あの女の組織もこれでおしまいだ。すでに多くの者が逮捕された。アメリカでも逮捕者が出たから、そのうち騒ぎになるだろう。まさに国際的な大ニュースだ」彼は一つうなずいてから表情を改めた。「あの夜、コンサート会場にいた男も確保した」

ウルフの目に殺意が宿った。「絶対に逃がさないでください。起き上がれるようになったら、僕がこの手で殺してやる」

「その男はアフリカに送り返した。裁判にかけるために」エブは答えた。「どんな理由があろうと、自分から刑務所に入るような真似《まね》はするな」

ウルフはまだ険しい顔をしていたが、サラが歩み寄ると、とたんに表情を和らげた。水色の瞳で彼女の顔を探る。「泣いていたんだね、ハニー。僕は無事だ。見た目よりはるかに元気だよ」

「元気なわけないでしょう」サラは声を絞り出した。下唇が震えている。「私、あなたに嫌われたんだと……」

ウルフは彼女の濡れた顔をとらえ、自分の胸へ引き寄せた。「ばかだな！」

サラは大きな体に頬を寄せて涙を流した。なんとか泣きやむと、彼女は顔を上げた。「ごめんなさい。自分でもどうしようもなくて」

ウルフは彼女の下唇を親指でなぞった。彼の顔にも苦悩の色があった。「気を失ったんだって？　エブから聞いたよ。怖い思いをさせてすまなかった」

気絶したのは怖かったからじゃないわ。妊娠しているからよ。でも、今はその話はやめておこう。ウルフは私に何かを感じている。それは間違いないと思うわ。でも、結婚までは考えていないんじゃないかしら。私は子供を盾に彼に無理強いしたくない。まずは時間をかけて彼の本心を見極めなくては。彼に話すかどうかは、それから決めればいいわ。

「私はただ、あなたの無事を確かめたかっただけよ」

ウルフは微笑した。「無事じゃなかったが、今は大丈夫だ」彼は濡れた黒い瞳をのぞき込みながら付け加えた。「もう泣くな。こっちがつらくなる」

サラは涙を拭った。「わかったわ」

ウルフは彼女のハンカチに目を留め、にやりと笑った。「君がレースのものを身につけるとはね」

サラは肩をすくめた。「私のささやかな背徳よ」

ウルフは笑うと頭を枕に戻し、目を閉じて大きく息を吸い込んだ。「薬が効いてきたのかな。君が気絶したと聞いた時は、心臓が縮み上がって眠るどころじゃなかったんだ」彼はまぶたを開いた。「本当に何も問題はないんだね？」

「ええ」サラは断言した。

「わかった。じゃあ、少し眠るか……」ウルフは疲労と薬に誘われ、眠りに落ちていった。

サラも抜け殻のような状態だった。彼女はエブに伴われて廊下へ出た。

廊下ではアメリアが待ち構えていた。

エブはアメリアにサラを引き渡した。「君のかかりつけのドクターに連絡を取ったよ。気絶するなんてただ事じゃないからね」

「心配かけてごめんなさい。でも、私は疲れているだけで……」

「ミス・グレイソン、ホテルへ直行して、彼女をベッドに押し込んでくれ」エブは抑えた口調で指示を出した。「彼女は生き地獄を味わったんだ」

「それは彼も同じでしょう」アメリアは静かに答えると、エブにほほ笑みかけた。「お目にかかれて光栄です」

「ああ、私も君に会えて嬉《うれ》しいよ。君がついていれば安心だ」エブは付け加えた。

二人の間で無言のメッセージが交わされた。

「私、今すぐにでも眠れそうだわ」サラはエブに向き直った。「本当に彼は大丈夫なんですね？　もし何かあったら……」

「必ず君にも知らせる。約束するよ」

「わかりました」サラはそうつぶやくと、アメリアのあとを追って歩き出した。

　サラは死んだように眠った。数年ぶりに熟睡し、最後はアメリアに起こされた。アメリアは新情報を仕入れていた。ウルフが集中治療室から一般の病室に移されることになったのだ。ウルフは集中治療室で一晩を過ごした。サラはそのことを知らなかった。もし知っていたら、心配で頭がどうにかなっていただろう。

「どうして誰も教えてくれなかったの？」サラはぶつぶつ文句を言った。

「教えたくても教えられなかったんです」アメリアは微笑した。「あなたはいっぱいいっぱいの状態だったから。でも、彼の回復の早さには担当医も驚いていましたよ。この調子でいけば、二、三日のうちに転院できるということでした」

「私も彼についていくわ」サラは宣言した。「あなたには申し訳ないけど。なんなら、あなただけワイオミングに戻って……」

「いいえ」アメリアはぴしゃりと言った。「あなたを一人にするわけにはいきません」

　サラは唇を噛んだ。「ミス・グレイソン、あなたは本当にいい人ね」

「いいえ。本当にいい人なのはあなたです」アメリアはサラを起こす前にルームサービスを注文していた。彼女はベーコンエッグの皿をテーブルに移し、バスケットからクロワッサンを取り出した。「さあ、食べてください」

「クロワッサンだわ」サラの表情が輝いた。

「たまたまメニューにあったので。前に言っていたでしょう。クロワッサンが大好きだと」

「苺《いちご》のジャムもあるわ」サラはクロワッサンにジャムを塗り、コーヒーにクリームを加えた。そして、気分転換の朝食を楽しんだ。

　朝食がすむと、二人の女性はタクシーで病院へ向かった。病院のロビーでは、事前に連絡を受けたエブが待ち構えていた。

「患者はご機嫌ななめでね。うちに帰りたいの一点張りだ。でも、君の顔を見たら、少しはおとなしくなるかもしれない。さもないと、口にタオルを押し込まれ、ベッドに縛りつけられることになるぞ」

　サラは笑った。「彼はそこまで厄介な患者なんですか？」

「厄介どころか、最悪だ」

　エブはサラを病室へ案内し、ドアを開けた。ウルフはベッドの上に座っていた。入院着からたくましい胸が見えている。彼は視線を上げ、サラに目を留めた。しかめ面が笑顔に変わる。

「やあ」ウルフは穏やかに挨拶した。

「こんにちは」サラは笑みを返した。

「私は用事があるから失礼する。また来るよ」エブは遠慮がちに声をかけた。病室を出て、廊下に残っていたアメリアと合流した。

「彼女の具合は？」エブは真顔で問いかけた。

「よくないですね」アメリアは答えた。「何も危険なことはないと思いますが、断言はできません。イーセラはウルフを始末するために殺し屋を雇いました。問題はその殺し屋が何者で、今どこにいるかという点です」

　エブはうなずいた。「ウルフが退院したら、すぐに牧場へ連れて帰ろう。そして、うちの精鋭たちに守りを固めさせる」アメリアの強《こわ》ばった顔に気づき、彼は付け加えた。「彼は入ってないよ。彼は今アフリカにいる」

　アメリアは肩の力を抜いた。「そうですか。失礼しました」

「こちらこそ、よけいなことを言ってしまった」

アメリアは無表情で続けた。「彼女は高血圧です。医師の治療を受けていましたが、本人はそのことに気づいていませんでした。高血圧が妊娠に及ぼす影響についても知らないようです。産科医がきちんと説明しなかったんでしょうね。彼女は産科医から心臓の専門医を紹介されました。二日後に予約を入れてあるんですが、この予約はたぶんキャンセルになるでしょう」アメリアは小さく笑った。「彼女は私が妊娠に気づいていることを知りません。私が気づかないふりをしてきましたから」

「けっこう。マイカに依頼して、ジェイコブズビルの医者を紹介してもらおう。リラには心臓の専門医から電話があったことにしておけ。君が事情を説明したら、マイカを紹介されたと言えばいい。いいかな？」

「わかりました」アメリアはうなずいた。

エブは目を細くした。「今もあの四五口径を持ち歩いているのか？」

「もちろんです」アメリアはジャケットを押しやり、脇の下に収まったピストルの床尾を見せた。「私を倒さない限り、誰も彼女には——彼にも——近づけません」

エブは微笑した。「なるほど。さすがだな、ミス・グレイソン。君の演技力は天才的だ。彼女は君の正体にまったく気づいていない」

「いい先生に教わったので」アメリアは笑みを返した。

「彼女にはなんと言った？ 私は何も知らないふりをすればいいのか？」

アメリアは、自分がサラに語った作り話について説明して笑った。「彼女はとても同情的でしたよ。おかげで私は最低の嘘《うそ》つきになった気がしました」

「正当な理由があってのことだ。イーセラがサラのことを知らなかったという保証はない。それに、ウルフはまだ危険な状態にある」

「私がついていれば安全です」アメリアはにやりと笑った。「私は射撃の名人ですから」

「ああ、君の射撃の腕は一流だ」エブもにやりと笑い返した。「君を訓練した私が言うんだから間違いない」

ウルフは運ばれてきた食事をにらみつけ、ぶつぶつ言った。「病院の食事は嫌いなんだよ」

サラはベッドに近づき、トレイの蓋を外した。フォークを手にして、料理を彼の口へ運ぶ。

「わがままを言わないの」彼女は笑顔でたしなめた。

ウルフは口を動かしながら彼女を見つめた。彼の水色の瞳は優しく、ぬくもりに満ちていた。サラはコンサートの夜を、彼が連れていた美しいブロンドの女性を思い出した。

あれはイーセラの目をごまかすためだった。ウルフはエブにそう説明したけど、本当にそれだけだったのかしら？

ウルフは彼女の手首をつかんだ。銃弾を受けた胸に痛みが走る。その痛みにたじろぎながらも、彼は言った。「君には話せなかったが、あの晩コンサート会場にはイーセラの手下が……」

「エブから聞いたわ」

「嘘じゃない。どうかそれだけは信じてくれ。僕は君を標的にしたくなかった。あの女から君を守りたかったんだ！」

あのウルフが感情を見せているわ。隠そうともせずに感情をさらけ出している。

その思い詰めた表情を前にして、サラの不安は消え失《う》せた。「彼女はとてもきれいな人だったんでしょう」

「でも、君とは違った」ウルフはかすれ声でささやいた。「この世に君ほど美しい女はいない。僕はどんな女よりも君が欲しいんだ」

サラの頬が喜びに染まった。

「ここを出て、自分の足で立てるようになったら、そのことを君に証明したい」

サラの全身がうずき出した。彼女はウルフの唇に視線を落としてささやいた。「本気なの？」

ウルフは悪戯《いたずら》っぽく微笑した。「それまでに例の手術を受けてみないか？」

「ウルフ！」

「気をつけて。コーヒーがこぼれる」

「ごめんなさい」サラは震える手でカップを持ち上げ、彼にコーヒーを飲ませた。

「今度は前みたいにはならないよ。絶対にならないから」

サラはカップを引っ込めた。「わかっているわ」

ウルフは手を差し伸べた。痛みにひるみながらも、彼女の顔に触れる。「そして、もし君が許してくれるなら」彼はそっとささやいた。「僕はなんとしてでも君を妊娠させる」

12

コーヒーが四方八方に飛び散った。サラは真っ赤な顔でカップをトレイに戻し、テーブルにあったタオルで彼の顔や手を拭った。「ごめんなさい」

　ウルフは内心うなった。サラは失った子供のことを考えているんだろうか？　そんなつもりで言ったんじゃないんだが。

「今のは忘れてくれ。こういう話をするにはまだ早かった。まずは僕の体を治さないと。退院したら、君も牧場に来るんだろう？」

　サラは彼の顔を探った。ウルフは子供が欲しいのかしら？　さっきはそんなふうに聞こえたわ。でも、今の彼は何事もなかったような顔をしている。穏やかな表情には何も浮かんでいない。何一つ。私には彼の考えが読めない。

「あなたがそう望むなら」彼女は控えめに答えた。

　ウルフは枕にもたれかかり、またたじろいだ。だが、今度は痛みのせいではなかった。「僕は君を傷つけた。色々な意味で君にひどい傷を負わせた。時間が必要だということはわかっている。でも、僕の人生にほかの女はいない。君だけだ」

　サラは少し距離を縮めた。「私もそうよ。相手がほかの人だったら……ああいうことは絶対にできなかった」

　ウルフは誇らしい気持ちになった。少なくとも、彼女はまだ僕を望んでいる。「僕とならできるんだね。でも、次は違うよ。この前とは全然違う」

　サラの瞳から光が消えた。私たちはこれからつかず離れずの関係を続けていくの？　お互いを縛り合わない自由な関係を？　そんな関係、私には耐えられそうにないわ。

「何を考えている？」

「私……」サラはそこで言葉を切り、笑顔を作った。「ミス・グレイソンのことを考えていたの。彼女を廊下に残してきたから、今頃じりじりしているんじゃないかと思って」

「ミス・グレイソン？」ウルフは眉をひそめた。「アメリア・グレイソンのことか？」

サラの眉が上がった。ウルフは私の付き添い《コンパニオン》のことを知っているのかしら？　しかし、彼女がその疑問を口にする前に、エブ・スコットが病室へ入ってきた。

「アメリア・グレイソンが君のところで働いているのか？」ウルフは食い下がった。

「その話はもうしただろう」エブが割って入った。彼はサラの後ろに立ち、身ぶりでウルフを黙らせた。「彼女は君が考えているグレイソンとは違う。あの女はまだ連邦刑務所の中だ。忘れたのか？」そこでサラに向き直ると、エブはすらすらと嘘《うそ》を並べ立てた。「ウルフの言うグレイソンは、マネーロンダリングに関与していた武器商人だ。これが逃げ足の速い女でね。我々もさんざん振り回されたが、バルバドスでやっと逮捕することができた。だが、ウルフ、あの女はアントニア・グレイソンだぞ。アメリアじゃない」

「ああ、そうでした」ウルフはきまり悪そうに微笑した。「麻酔と鎮痛剤で少し頭がぼうっとしているのかな。君のアシスタントはどんな人？」

「とてもいい人よ」サラは説明した。「親身になって私の世話を焼いてくれるの。私、すっかり甘やかされちゃって。もう彼女なしでは生きられないくらい」

「僕も早くここを出て、君を甘やかしたいな」ウルフは彼女をじっと見つめた。

「あなたが生きていてくれて本当によかった」そうささやいてから、サラは表情を改めた。黒い瞳が光った。「なぜこんな無茶をしたの？　犯罪を取りしまる組織はいくつもあるのに、なぜ自ら危険に飛び込んだの？　あなたのほうが殺されていたかもしれないのよ！」

「やれやれ、また魔女に逆戻りだ」ウルフはうなった。枕に頭を預け、エブに向かって懇願する。「助けてくださいよ！」

エブにウルフを助ける余裕はなかった。腹を抱えて大笑いしていたからだ。

サラは無言でにらみつけた。彼女の中で様々な思いが交錯していた。怒っていいのか、笑っていいのか、自分でもよくわからない。

「次は箒《ほうき》を持ってきて、それでぶってあげるわね」彼女は宣言した。「もしあなたが戦場に戻ろうとしたら、牧場のカウボーイを総動員して、あなたをフェンスの柱に縛りつけてやるから。そして、誰もあなたの縄を解かないように私が自ら監視してやるわ」

ウルフは皮肉っぽい視線を返した。「トイレはどうすればいいんだ？」

サラの顔が真っ赤に染まった。「おまるか何かで代用すればいいでしょう」

ウルフはくすくす笑った。

サラは照れくさそうにほほ笑んだ。「とにかく、もう無茶はしないで。絶対に」

ウルフの顔に笑みが広がった。「オーケー」

サラはどきりとした。私に命令されても、彼は平気な顔をしている。いったいどういう心境の変化なの？

「今は勝ちを譲ってやるよ。僕がここにいる間は」ウルフは唇をすぼめた。「でも、退院したあとはどうなるかな？」

サラは顎をそびやかして警告した。「私には空飛ぶ猿がついているのよ」

ウルフは腹の底から笑った。アメリカを離れる時の彼は、自分の人生は終わったと考えていた。この国に戻る理由も、生きる理由もないと考えていた。だが今、彼の前にはサラがいた。彼の人生の喜び、人生の宝が。ウルフは生きたいと思った。これほど生きたいと思ったのは生まれて初めてだ。

「サリーに電話して、君の様子を教えてやらないと」エブは言った。「彼女は君が好きなんだ」

「僕も彼女が好きです」ウルフは言った。「子供たちは元気ですか？」

「日に日に大きくなっていくよ」エブは答えた。言いたいことはほかにもあるが、それは口にできない。サラのことはサラが話すべきなのだ。「じゃあ、また」

二人きりになるのを待って、サラはベッドに近づいた。「エブには本当にお世話になったのよ。ここまでの飛行機の手配も彼がしてくれたの。私一人じゃ無理だったわ。とてもそんな状態じゃなかったから」

ウルフは彼女の手をつかみ、手のひらを唇に当ててキスをした。「僕は生きる気力をなくしていた。でも、君がここにいると教えられて、それで僕は考えた。君がここまで来たということは、少しは僕のことを気にしてくれているのかもしれないと」

「少しどころじゃないわ」

ウルフは大きく息を吸い込んだ。「君は死ぬまでコンサートの夜のことを忘れないだろう」サラが口を開きかけた。それを遮って、彼は続けた。「わかっているんだ。僕は取り返しのつかないことをした。でも、ここを出たら、その埋め合わせをさせてほしい」

「罪滅ぼしなんてけっこうよ！」サラは叫んだ。

「罪滅ぼしとは違う」ウルフは黒い瞳をのぞき込んだ。「君はまだ男というものがよくわかってないんだね。サラ、僕は君が欲しいんだ。頭がどうにかなりそうなくらい君が欲しくてたまらないんだ」

サラは頬を染め、彼のぎらつくまなざしを受け止めた。

「僕は君を取り戻したい。いやな思い出をすべて消し去って、いい思い出に置き換えたい。君が許してくれるなら」

サラは唾をのみ込み、唇を噛《か》んだ。結局はそこなのね。ウルフは私をベッドに連れ戻したいだけなんだわ。

「やめてくれ。そんな目で見ないでくれ」

サラは落ち着かなげに肩を動かした。「私は……あなたに何をされても拒まなかった。だから、あなたは……」

「サラ」ウルフは彼女をベッドに引き寄せた。「僕は君と結婚したい」

黒い瞳が大きく見開かれた。「なんですって？」

「僕は君と結婚したい」ウルフは顔をしかめた。「僕が何を提案していると思ったんだ？　たまに君のアパートメントで夜を過ごすような関係か？　そんな真似《まね》をしたら、僕はただじゃすまない。ミス・グレイソンに窓から放り出されてしまう！」

サラは戸惑った。「あなた、彼女が聖書を読んでいることを知っているの？」

「いや」ウルフはとぼけた。「エブから聞いたんだよ。ミス・グレイソンが過保護なくらい君を大切にしていると」

「そう」サラは水色の瞳を探った。「あなた、私と結婚したいの？」

ウルフは皮肉っぽい笑みを浮かべた。「確かに僕は年寄りだが……」

「やめて！　その話は二度としないで！」サラはベ

ッドに身を乗り出した。柔らかな手で彼の唇をふさぎ、彼の全身に視線を注いだ。「あなたは年寄りじゃない。私には美しく見えるわ」

ウルフの中に残っていた最後の不安が消えた。サラは勝ち気な女性だ。雛《ひな》を守るミソサザイのように、小さくてもたくましい女性だ。彼女ならきっと強い母親になれるだろう。不幸な行き違いから最初の子供を失うことになったが、僕たちには未来がある。また子供を作ることができる。

「結婚式はどこで挙げたい？」ウルフは彼女の手を握って問いかけた。

「牧場じゃだめかしら？」

彼は唇をすぼめた。「場所はどこでもいいよ。式さえ挙げてしまえばこっちのもんだ」

「最低！」サラは叫んだ。

「ごめん。つい本音が出てしまった」ウルフは笑った。こうしてサラと軽口をたたき合っていることが奇跡に思える。彼は真顔に戻り、強い口調で切り出した。「でも、君にはまず医者に行ってほしい。僕はこれ以上君を傷つけたくないんだ。わかってくれるね？」

サラは唾をのみ込んだ。「行ったわ」

「なんだって？」

「もう行ったわ。あの……コンサートの前に」サラは目を伏せた。そう、私はあの夜のために色々と準備をしていたのよ。期待に胸を躍らせて。

ウルフははっと息をのんだ。まぶたを閉じ、全身を震わせる。サラはそこまで考えてくれていたのか。もしあんなことさえなければ……。

サラはウルフのつらそうな様子に気づき、自分の痛みを隠して彼の胸を撫《な》でた。「とにかく、もうその問題は解決したの」

ウルフは苦悩の表情で彼女を見上げた。「苦しいことばかりが続いたね」

サラは彼の唇に指を這《は》わせ、うなずきながら、かすれた声でつぶやいた。「でも、もう終わりよ」

ウルフは彼女の指にキスをした。「ああ。もう苦しみは終わったんだ」

数日後、ウルフは救急輸送機でジェイコブズビルへ帰還した。地元の病院でさらに二日を過ごしたのちに晴れて自由の身となった。彼の退院を許可する前に、マイカ・スティールは警告した。〝当分は無理はしないように〟と。

サラは医師に請け合った。〝ウルフは私が見張ります。私がついている限り、彼は悪いことはできません〟

医師というよりもレスラーに見える大男は遠慮がちに同意した。

救急車で運ばれてきたボスを、カウボーイたちは整列して出迎えた。皆、泣きそうな顔で胸に帽子を当てている。

「元気になったら、全員ぶったたいてやる！」ウルフは部下たちをにらみつけ、ぶつぶつ文句を言った。「誰が銃弾ごときにやられるか。僕には赤いマントと胸にSの字がついたシャツがあるんだぞ」彼はそう付け加えると、いきなり笑い出した。そして、胸の痛みにたじろいだ。

「みんな、ボスの無事を喜んでいるんです」新入りの牧場監督ジャレット・カリアーが微笑した。「ボスの生還を心から歓迎……」彼はボスの後ろからやってくる二人の女性に目を留めた。「なんで君がここにいるんだ？」

「口を慎め！」ウルフはたしなめた。サラのことを言っていると思ったからだ。

しかし、答えたのはアメリアだった。「ミス・ブランドンの世話をするためよ。あなたこそ、ここで何をしているの？　あなたがミスター・パターソンのところで働いているなんて、誰も言っていなかったわよ」

「先週、家畜担当の監督が引退して、僕があとを引き継いだんだ。君がここにいると知っていたら、絶対にこの仕事は受けなかった」カリアーは苦々しげに吐き捨てた。

アメリアは彼を見返し、冷ややかに言った。「あなたはまだアフリカにいると聞いたけど」

ジャレット・カリアーの返事は素っ気なかった。

「戻ってきたんだ」

アメリアは氷のような笑みを浮かべて続けた。

「よくエブ・スコットがあなたを手放したわね」

「ここから出ていけと言いたいのか？」カリアーは彼女をにらみつけた。「出ていく気はないね。彼に首にされない限り」そう言って、ウルフを身ぶりで示す。

ウルフがストレッチャーから声をかけた。「僕は戦いから戻ってきたばかりだ。新たな戦場に放り込まれるのは怪我《けが》が治ってからにしてほしいね」

「すみません、ボス」カリアーはむっつりと言った。

「失礼しました」アメリアも同時に謝罪した。

ボスに一礼すると、カリアーは納屋に向かって歩き出した。ほかのカウボーイたちもボスに挨拶してから彼のあとを追った。

ウルフは寝室へ運ばれていった。その間に、サラはアメリアと言葉を交わした。

「いやな思いをさせてごめんなさい。あなたがコマンチウェルズに戻りたくないと言ったのは、これが理由だったのね。もしワイオミングに戻りたいなら……」

「それはできません」アメリアは穏やかな口調で拒絶した。しかし、その顔は悲しみに曇っていた。彼女と新しい監督との間に何があったのかはわからない。だが、彼女がいまだにそのことを引きずっているのは明らかだった。

「いいえ、できるわ」サラは反論した。「ここにいる限り、私は安全よ。それはあなたにもわかるでしょう」サラはアメリアを抱擁した。「いいからワイオミングに戻って。私もすぐに戻るから」

「でも、あなたは結婚するんでしょう?」

サラは微笑した。「結婚しても、あの牧場を手放すつもりはないわ。先のことなんて誰にもわからないもの。荷物はまだほどいてないし、あとはリムジンと飛行機を手配するだけでオーケーよ。ただし、エコノミークラスはだめ。ビジネスクラスにしてね。私がいない間、牧場のみんなをびしびしごいてやって」

「あなたは世界一のボスだわ」アメリアは言った。ここを去るとなったら、エブ・スコットに知らせておかなくては。でも、ミス・ブランドンの言うとおりだわ。ここの守りはしっかりしている。二人はおろか、十人の対象でも保護できる。

「向こうに着いたら電話して。でないと、こっちが心配するから。いいわね?」サラは言った。「ええ」アメリアは力のない笑みを返した。

サラは新入りの監督のことを考えた。あの人が怒り出した時、アメリアは悲しそうな顔をしていた。何か事情があるんだわ。でも、それは個人の問題よ。私が立ち入るべきじゃないわ。

彼女は友人を見送った。それから、ウルフの様子を確かめるために寝室へ向かった。


「気分はどう?」サラは問いかけた。

ウルフは顔色がよくなっていた。痛みもかなり和らいだようだ。

「まずまずだ」ウルフは落ち着いたまなざしで彼女を見返した。「ミス・グレイソンをワイオミングに帰したのか？」

サラはうなずき、眉をひそめた。「あなたの新しい監督は、ちょっと問題があるわね。アメリアに話をする時の態度——あれは感心できないわ」

「同感だ。僕から本人に注意しておこう。でも、今ここにいるのは僕たちだけだ」ウルフは低い声でつぶやいた。「これは悪いことじゃないよ」

サラは頬を赤らめながらも笑みを返した。「まだ早いわ。無理はしないで」

「そうだな」ウルフは枕にもたれかかった。

「何か欲しいものはある？」

「ノートパソコンを持ってきてくれないか。デスクの上にあるから。あと、枕をいくつか追加して、僕の横に座って」

「何をするつもり？」

サラの問いかけに、ウルフは悪戯《いたずら》っぽくほほ笑んだ。彼女は息をのんだ。

ウルフは笑った。「違うよ。そっちは後回しだ。まずは買い物をしないと」

「買い物？」

「ああ。この世に存在するものでオンラインショップで買えないものはない。そうだろう？」

サラは笑った。「そのとおりよ」

二人は結婚指輪を買った。サラにはエメラルドとダイヤモンドの指輪を、ウルフにはシンプルな金の指輪を選び、翌日配送で注文した。ウルフは入院中に血液検査を受けていた。サラもほぼ同時に検査をすませ、彼が退院する前に結果を受け取っていた。

「明日は指輪が届く。結婚許可証はエブに取ってきてもらったし、明後日《あさって》には結婚できるな」ウルフは黒い瞳をのぞき込んだ。「式はこの牧場で挙げよう。君は町にあるマーセラのブティックに行ってくれ。彼女がドレスを作ってくれているから」

「ドレスって……ウエディングドレス？」

「僕はモーニングコートで決めるつもりだ。祭壇で気絶するなよ」ウルフは笑った。「逃げようとしても逃がさないぞ。君は僕のものだ」

サラは彼の視線を受け止めてささやいた。「そして、あなたは私のものね」

「こいつをどけてくれないか？」ウルフは荒々しく息を吸ってから尋ねた。サラにアイコンを見られないように、素早くノートパソコンの電源を落とす。

サラにはそれがゲームのアイコンだとわからないかもしれない。でも、僕のゲームライフについてはまだサラに知られたくない。僕に二年前から交流してきた女性のゲーム仲間がいると知ったら、サラは心中穏やかではないだろう。ロマンチックな関係じゃないが、ガールフレンドであることには変わりないんだから。いつかは話そう。サラが理解してくれることを期待して。でも、今はだめだ。

サラはノートパソコンをデスクに戻し、それを充電器につないでから、ウルフのそばに戻ってきた。

「もしおなかが空《す》いているなら、私が何か作るけど」

「実は、すごく食べたいものがある」ウルフは黒のスラックスとタートルネックのセーターを身につけた彼女の全身に視線を注いだ。「ドアをロックして。髪をほどいて」

サラはまじまじと彼を見返した。「何？」

「ドアをロックして、髪をほどいて。僕はもう餓死寸前だ」

サラは息が止まりそうになった。「でも、無理をしたら……」

「死んだってかまわない」ウルフは声を荒らげた。顔が強《こわ》ばっている。「ああ、ハニー。僕を餓死させないでくれ！」

サラはドアをロックし、電話のプラグを抜いた。そして髪をほどき、セーターとスラックスを脱いだが、ブラジャーに手をかけたところでためらった。「おいで」ウルフはそっと声をかけた。「僕がやるから」

サラはその言葉に従った。彼女の中にもウルフと同じ欲望があったからだ。

私はずっと過去に支配されていた。エマとのセッションでようやくそれがわかったわ。ウルフは私を傷つけるような人じゃない。私の恋人。私のすべてを受け止めてくれる人よ。私は彼が欲しい。彼と結婚したい。彼とともに生き、死ぬまで彼を愛していきたい。

彼女がベッドに近づくと、ウルフははいていたパジャマのズボンをずらした。ベッドカバーをはねのけ、彼女に自分の体を見せた。その体はすでに痛いほど興奮している。

「あなたは本当に……大きいのね」サラは不安げにつぶやいた。

「君に対してだけ、そうなるんだ」ウルフは両腕を差し伸べた。

サラはその腕の中に倒れ込んだ。大きな体をじかに感じて、かすかに身震いする。

ウルフは寝返りを打ち、痛みに顔をしかめた。

「本当に平気なの？」

ウルフは彼女の唇に軽くキスをした。「今ここで君を抱けなかったら、僕は死んでしまう」

「それは困るわ」サラは背中を反らした。

ウルフはホックを探り当て、彼女の胸の膨らみを覆っていたブラジャーを押しやった。あらわになった胸の膨らみを見て、彼は眉をひそめた。「僕の気のせいかな。前より大きくなっているみたいだ」

「私、少し太ったの」サラは嘘をついた。

「そうなのか？」ウルフは微笑した。「でも、今のほうがずっといい」彼は柔らかな膨らみに指を這わせ、彼女の反応をうかがった。「気に入った？」

「ええ、とても」

ウルフは彼女からショーツをはぎ取り、それを床に放り投げたところで表情を改めた。「この前は真似事だったが、今度は本物だ。君は手術を受けた。それでも、痛みはあるかもしれない。僕は大きすぎるから」

「気づいていたわ」サラは頬を赤らめた。世慣れたふりをしようとしたが、声が震えてしまった。

ウルフは微笑した。「不安なんだね。大丈夫、僕はもう暴走しないよ」二人の唇を近づけて、ささやいた。「今度は痛い思いはさせない。僕はただ君を喜ばせたいだけだ」

サラは答えようとした。だが、胸の膨らみにウルフの唇を感じたとたん、何も言えなくなった。ウルフは彼女の全身を唇でたどった。思いもよらない場所にキスをした。サラは少しだけ抵抗した。欲望に支配され、慎みを忘れるまでは。

ウルフの指がサラを探り、からかい、誘惑した。彼女は小さな悲鳴をあげた。ウルフはその悲鳴を唇で封じ、彼女の欲望をかき立てつづけた。彼女の唇からうめき声が出るのを待って、二人の体を密着させる。

「問題はここからだ」サラの唇に向かってつぶやくと、ウルフはそろそろと彼女の中へ入りはじめた。

生まれて初めて知る男性の感触に、サラは大きく目を見開いた。寝室は薄暗かった。しかし、彼女の不安に強ばった顔が見えないほど暗くはなかった。

「もう少しだ」ウルフはなだめた。サラの様子を確かめながら腰を動かした。彼女がびくりと体を震わせると、彼はつぶやいた。「ちょっとだけ腰を浮かせて……そう、それでいい。うまいぞ。その調子だ」

サラはウルフの言葉を聞いていなかった。彼女の中で何かが起きつつあったからだ。それは初めて知る感覚だった。ウルフとでさえ経験したことのない感覚だった。彼女は目を丸くし、口を開けた。そして痛いほどの衝撃に思わず腰を浮かせた。

「そこ！」サラは叫んだ。「そこよ。ああ、そこ！」彼女は目をつぶり、歯を食いしばった。息も止まるほど甘美な何かにしがみつこうとして、何度も腰を突き上げる。「ええ、そう。そこよ……」

サラは悲鳴をあげ、自分でも聞いたことのない声を喉から絞り出した。彼女は全身を震わせた。背中を弓なりに反らし、喜びの声をあげた。果てしない快感にのみ込まれ、激しく腰を突き上げた。大きな体にしがみつき、まぶたを閉じてすすり泣いた。

ウルフが私の中にいる。私の中でますます大きくなっている。彼の力と熱を感じるわ。でも、彼は私に喜びを与えるだけ。自分のことは後回しにしている。

サラは息を整えようとし、悲鳴を押しとどめてささやいた。「お願い」

ウルフは穏やかな笑みを浮かべ、腰を動かした。

「こんな感じ？」

「違うわ。あなたのためよ。私が感じたものをあなたにも感じてほしいの。どうすればいいか言って。私、なんでもするわ。どんなことでも！」

「君は何もしなくていいよ」ウルフは優しい表情で答えると、腰を動かして歯を食いしばった。「今は」

「私、見てないから。約束するわ」サラはまぶたを閉じた。

「目を開けて」ウルフは彼女の奥深くに入りながらささやいた。「僕を見て。君は僕のものだし、僕は君のものだ。君は君自身を捧《ささ》げてくれた。今度は僕が捧げる番だ。見ていてくれ！」

ウルフは花火のように炸裂《さくれつ》した。苦しげに顔を歪《ゆが》め、体を弓なりに反らして、何度も彼女を貫いた。大きな体が震えはじめる。彼は荒々しい叫び声をあげ、激しい身震いを繰り返した。情熱に身をゆだね、快感に溺れてすすり泣いた。それは彼の人生で二度目のオーガズムだった。最初の時と同じように、彼の下には美しく官能的な女性がいた。信じられないほどの高みからゆっくりと下りてきた彼を受け止め、抱きしめてくれる女性がいた。

「大丈夫」サラはささやいた。彼の顔じゅうに優しいキスの雨を降らせ、水色の瞳ににじむ涙を唇で拭う。「大丈夫よ、ダーリン」

サラの優しさがウルフの心を引き裂いた。自分が彼女に与えた痛みを思うと、いたたまれない気分になる。

僕がサラに与えたものはほんのわずかだ。それなのに、サラは僕に天国をくれた。僕は知らなかった。こんな喜びが、こんな安らぎがあることを。

ウルフはサラを抱き寄せた。彼の体は汗で濡《ぬ》れていた。快感の余韻に今も震えていた。

サラは心配そうに尋ねた。「傷は大丈夫？　痛くなかった？」

彼女を抱くウルフの腕に力が加わった。「僕は君と出会うまでオーガズムを知らなかった。男たちがその話をしていても、いったいなんのことだか僕にはさっぱりわからなかった」彼は震える声でつぶやいた。「たまげたね！　全身が爆発したかと思ったよ」

サラはくすりと笑った。「私もそう思ったわ」

「ああ。見たよ。僕は君を見ていた」

「そうなの？」

ウルフは寝返りを打ち、大きな黒い瞳を見下ろした。「僕はこんなふうに君と一つになることを夢見ていた。この前、僕が感じたものを君にも感じさせたかった。でも、イーセラが復活し、君にも危険が及ぶ可能性が出てきた。それで僕は……」

「ウルフ？」

「僕は君から赤ん坊を奪ってしまった。僕たちの子供を」ウルフは彼女の喉元に顔を埋《うず》めた。

サラは彼の涙を感じた。「違うの、ダーリン！　そうじゃないの！」

「君はクリニックに行って……」

「ウルフ、顔を上げて。私を見て」

ウルフは目をこすり、しぶしぶ顔を上げた。その顔は苦悩で強ばっている。

サラは彼の手を取り、自分の胸の膨らみに引き寄せた。「明かりをつけてくれない？」

寝室は真っ暗ではなかったが、細かい部分が見えるほど明るくもなかった。ウルフは眉をひそめたが、ナイトテーブルに手を伸ばし、小さなランプのスイッチを入れた。

「私を見て」サラは彼の指を自分の胸に当てた。「私は色白じゃないからそんなに目立たないけど、小さな血管が走っているのはわかる？」

ウルフは顔をしかめた。確かに、細い血管がいくつも見える。前はこんなものはなかったはずだが。

「ああ」

「この血管は乳腺に栄養を運んでいるの。私が母乳を出せるように準備してくれているのよ」

ウルフは目をしばたたき、彼女の美しい胸の膨らみを手で確かめた。確かに前より大きくなっている。柔らかさが増している。サラはなんて言った？　母乳がどうとか言わなかったか？

「スウィートハート、妊娠しなければ母乳は出ないよ」ウルフはかすかにほほ笑みながら指摘した。

「ええ、知ってるわ」

ウルフは言葉を失った。彼女の胸に手を当てて、黒い瞳をのぞき込んだ。

サラは彼の手を取り、ゆっくりと下へ導いた。硬い感触のある小さな部分にその手を押しつけた。

ウルフの顔から血の気が引いた。彼は感に堪えたようにつぶやいた。「ああ、神よ」

「確かにクリニックには行ったわ。でも、中を素通りしたの。私には……できなかった。どうしても無理だったの。あなたは赤ちゃんを望んでいないように思えたわ。でも、私はこの子を産みたかった。だから……」

ウルフはサラの言葉をキスで遮った。それは今までのどんなキスとも違っていた。彼はサラを引き寄せると、彼女の喉元に顔を埋め、ただ抱きしめた。

「ウルフ？」

「一分だけ待ってくれ」ウルフは彼女の耳元でささやいた。「いきなり地獄から天国に連れてこられて、まだ戸惑っているんだ」

サラは小さく笑い、大きな体に両腕を巻きつけた。

「早く言わなきゃと思っていたんだけど、どうしても勇気が出なくて」

「僕が子供を欲しがらないと思ったんだね」

「私、怖かったの。子供ができたら、あなたはいやでも私に縛りつけられる。別々に暮らしたとしても、あなたには子供に会う権利があって……」

ウルフは彼女を抱きしめた。「僕たちは見切り発車をした。お互いのことをよく知らないのに、欲望に負けて、話し合う時間を作れなかった」

「そうね」

ウルフは顔を上げ、厳かな口調で言った。「僕は子供が欲しい。君が欲しい。君と結婚したい」

サラは水色の瞳を探った。「本気なの？」

「これほど本気になったのは生まれて初めてだ」

サラはわずかに力を抜いた。「わかったわ」

そのささやかな動きが刺激となって、ウルフの体がいきなり反応した。彼は顔をしかめ、身を引こうとした。

「どこに行くの？」サラは彼を引き戻した。

「おなかの子に何かあったら大変だ」ウルフはひる

んだ。「いや、もう何かあったかもしれない。僕は君に飢えていた。優しくできなかった！」

「あなたは優しかったわ。それに赤ちゃんって、けっこうたくましいのよ」サラは大胆に手を伸ばし、彼の欲望の証《あかし》に指を這わせた。ウルフが身震いした。「だから、ここに戻ってきて。あなたの小さな問題を私にゆだねて……」

「小さな問題？」ウルフは彼女を仰向けにして、再び中へ入った。

サラは息をのんだ。「まあ、大変。問題が大きくなってる！」

ウルフは悪戯っぽく笑った。「でも、じきに片がつきそうだ」二人の唇を合わせて、彼はささやいた。「君に新しいことを教えてあげる。僕の脚の間に両脚を引き寄せて」

サラは再び息をのんだ。

「そう。そんな感じ」うなり声とともにウルフは腰を動かした。

不意によみがえった快感がサラの全身を強ばらせた。深い喜びに身震いしながら、彼女は腰を突き上げた。

「いいね」ウルフは彼女の唇に向かってささやいた。「もう一度」

サラは言われるままに動いた。ウルフはかつてないほど大きくなっている。サラは体の奥深くに彼の動きを感じ、はっと息を止めた。

「すごく感じるだろう。今から君をロケットみたいに打ち上げてやる」ウルフは荒々しくつぶやいた。「そして、僕は君がいくところを見るんだ」

熱い釘《くぎ》を打ち込まれたような感覚に、サラは身もだえた。腰を浮かし、自らウルフを迎え入れる。圧倒的な快感が彼女を不安にさせた。とても持ちこたえられないわ。私はこのまま死んでしまうの？

彼女は自分でも気づかぬうちにその不安を口にし

ていた。

すると、穏やかな低い笑い声が聞こえてきた。

「大丈夫。死にはしないよ」ウルフはうわずった声でささやいた。そして彼女を未知の高みへ送り込むために動きを早めた。「でも、僕を見るたびに君は真っ赤になるだろうね。この先、一週間くらいは」

　サラは叫びはじめ、その声に合わせるように体を動かした。やがて、絶頂の波が襲ってきた。何度も、何度も。彼女が限界を迎えたその時、低いうなり声が聞こえた。ウルフの体から震えが伝わってきた。それは彼の命が心配になるほど激しい震えだった。

　二人は汗まみれの体で横たわった。どちらも口を利かず、強烈な経験の余韻にただ体を震わせることしかできなかった。

「赤ん坊が」彼女のおなかに手を当てて、ウルフがつぶやいた。

「赤ちゃんは無事よ」サラは起き上がろうとする彼の大きな体にしがみついた。「動かないで。私、この状態が好きなの。あなたの重みを感じていたいの」

「でも、重すぎるだろう」

　サラは彼の喉元で笑みをもらした。「いいえ、ちっとも」

　体を動かそうとして、ウルフはまた身震いした。

「くそ」

「くそ？」

　彼は笑った。「ひりひりする」

　黒い瞳が見開かれた。「ひりひり？」

「そう」ウルフは唇をすぼめた。彼女を見下ろす水色の瞳には愛情と純粋な喜びがある。「すごくひりひりする」たじろぎながらも、彼は身を引いた。

　サラもたじろいだ。

　ウルフは寝返りを打って仰向けになり、うなり声をあげた。「やりすぎると、こうなるんだよ」

サラは起き上がり、おかしそうに笑った。そして、またたじろいだ。「知らなかったわ。こういう痛みもあるのね」

ウルフは片方の眉を上げた。「恋愛小説を山ほど読んできたのに？」

「あれはロマンス小説よ。解剖学の本とは違うわ」

ウルフは息を吸うと、全身の力を抜いて、彼女の視線を受け止めた。「さっそく解剖学のおさらいか？」

サラは真っ赤になった。

「言っただろう。君はしばらく顔を赤らめることになるって」ウルフはにんまり笑った。

サラも屈託のない声で笑った。

ウルフは彼女の手をつかみ、自分の唇へ引き寄せた。「次は現実の問題だ」

サラは身を硬くした。「現実の問題？」

「ああ。ミス・グレイソンをここに呼び戻すべきだと思う。でも、新しい監督を首にしたくはない。何かいい方法はないかな？」

サラは密《ひそ》かに胸を撫で下ろすと、笑顔で答えた。

「二人で向こうに行って、彼女に子供のことを話しましょう。それですべて解決よ」

「子供か」ウルフは彼女を引き寄せ、おなかの小さな膨らみに唇を押し当てた。「人は幸せすぎて死ぬこともあるんだろうか？」

「試してみようなんて思わないでよ」サラはぴしゃりと言い渡した。

ウルフは彼女のおなかに向かって微笑した。「男の子かな？　女の子かな？」

「生まれたら、どっちかわかるわ。私は知りたくないの。その時までとっておきたいのよ」

ウルフは顔を上げた。「僕もそうしたい。人には笑われそうだが」

「笑わせておけばいいわ。この子は私の、私たちの子供なんだから」

「僕たちの子供」ウルフはつぶやいた。まるで夢を見ているようだ。悲劇のあとにこんな喜びが待っていたとは。

しかし、その喜びも長くは続かなかった。翌朝、事態が一変したからだ。

13

電話が鳴った時、サラはまだウルフの肩を枕にして眠っていた。ウルフは彼女の頭ごしに腕を伸ばし、ベッド脇のテーブルに置いてあった携帯電話をつかんだ。

「もしもし？」

聞こえてきたのはエブの緊迫した声だった。「私だ。いいか、よく聞け。今すぐサラをそこから脱出させろ」

ウルフは上体を起こした。枕を失ったサラもまぶたを開け、ぼんやりと彼を見上げた。

「どういうことです？　まさかイーセラが送り込んだ殺し屋が……」

「いや、そっちの問題は片付いた。殺し屋の身柄もすでに確保した」エブは説明した。「これは別の問題だ。しかも、もっと質《たち》が悪い。マスコミが例の情報を嗅ぎつけたんだよ。ゲイブが今どこで何をしているか、君は知っているか？」

「居場所は知っています。彼は無事なんですか？」

「ああ。今は私の指示で、部隊ごと中東の高級ホテルに避難している。君はミシェル・ゴドフリーを覚えているか？　彼の被後見人の？」

「はい」

「先週、彼女が取材にやってきた。私は包み隠さず質問に答えた。彼女なら公正に報道すると考えたからだ。だが、私の考えが甘かった」エブは苦々しげに続けた。「彼女はゲイブの部隊が女性や子供たちを虐殺したと全世界に報じた。写真まで掲載して……」

「ゲイブは絶対に子供を傷つけません！　そんなこ

とをするくらいなら自ら死を選ぶ男です！」ウルフは声を荒らげた。

「わかっているさ」エブはうなった。「だが、世間の見方は違う。だから、私は彼らを隠し、弁護士と調査員を雇った。それでも、当分はマスコミのお祭り騒ぎが続くだろう。あの連中がサラを放っておくとは思えない」

「今日中に彼女とワイオミングへ飛びます」

「その体で旅をするのか？」

「ご心配なく。ワイオミングにも医者はいますよ」

ウルフはサラを見下ろし、緊張で強《こわ》ばった彼女の顔にそっと触れた。「荷物をまとめたら、すぐに出発します。間違いないんですね？　騒ぎの発端は本当にその被後見人——ミシェルなんですね？」

「ミシェル」サラはぎょっとした。「ミシェルが何をしたの？」

「あとで説明するから」そう答えると、ウルフはエブとの会話に戻った。「なぜこんなことになったんです？」

「ゲイブはうちの仕事をする時は別名を名乗っていた。彼女はそのことを知らなかった。もし知っていれば、こういう事態にはならなかったはずだ。彼女はショックを受けている。だが、もはや彼女一人の力でどうにかなる状況じゃない。ここはすでに中継車に取り囲まれている。早く脱出しろ。できるだけ早く！」

「ありがとう、エブ。恩に着ます」

「友人のためだ。私もできる限り支援する。とにかく急げ」そこで電話が切れた。

ウルフはベッドを出て、サラを引っ張り起こした。

「急いでシャワーを浴びよう。その間に説明する。シャワーがすんだら荷造りだ」

サラはシャワーの下で彼の説明を聞いた。石鹸《せっけん》と湯に涙が混じった。泣きじゃくる彼女を、ウルフは抱きしめて揺すった。

「なぜそんなひどいことを？　ミシェルも兄を愛していると思っていたのに！」

「彼女はエンジェル・ル・ヴーの正体を知らなかった。誰からも聞いていなかったんだ」ウルフは重い口調で答えた。

「私は死ぬまで彼女を許さないわ。絶対に！」

「死ぬのはまだ先だ。まずはここを出ないと」

「でも、あなたの傷は？　私たちの結婚式は？」

「すべてワイオミングに持ち越しだ。牧師は向こうにもいるだろう」ウルフは唇をすぼめた。「ただ、なるべく早く探すべきだな。結婚許可証がない限り、ミス・グレイソンの守りは突破できない」

サラは疑問を口にした。「なぜそんなことまで知っているの？」

ウルフは彼女にキスをした。「僕にはスパイが何人もいるのさ。安心しろ。僕が結婚してでも手に入れたいと思った女性は君だけだ」

ウルフは私を手に入れるために結婚するの？　愛しているからじゃなく？　サラの中で再び不安が頭をもたげた。だが、ウルフから立ち去るだけの強さは彼女にはなかった。ウルフの子供を宿した今、彼女は以前にも増してウルフを愛していた。

彼らは自家用ジェット機でワイオミングへ移動した。

「知っていると思うが、僕もこの近くに牧場を持っているんだ」

「ええ。よくそこに来て、何日も滞在していたわよね」

ウルフは彼女の手を握りしめた。「過去から逃げていたんだ。僕は過去を引きずっていた。それなのに、君をデートに誘って……」彼は表情を曇らせ、目を逸《そ》らした。「できることなら、あの夜に戻りたい。もう一度やり直したい」

「私は戻りたくないわ」サラは大きな体にもたれかかった。「あの夜があったから、私たちに赤ちゃんができたんだもの」

ウルフは彼女を引き寄せ、温かな喉に顔を埋《うず》めた。

「確かにそうだ。でも……」

「その埋め合わせはあなたが昨夜《ゆうべ》してくれたでしょう。あれですべて帳消しよ」サラは彼の耳元でささやいた。「あれは……言葉では言い表せないような経験だったわ」

「そうだね、サラ」ウルフは彼女のまぶたにキスをした。「僕もそう思うよ」

彼らはシェリダンでリムジンを雇い、牧場へ向かった。しかし、途中でメソジスト派の小さな教会に立ち寄った。

ウルフはサラの手を引っ張った。「今ここにふさわしいドレスはない。指輪もまだ届いていない。でも、必要な書類は揃《そろ》っている。君さえその気なら、今すぐ結婚できるよ」

「それしか方法がなければ、私はジーンズ姿ででもあなたと結婚するわ」サラは断言した。喜びに声がはずんでいた。

ウルフは微笑した。「君がジェイコブズビルで通っていた教会のジェイク・ブレア牧師――彼は僕の友人なんだ。彼がここのベイリー牧師に話を通してくれた。だから、準備はできている」

二人は教会の中に足を踏み入れた。祭壇にはすでに花が飾られていた。牧師が灰色の宝石箱を差し出した。

「必要な時に必要なものが見つかる。すごいと思わないか？」ウルフはつぶやき、自分の代わりに買い物に行ってくれた牧師にウィンクした。宝石箱の蓋を開けると、一対の金色の指輪が並んでいた。「イエローゴールド。君はこれしか身につけないから」

「私、イエローゴールドが大好きなの」サラは指輪に触れ、彼を見上げた。「でも、シガーバンドでも十分よ。私は喜んで身につけるわ」

ウルフは頭を下げ、彼女のまぶたにそっとキスをした。祭壇に立つ女性たちが思わず涙ぐんだほど優しいキスだった。

「私の妻と母が証人になります」ベイリー牧師が言った。「心の準備はできていますか？　迷いはありませんか？」

サラを見下ろして、ウルフは断言した。「いっさいありません」

サラも小声で答えた。「私もありません」

「では、始めましょう」

式は短いが感動的なものだった。二人は指輪を交換した。互いを見つめ合いながら、誓いの言葉を繰り返した。そして牧師が二人が夫婦となったことを宣言した。

ウルフは頭を下げ、彼女にそっとキスをした。サラの頬を涙が伝った。

「ミセス・パターソン」そうささやくと、彼は微笑した。

サラも笑みを返した。

ウルフが彼女の涙をキスで拭う間に、牧師は結婚許可証の記入をすませた。

二人は手を差し出され、祝いの言葉をかけられた。牧師の厚意に報いるために、ウルフは貧困者のための基金に大口の寄付をした。

リムジンに乗り込みながら、彼は言った。「さあ、うちに帰ろう。この許可証を見せれば、ミス・グレイソンも僕たちが一緒に眠るのを許してくれるかもしれないぞ」

ウルフは笑っていた。サラも彼に身を寄せて笑った。

「残念なのは」ウルフはため息をついた。「当分は眠るしかないってことだ。僕はまだひりひりしている」

サラは思わず噴き出した。

アメリアは戸口で二人を出迎えた。満面に笑みを浮かべている。「ケーキを用意しましたよ！　私が生まれて初めて焼いたケーキなので、おいしくないかもしれませんが。でも、キッシュとクロワッサンは完璧な仕上がりです！」

ウルフはまじまじとアメリアを見つめた。「気は確かかい、ミス・グレイソン？」

アメリアは彼をにらみ返した。「私も料理くらいできます」

ウルフは唇をすぼめた。「蛇は料理できても、クロワッサンは……」

「けちをつけるのは味を見てからにしてください」アメリアはぴしゃりと言い返すと、サラに笑顔を向けた。「気分はどうです？」

「悲しいわ。私の被後見人がガブリエルを売り渡したの」

「ええ、聞いています。どこに行っても、そのニュースで持ちきりです」ウルフに不安げな視線を投げて、アメリアは付け加えた。「マスコミはここにも押しかけてくるんでしょうね」

「すでに手は打ってある。僕が知る法執行機関にはすべて連絡した。農務省の林野部にも声をかけた。この牧場は国有林に隣接しているから、多少の恩恵は得られるだろう」

「恩恵？」サラは尋ねた。

「まあ、見てろ」ウルフはにやりと笑い、彼女の頬にキスをした。

「はい、そこまで」アメリアが声をあげた。

ウルフは彼女に結婚許可証を手渡した。

アメリアはそれを見つめた。茶色の瞳を丸くして、ウルフとサラを交互に見比べる。

「僕も人並みに結婚できるんだよ」ウルフが弁解がましくつぶやいた。

アメリアは額に手を当てた。「これは幻覚よ。そうとしか思えないわ」

「いや、君もその気になれば結婚できる」ウルフは切り返した。「その前に地獄が凍りつくかもしれないが」

「あなたたちは知り合いなの？」サラは心のざわつきを隠し、素知らぬ顔で問いかけた。

「いちおう」二人は同時に答え、同時に顔をしかめた。

「くそ。君のせいだぞ」ウルフはアメリアに視線を投げ、両手を掲げた。「わかった。説明する。これはエブが考えたことだ。ミス・グレイソンは彼のスタッフの一員なんだよ」

サラの顔に浮かんだ表情は、見方しだいでは滑稽とも思えるものだった。「あなた……傭兵《ようへい》なの？」

アメリアは気まずそうに身じろいだ。「私はプロの兵士です」

「つまりは傭兵だ」ウルフがだめ押しをした。

アメリアはため息をついた。「ええ、傭兵です」

「でも、なぜ？　どうやって？」

「私たちはイーセラがあなたの存在を知ることを恐れていました」アメリアは穏やかな口調で説明した。「皆、あなたが傷つくような事態だけは避けたいと思っていたんです。でも、付き添い《コンパニオン》という形でも取らない限り、あなたの住まいに人を配することは不可能でした。そんな時、あなたの募集広告を見たんです。まさに願ってもないチャンスでした」

「兄の仕業ね」サラは叫んだ。「彼が仕組んだんだわ！」

「ええ。彼はミシェルの卒業のために帰宅したでしよう。あの時です」アメリアは答えた。

サラは無言でウルフを見上げた。

「僕は君を傷つけた張本人だ。でも、君が傷つくことには耐えられなかった。ゲイブも同じ気持ちだったんだろう。だから、君が広告を出すように仕向け、ミス・グレイソンに応募させたんだよ」

サラはほっと息を吐いた。「まあ、頼もしい味方が増えたのはありがたいけど」アメリアに視線を投げて、ためらった。それから、ウルフを見上げた。

「どっちが彼女に話すの？」

ウルフは気まずそうに言った。「君は女性だろう。彼女も女性だ」

「ええ。でも、彼女との付き合いはあなたのほうが長いわ」

「なんの話ですか？」アメリアが尋ねた。

「これは僕が話すべきことじゃないと思う」

「そんなに大げさに考えないで……」

「なんの話ですか？」アメリアはじれた様子で同じ質問を繰り返した。

サラはうめいた。「あなたが言ってよ」

ウルフもうなった。「勘弁してくれ」

ついにアメリアの怒りが爆発した。「いったいなんの話よ！」

「私、妊娠しているの」サラは口走った。

同時にウルフも言った。「彼女は妊娠しているんだ」

アメリアは呆然《ぼうぜん》として二人を見返した。

ウルフは結婚許可証を取り出し、彼女の目の前で振ってみせた。

アメリアは息を吸い込み、サラに視線を向けた。黒い瞳が曇りかけていることに気づき、サラを抱き寄せた。「私はそこまで堅物じゃありませんよ。確かに教会には通っていますが、人に生き方を指示したりはしません。そもそも、結婚前に妊娠したとしたら、それはすべて男が悪いんです」

「なんだと?」ウルフが声を荒らげた。

アメリアはサラの肩ごしに彼をにらんだ。「私は男のことならよく知っています。しがらみを嫌うタフな男たちに交じって働いてきましたから。彼らは女たちをだまし、そのことを吹聴《ふいちょう》して……」

「僕たちの場合は事故みたいなものだった」ウルフは抑えた口調でつぶやくと、愛《いと》おしげなまなざしでサラを見つめた。「でも、僕は後悔していない。後悔なんてできるわけがない。リラと赤ん坊。まるでクリスマスが来たみたいだ」

アメリアはサラに回していた腕をほどき、大きな男性に歩み寄った。「ごめんなさい。勝手に決めつけて。私はあなたのことを誤解していたようですね」彼女はウルフを抱きしめた。それから、後ろへ下がり、笑顔になった。「私は編み物もできるんですよ。赤ちゃんに靴下と毛布を編んであげます。それから……何か食べません?」

キッチンへ移動する間も、アメリアはしゃべりつづけた。彼女のあとを追いながら、ウルフはサラに耳打ちした。「めでたし、めでたしだな」

「臆病者」サラは彼の腰に自分の腰をぶつけた。

「その台詞《せりふ》、そっくりそのまま返してやるよ」ウルフも彼女に腰をぶつけ、痛みにうなった。

サラは大きな体に寄り添いながら笑った。

しかし、ニュースが二人から笑いを奪った。自分の兄がやってもいない罪でマスコミから袋だたきにされているのを見るのは、サラにとって身を切られるほどつらいことだった。

その後、ガブリエルから電話がかかってきた。彼は妹に警告した。「騒ぎはまだまだ広がるぞ。でもあの連中、どうやってこんなに早々と嗅ぎつけたんだ?」

「私たちの被後見人が触れ回ったのよ」サラは冷ややかに答えた。

「ミシェルが？」ガブリエルは愕然《がくぜん》として問い返した。「嘘《うそ》だろう？　彼女はそんなことはしない！　僕にそんなことをするはずがない！」

「嘘じゃないわ。現にニュースに出て、自分の立場を説明していたもの。これほど非道な罪を犯したアメリカ人は公開処刑にするべきだと息巻いていたわよ」

　ガブリエルはしばらく沈黙したあとで言った。

「彼女を信じていたのに」

「私も信じていたわ。彼女が恩を仇《あだ》で返すはずがないと思っていた」

「彼女には二度と会いたくない。僕は彼女と縁を切る。おまえもそうしろ」

「ええ、そうするわ。気をつけてね」サラは優しく付け加えた。「愛しているわ」

「僕も。おまえを愛している」

「一つ、報告することがあるんだけど……」

「なんだ？」

「私、妊娠しているの」

　短い沈黙が流れた。

「おまえはクリニックに行ったんだろう？　ウルフがそう……」

「クリニックには行ったわ。でも、中を素通りしたの。それから、もう一つ。今朝、ウルフと結婚したわ」

「腰が抜けた」

　サラは小さく笑った。「私、とても幸せよ」声をひそめて続ける。ウルフが聞いたら、恥ずかしがるとわかっていたからだ。「自分でも信じられないくらい彼のことを愛しているの。彼はすごく子供を欲しがっているわ」

「おまえのことも欲しがっているみたいだけどな」

「私に好意を持っていることは確かね」サラは寂しさを隠して言った。ウルフは、愛しているとは言ってくれない。でも、子供が生まれたら、私にも愛情を持てるようになるかもしれない。「あと、私のコンパニオンだけど、なんと彼女は傭兵だったのよ。これってどういうことかしら？」言葉に軽い毒を混ぜて、彼女は付け加えた。

「ガンズ・グレイソンがついている限り、どんな敵もおまえには近づけない」

「ガンズ？」

「彼女は部隊一の射撃の名手なんだ」ガブリエルは笑った。「それなのに、常識があって信心深い。僕たちは彼女のそばで悪態をつくことさえ許されなかった。怒鳴りつけられた男も一人や二人じゃなかった」

「目に浮かぶようだわ」サラはくすくす笑った。

「そろそろ切るよ」

「エブ・スコットが弁護士を雇ったの。それで、お兄さんの疑いは晴れるはずよ」

「だとしても、マスコミが別の獲物を見つけるまでは受難の日々が続きそうだ」ガブリエルは観念した様子で言った。「また連絡する。と言っても、おまえの居所を知られるわけにはいかないし、当分はエブを介することになるかな」

「わかったわ。体に気をつけて」

「おまえもな。ウルフに大切にしてもらえ。彼はイーセラのところへ行く途中、ここに現れたんだ。あの時の彼の顔。おまえにも見せてやりたかったね。あれはもう……なんだ？」短い沈黙が訪れた。「ああ、もう行くよ。愛してる」

「私も愛してる」

　電話を切ってから、サラは考えた。ガブリエルはウルフについて何を言おうとしていたのかしら？

いいえ。今はそれどころじゃないわ。ガブリエルはマスコミの餌食にされている。ということは、私も彼らの餌食になるのよ。またしても。

サラはその原因となった人物――ミシェルに電話をかけた。話をしている間はなんとか冷静さを保てたが、五分後に電話を切った時には、ミシェルの顔は二度と見たくない気分になっていた。

サラはウルフの腕の中で涙を流した。

「ミシェルがこんなことをするとは思わなかったわ。ガブリエルも私も、ジャーナリストになりたいという彼女の夢を応援していたのよ。それなのに……」

「もう泣くな」ウルフは彼女を揺すりながらささやいた。「人生は続いていく。人は間違いを犯す。そして、その報いを受けるんだ」

彼の声には自責の念があふれていた。

サラは身を引き、彼を見上げた。「私はあなたを責めたことはないわ」

「僕は自分を責めた」ウルフは彼女の顔にかかる長い黒髪を撫《な》でつけた。「僕は死にかけた。でも、その間も君の声が聞こえていた。君が僕にささやきかけていた。僕が持ちこたえられたのは、君が少しでも僕のことを気にしてくれるかもしれないと……」

「少しでも？」サラは詰め寄り、うめき声をもらした。

ウルフの動きが止まった。彼は考えていた。これまでのことを振り返っていた。サラには悲しい過去があった。それでも、僕には情熱的にこたえてくれた。彼女は僕の愛撫《あいぶ》を喜んだ。いつも惜しみなく自分を投げ出して……。

「君は僕を愛しているんだね」彼は畏怖の念を込めてささやいた。

サラは息を吸い込んだ。「ばかな大男さん。もちろん、私はあなたを愛しているわ。そうでなかったら、あんなふうにあなたを受け入れると思う？」

ウルフはくすくす笑った。「ばかな大男？」

サラは頬を赤らめてあとずさった。「ばかは言いすぎたわ。でも、大きいのは事実でしょう？」

ウルフは唇をすぼめ、眉を上げた。水色の瞳が不埒《ふらち》な喜びにきらめいている。

サラは真っ赤な顔でわめいた。「そういう意味じゃないわよ！」

ウルフは笑い、彼女を引き寄せてキスをした。

「ごめん。つい我慢できなくて」

「箒《ほうき》のある場所はわかっているわ」

「それだけは勘弁してくれ。心を入れ替えるから。ミス・グレイソン！」

アメリアが駆けつけた。「なんですか？」

「空飛ぶ猿が来ないか、窓から見張っててくれ」

それが冗談だと承知のうえで、アメリアは敬礼をした。「承知しました。見つけしだい排除します。命がけで食い止めることを誓います」彼女は胸に手を当ててにんまり笑うと、再び姿を消した。

マスコミが町へ押し寄せてきた。彼らはモーテルを満室にし、地元のレストランを混乱に陥れた。そして、ガブリエルの妹に関する情報を得るため、地元民たちに尋ね回った。

しかし、テキサス州のジェイコブズビルやコマンチウェルズと同様に、ワイオミング州のケイトローも排他的で小さな町だった。町民たちは余所者《よそ》を警戒した。余所者に札束をちらつかされても、口を開こうとはしなかった。記者たちは宿と食事を与えられたものの、情報は与えられなかった。

そこで、彼らは牧場への侵入を試みた。だが、そのもくろみも失敗に終わった。私道の入り口で、ウルフが自ら彼らを出迎えたからだ。そこには武装したカウボーイの集団がいた。政府の役人たちもいた。役人たちは国有地に一歩たりとも入らないよう警告した。では、どこまでがブランドン家の土地で、どこからが国有地なのか。もちろん、記者たちは知らなかった。彼らに教える者もいなかった。最後にからかい半分の捨て台詞を残すと、ウルフは車で家へ戻った。

一週間後、ガブリエルがインターネットのビデオ通話で連絡をよこした。彼は戸惑った様子で切り出した。「ニュースを観《み》たか?」

「いいえ。私たち、ニュースをボイコットしているの」サラはモニターに映る兄のやつれた顔を眺めた。「悪いニュース?」

「ミシェルが全国放送の番組に出て、僕を擁護したんだ。彼女は僕たちの無実を知る証人を見つけ出し、それを全世界に向けて発信した。記事を書き、トーク番組に出演しただけでなく、僕たちと組んで働いていた刑事にまで会いに行った」ガブリエルは頬を赤らめた。「どうやら彼女は本当に真相を知らなかったみたいだね」

サラはひるんだ。「私、彼女にひどいことを言ってしまったわ」

「僕が言ったこともしゃべったのか?」

サラはうなずいた。「ミシェルは一生私を許してくれないわね」

「時間が解決してくれるよ」背後に立ったウルフが彼女の肩に腕を回し、こめかみにキスをした。「ミシェルはきっと許してくれる。だから、君も許してやれ。じきに騒ぎは収まる。起訴も取り下げられることになったんだろう?」

「ああ。真犯人も拘束された。でも、僕はまだうちへは戻らない」ガブリエルはにやりと笑った。「仕事のオファーを受けたんだ。どこだと思う?」

「どこから、でしょう」サラはからかった。「ねえ、白状しなさいよ」

「インターポールだよ。ぜひ僕をスタッフに加えたいそうだ。僕のここでの仕事ぶりが気に入ったのかな。というわけで、僕はこのオファーを受けようかと思っている。少なくとも、当分の間は」

「エブの意見は？」

「彼は賛成してくれた。少しペースを変えてみるべきだと言ってね。あそこも新人が大勢入ったから、僕がいなくなっても困らないだろう」

「いざとなったら、私もいますし」アメリアが言った。

「ノー！」三人の声が揃った。

アメリアは両手を掲げてにんまり笑った。そして、またキッチンへ戻っていった。

「彼女は私たちの宝よ。絶対に逃がさないわ」

ウルフは笑った。「ボルトカッターと銃があれば逃げ出せそうな気もするが」

「彼女はまさに宝だよ」ガブリエルがうなずいた。「僕は一度、彼女に命を救われた。いや、詳しいことは聞かないでくれ。機密事項だから」

「あらまあ」サラはつぶやいた。

「ああ。ミス・グレイソンはかけがえのない人材だ」

「そろそろ行くよ。また連絡する。二、三カ月後にはうちに帰っているかもしれないな。出産に間に合えばいいんだが」

サラはウルフを見上げた。「予定は冬よ」

「冬か」ガブリエルはにっこり笑った。「僕は伯父になるわけだ。待ち遠しいね。で、どっちが生まれるんだ？」

「赤ん坊だよ」ウルフがうんざりした口調で答えた。「話を聞いてなかったのか？」

「男の赤ん坊？　それとも、女の赤ん坊？」ガブリエルはしつこく追及した。

「わからないわ」サラは自分を抱く夫の腕に手を置き、黒い瞳をきらめかせた。「私たち、聞かないことにしているの」

「僕は彼女みたいな目をした女の子がいいね」ウルフはつぶやいた。

「私は水色の瞳の男の子がいいわ」

「僕は双子がいい」ガブリエルが割り込んだ。

「双子？」サラは聞き返した。

「そう。男の子と女の子の双子。その可能性はあると思うよ。うちの親戚には父方、母方の両方に双子がいるから」

「双子か！」ウルフの顔に笑みが広がった。

「経過は僕にも知らせてくれ。いいね？」ガブリエルが念を押した。

サラは夫とともに微笑し、大きくうなずいた。

「もちろんよ」

マスコミの騒ぎが収まったのは、夏の花が散りはじめた頃だった。新たに発覚した全国規模の政治スキャンダルに誘われて、記者たちは首都へ戻っていった。

「ようやく終わったみたいね」夫婦でテレビニュースを見ながら、サラはつぶやいた。

「やれやれだ。で、医者はなんて言ってた？」ウルフは笑顔で尋ねた。「本当は僕も行くべきだったんだよ。なぜ連れていってくれなかったんだ？」

サラは妬《や》いているふりをした。「あそこは女性だらけなのよ。あなたみたいにゴージャスな男性を彼女たちに見せるわけにはいかないわ」

ウルフは唇をすぼめた。「女性だらけといっても、全員妊婦なんだろう？　僕と駆け落ちしたがる猛者がいるとは思えないが」

「私はあなたを見るたびに、あなたと駆け落ちしたくなるわ」サラは黒い瞳に思いを込めて断言した。

ウルフは彼女を引き寄せてキスをした。「僕はどこでも君の行きたいところへ行くよ。君の好きな時に」

サラは彼のシャツに指で模様を描いた。「こんなに丸くなった私でもセクシーだと思ってくれる？」

「ああ、息が止まるくらいセクシーだ」ウルフの声がかすれた。

「ミス・グレイソンは町へ買い物に行ったわ。あと一時間は戻ってこないと……」

ウルフは最後まで聞いていなかった。いきなりサラを抱き上げて、寝室へ直行したのだ。彼はサラをベッドに横たえるとドアをロックし、服を脱ぎはじめた。

「急にどうしたの？」

「君が魔法の言葉を口にしたからだ」ウルフは一糸まとわぬ姿になった。すでに興奮で大きくなっている。彼はベッドに引き返し、手早くサラを裸にした。

「魔法の……言葉？」彼のキスを受けながら、サラはなんとか声を出した。

「ミス・グレイソンが出かけたと」ウルフはほっそりとした腿の内側に唇を這《は》わせた。サラの唇から小さなうめき声がもれる。「彼女がいるから、夜は大声を出せないだろう。いっそ彼女のために家でも建てるか。そうすれば、愛し合う時も叫び放題だ」

「ウルフ！」まぶたの裏で光が炸裂《さくれつ》し、サラは悲鳴をあげて体を弓なりに反らした。

「ポイントはそこだよ。今の君の声」ウルフは笑った。「僕はその声を聞くのが好きなんだ」

「あ……ああ！」サラはまた悲鳴をあげた。

「ほらね」ウルフは体をずらし、彼女の胸の膨らみに唇を当てた。そして、驚いた様子で身を引いた。

その理由に気づき、サラは笑った。「ごめんなさい、ダーリン。言うのを忘れていたわ。最近たまに……もれるの」

ウルフは頬にかかった滴を拭い、くすくす笑った。

「いやじゃないの？」

「いやどころか。とてもセクシーだと思うよ」ウルフは腰を浮かせ、彼女の脚を押し広げた。「ほかにも僕がとてもセクシーだと思っているものがあるんだ。知りたい？」

「なんなの？」サラは息を切らしながら尋ねた。

ウルフは腰を下ろし、彼女の中に入った。腰を左右に動かしながら、二人の距離を縮める。サラは身を震わせ、また甲高い悲鳴をあげた。

「今の君の声さ」ウルフはささやいた。「もう一度やってみようか？」彼は同じ動きを繰り返した。彼女からうめき声を引き出し、おかしそうに笑う。

「あなたには……かなわないわ」

「君も上達してきたよ」ウルフはさらに腰を進め、彼女の体に締めつけられる感触を楽しんだ。強まっていく快感が彼をうならせた。「ああ、そうだ！」

「教えて！」

「その……うちにね」ウルフは歯噛《が》みした。「今は無理だ！」

「ええ、そのうち」サラはうめいた。

ウルフは頂点を目指して突き進んだ。速いリズムで腰を動かし、サラを高みに押しやった。サラは彼の引きしまった脇腹に爪を立てながら耐えた。爆発する喜びの中で、涙を流し、悲鳴をあげつづけた。

ウルフはサラの喜びを感じた。その喜びを分かち合いながら、彼女と同じペースでのぼりつめた。燃え上がる情熱の中で、自分たちが一つに溶け合った気がした。

彼は最後に大きく体を震わせると、サラの上に崩れ落ちた。

「どんどんよくなっていくみたい」サラはうっとりとした表情でささやいた。

「ああ」ウルフは二人の唇を合わせた。うなり声とともに再び動きはじめる。

「まだ……できるの？」

ウルフは顔を上げ、黒い瞳をのぞき込んだ。その間も、彼の体はサラの中で膨らんでいった。

サラはぽかんと口を開けた。「あなた……」

「そうだ」ウルフは腰を動かしながら彼女にキスをした。「今日はいつも以上に興奮している。あの悲鳴のせいかな。ミス・グレイソンがいる時は、君も遠慮しているから」激しく腰を突き立ててうなる。

「くそ。まだ早すぎる！」

「そんなことはないわ」サラも一緒になって動いた。彼の快感の高まりを感じながら、自ら腰を突き上げる。「そうよ。ええ、そう……」

ウルフは叫び声とともに快感に屈し、喜びの炎に焼かれた。彼はのけ反って身震いした。サラの視線を感じると、まぶたを開けてお互いを観察した。そして圧倒的な絶頂に気を失いそうになりながら、何度も身を震わせた。

ウルフが寝返りを打ったのは長い時間がたったあとだった。彼はサラを抱いたまま仰向けになった。二人はまだ一つに結ばれていた。

「僕を見ていたね」ウルフはからかった。

「ええ。そのほうが……もっと……」

ウルフは笑った。「ああ、僕も君を見ているのが好きだ」

「もういやなことは思い出さないの？」サラは汗で濡《ぬ》れたたくましい胸に頬を預け、問いかけた。

「ああ」ウルフは彼女の髪にキスをした。「君はどう？」

「私も同じよ」サラはため息をつき、まぶたを閉じた。「こんなに幸せになれるなんて、考えもしなかったわ」

「僕も」

彼女は長々と息を吸った。「車が近づいてくるみたい」

「ガンズのご帰還か。急いで服を着よう。チェッカーゲームをやっていたふりをするんだ」

サラは笑った。「意気地なし！」

「僕はミス・グレイソンが怖いんだ」

「よく言うわ」

二人はベッドを出て身なりを整えると、アメリアの荷物運びを手伝うために裏口から外へ出た。だが、一番下のステップまで来たところで、不意にサラの意識が飛んだ。彼女はバランスを失い、その場に崩れ落ちた。

14

ウルフは心の平静を失った。サラをソファへ運ぶと、彼は医師たちに連絡するために別室へ走った。アメリアはタオルを濡《ぬ》らし、サラの額にのせた。サラは一瞬いやがるそぶりを見せたが、ほどなくまぶたを開き、首を左右に振った。

一分後、ウルフがむっつりとした表情で戻ってきた。「救急車を呼んだ。かかりつけの産科医も緊急治療室に来てくれるそうだ」

「ちょっと気が遠くなっただけなのに」サラが弱々しい声で抗議した。

「念のためだよ」ウルフは彼女の長い黒髪を撫《な》でつけた。「我慢してくれ。僕は怖くてたまらないんだ」

サラは視線を上げてほほ笑もうとした。だが、ウルフの顔には血の気がなく、水色の瞳には様々な感情があふれていた。

サラは彼の手を握りしめてつぶやいた。「心配しないで。私は大丈夫だから」

それでも、ウルフは安堵《あんど》したようには見えなかった。むしろ、死ぬほど怯《おび》えているように見えた。

緊急治療室では、ドクター・ハンセンがもう一人の医師と待機していた。彼らはサラを診察すると、質問してメモを取った。その間も、ウルフは怯え切った様子で彼女の手を握っていた。

「特に問題はないでしょう」ドクター・ハンセンが請け合った。「あとはここにいるドクター・バトラーが血圧を測定し、心臓の問題をチェックします」

「心臓の問題って、なんだ？　彼女の血圧がどうしたというんだ？」ウルフが声を荒らげた。

「まあ、落ち着いてください、ミスター・パターソン」ドクター・ハンセンは患者の夫の肩に手を置いた。「血圧が高いのは事実ですが、危険なほど高いわけではありません。心臓の異常も問題のないレベルです。ただ、様子を見る必要はありますね」

「もし重大な問題があるようなら、都会の大きな病院に移したいんですが」ウルフは言った。

「いやよ」サラは冷ややかに拒絶した。「私は絶対にいやですから！」

「サラ」ウルフはうなった。「頼むからドクターの言うことを聞いてくれ！」

「その必要はないですね」ドクター・ハンセンは穏やかな口調で断言した。「私が保証します。それに、ここにもいい病院はありますよ。規模は小さいですが、産科病棟は賞を取るほど設備が充実していますし、いい看護師も揃《そろ》っています」

「本当に大丈夫なんですか？」ウルフは問いただした。水色の瞳にはまだ怯えが残っている。

「ええ、約束します」ドクター・ハンセンは答えた。「言っておきますが、私は気安く約束する人間ではありませんよ」

ウルフはほっと息を吐き、サラに視線を移した。「わかりました」

ドクター・ハンセンはサラに話しかけた。「血圧は問題なしですね。ほぼ基準値だ。顔色もいいし」彼はにんまり笑った。「ご主人が倒れる前にうちへ戻って、慰めてあげなさい」

サラは笑みを返したが、内心は不安だった。ウルフは逃げ道を探しているの？　私に赤ちゃんを産ませたくないの？　だから、ドクターにあんな質問をしたの？　彼女は疑問を引きずりながら帰途に就いた。車の中でもずっと押し黙っていた。

アメリアは玄関先で二人を出迎えた。彼女は心配そうに尋ねた。「どうでした？」

「問題なしよ」サラは答えた。しかし、その顔に笑みはない。

「ミス・グレイソン、町の薬局まで車を飛ばして、一番いい血圧計を買ってきてくれないか？ ついでに、代用塩も頼む」ウルフは財布から紙幣を何枚か取り出し、アメリアに手渡した。

「すぐ戻ります」アメリアはサラに笑顔を向けた。「心配しないで。私たちがついていますから」

サラは無言でうなずいた。

しかし、アメリアがいなくなると、サラは苦悩のまなざしをウルフに向けた。「あなた、本当は赤ちゃんが欲しくないんじゃないの？ こうなったのは私の無知のせいだもの。私がちゃんと避妊していれば……」

ウルフはサラを抱き上げ、ソファに座らせた。彼の顔は石のように強《こわ》ばっている。

「ごめんなさい」サラは泣き崩れた。

ウルフはサラを引き寄せた。泣きじゃくる彼女に両腕を回し、赤ん坊をあやすように揺すった。

「わかった」彼はささやいた。「この際だから、本音で話そう。僕は子供が欲しい。子供は人生の喜びだと思っている。でも、それはサラ、君がいてこその話だ。僕は子供がなくても生きていける。でも、君なしでは生きていけない。生きていたくない！」

サラは息をのんだ。自分が耳にしていることが信じられなかった。

「君が中絶手術を受けたと聞かされた時、僕は自分のせいだと思った。僕がコンサートに女連れで行ったせいだと。僕は君をそこまで追い込んでしまった。一生君に許してもらえないと思った」

ウルフは彼女を抱きしめた。あざができるほど強く。だが、サラは気にしなかった。痛みさえ感じなかった。

「だから、僕は武装して、イーセラの店に乗り込んだ。僕は君なしでは生きられない。生きていたくない。だから、彼女に殺されようとしたんだ」

「そんな」サラはうめいた。

「初めて会った日から、僕は君を傷つけることしかしてこなかった。それは君が美しく、愛らしかったからだ。そんな君が欲しくてたまらなかったからだ。でも、君が僕みたいな老いぼれと、身も心も傷だらけの男と恋に落ちるとは思えなかった。イーセラは僕から誇りを奪った。僕を利用し、辱めた。僕はその傷を引きずっていた。君と初めてデートをした夜も」ウルフは目を閉じ、大きな体を震わせた。「あの夜、僕は君を自分のものにした。君に絶頂を味わわせ、その様子を観察した。そして、君にも僕を観察させた。僕は君の過去の苦しみを知らなかった。ただ君に酔っていた。僕は君に恋をしていた。それでも……自分を止められなかった」彼は歯を食いしばった。「僕はあんなふうに感じたことがなかった。でも、君が逃げ出して……それで自分のしくじりに気がついた」

サラは彼の頬に手を当てた。無言で彼を見つめた。水色の瞳が濡れている。彼女はそこにキスをした。

ウルフは二人の頬を合わせた。「だから、僕は酒に逃げた。浴びるように酒を飲んだ。自分が許せなかった。君が継父にされたことを知って、死にたい気分になった。僕がエマ・カインを呼んだのは、君が自棄《やけ》を起こさないか不安だったからだ。もし君を失ったら、僕も生きていけないとわかったからだ」

「でも、あなたは……何も言ってくれなかった」

ウルフは息を吸い、感情をむき出しにしたまなざしでサラを見下ろした。「僕は君を愛していた。出会った時からずっと。僕は君が欲しかった。君を必要としていた。それでも、君を手放さざるをえなかった。イーセラは君を殺すつもりでいた。僕はそれを止めなければならなかった。どんな手を使っても。

最初は自ら彼女を追うことまでは考えていなかった。でも、君が子供をなくしたと聞いて気が変わった。僕は君を失ったと思った。もう生きている意味がないと思った」

サラは下唇を噛《か》んだ。

ウルフはその唇にそっとキスをした。「だから、僕は戦いに臨んだんだ。死ぬことを期待して。あの時のことはあまり覚えていない。背中に衝撃を感じて。意識が遠のいて。銃声が聞こえた。イーセラの口から血が流れるのが見えた……」

「あなたは前に言ったわよね。私は彼女に似ていると」

彼は笑顔でサラを見下ろした。「いや。全然似ていなかった。イーセラと再会した瞬間、僕はそのことに気がついた。イーセラは美しくなかった。優しさも愛情もないコブラのような女だった。彼女に誘惑されても、僕はもう反応しなかった。彼女はそれで君の存在に気づき、君を殺すと脅した」彼の顎に力が加わった。「僕は彼女を殺すつもりで撃ったわけじゃない。でも、彼女を殺したい気持ちがなかったとは言い切れない。もし彼女が生きていたら、たとえ刑務所の中からでも君に危害を加えていただろう」彼は黒い瞳を探った。「サラ、僕が殺した人間は彼女だけじゃない。それも僕の一部だ。僕はそういう男なんだ。僕は君が欲しい。君を愛している。でも、僕と生きていくつもりなら、君もそれなりの覚悟をしてほしい。僕は……」

サラは自分の唇を彼の唇と触れ合わせてささやいた。「私は絶対にあなたのそばを離れない。死ぬまで、いいえ、死んでもあなたを愛していく。あなたに何を言われても、その覚悟は変わらないわ」

ウルフは目眩《めまい》がするほどの喜びを感じ、サラを引き寄せた。震える腕を彼女に回し、ほっそりとした喉に顔を埋《うず》める。

「恐怖が希望に変わったよ」

「希望」サラは大きな体にしがみついて笑った。

「私は今が人生で一番幸せよ！」

「僕もだ。こんな幸せがあるとは夢にも思わなかった」

サラは彼の黒髪を撫でた。「やっぱり、私は男の子がいいわ。あなたによく似た男の子」

ウルフは身を引いた。「サラ、子供のことは……」

「きっと美少年になるわよ」サラは微笑した。「私のことは心配しないで。本当に大丈夫だから。幸せすぎるせいで死ぬ人はいないもの」

ウルフはわずかに肩の力を抜いた。「じゃあ、塩は禁止だ。脂っこいクロワッサンも禁止。あとは刺激を避けて……」

サラはキスでその先を封じた。「愛し合うことは禁止しないで。私は絶対にあきらめませんから」

「でも、少し情熱を抑える程度ならできるんじゃないか」ウルフはぶつぶつ言った。

「だめだめ」サラは彼の下唇をついばんだ。「私は情熱的なあなたが好きなの」

「僕も情熱的な君が好きだ」

「それに、ドクター・ハンセンが言っていたわ。愛し合うのは健康的なことで、胎児に影響はないって。私の血圧も薬のおかげで安定している。それに、私たちには赤ちゃんが生まれるのよ」

ウルフはソファにもたれ、満足そうにほほ笑んだ。

「わかった」

「もう降参？」

彼はサラにキスをした。「妊婦には逆らわないことにしているんだ」

「今の言葉、忘れないでよ」サラはからかった。

ウルフはにんまり笑い、もう一度彼女にキスをした。

その夜遅く、サラは使われていない来客用寝室に自分のノートパソコンを持ち出した。

「兄にメールを送りたいの」彼女はウルフに言い訳した。「いいかしら？」

「いいよ」ウルフは即答した。「僕も送らなきゃならないメールがあってね。じゃあ、三十分後に」

「ええ、三十分後に」

サラは後ろめたさを感じながら、ゲームサイトにアクセスした。彼女の希望はかなえられた。レッドナハトもログインしていた。彼はサラに話しかけてきた。

〈最近どうしてた？〉

〈色々あったけど、今は順調よ。順調すぎるくらい。こんなに幸せになれるとは思っていなかった。これからも楽しみなことがたくさんあるの〉

〈同じだ（笑）。僕には家族ができた。自分でも信じられない。宝くじで大当たりした気分だ〉

少しためらってから、サラは書き込んだ。

〈あなたに悲しい知らせがあるの〉

〈わかってる。ゲームを卒業するんだね〉

〈そうするべきだと思うわ。彼に隠し事をしたくないから〉

〈彼に僕のことを話すつもり？〉

〈そのつもりよ。あなたも彼女に私のことを話すんでしょう？〉

〈ああ。秘密を抱えていては、いい夫婦になれない〉

〈あなたが幸せになれてよかった〉

〈僕も君の幸せを心から喜んでいる〉

〈あなたと過ごした時間は本当に楽しかった。おかげで人生で一番つらい時期を乗り越えることができたわ〉

〈僕もそうだ。感謝している〉

〈ありがとう。そして、さようなら、私の友達〉

返事が戻ってくるまでに一瞬の間があった。

〈さようなら、僕の友達〉

ゲームサイトからログオフした時、彼女の頬は涙で濡れていた。

サラはノートパソコンの電源を落とした。そして淡いピンクのガウンを翻し、長い黒髪を背中に垂らした姿でリビングルームへ入っていった。

ウルフがリビングルームの窓辺に立っていた。彼はパジャマのズボンしかはいていない。アメリアはすでに自分の部屋へ引き取っていた。

ウルフが窓から振り返った。その姿は美しかった。そして、寂しげだった。

サラに歩み寄ると、彼は言った。「泣いていたんだね。何があったんだ？」

サラは彼の手を取り、肘掛け椅子のほうへ引っ張っていった。彼を椅子に座らせ、自分は彼の膝に腰を下ろした。「告白したいことがあるの」

「動画共有サイトで《江南《カンナム》スタイル》にはまったから、ＰＳＹと駆け落ちするとか？」

彼女はウルフをぴしゃりとたたいた。「真面目に聞いて」

「わかった」

サラは唇を噛んだ。「実は、あなたに隠していたことがあるの。私、ゲームをやるのよ。最近は色々とありすぎて、ゲームどころじゃなかったけど。オンラインゲームってあるでしょう。複数でプレイするゲーム。あなたがテレビゲームをやることは知っているわ。でも、これはパソコンでやるゲームなの。『ワールド・オブ・ウォークラフト』っていうんだけど」

水色の瞳が驚きに見開かれた。

本当に驚くのはこれからよ。サラは目を伏せて続けた。「私、何年も前からある男性と一緒にプレイしていたの。二人でバトルに参加して、ダンジョンを探索して……。私は彼に結婚したことを話したわ。夫には理解してもらえないと思うから、ゲームは続けられないと。それに、たとえゲームの中でも、あなた以外の男の人と付き合いつづけるのは……」

ウルフは椅子の上で身を硬くしていた。息さえしていないように見える。「僕もさっき……そのゲームである女性に同じ話をした」彼は黒い瞳をのぞき込んだ。「もしかして、君が使っていたキャラクターはブラッドエルフのウォーロック？」

サラはぽかんと口を開け、水色の瞳を見返しながら覚束《おぼつか》なげにささやいた。「レッドナハト？」

「ああ」彼女の顔を見つめながら、ウルフはささやき返した。「カサレーゼ？」

「嘘《うそ》みたい」サラの顔が真っ赤に染まった。彼女は初対面の人を見るような目でウルフを眺めた。「私は一番大切な友達と結婚していたのね！」彼女は叫んだ。そして泣きながらウルフに抱きついた。

ウルフは笑いながら彼女を抱き寄せた。あまりの嬉《うれ》しさにしばらくは言葉が出てこなかった。「驚いたな！　そういうことだったのか。だからゲイブは君にヘリーの本名を教えるなと言っていたんだ」

サラは背中を起こした。「ヘリーの本名はなんていうの？」

ウルフは笑った。「ヘルスクリーム。ホード陣営のリーダーの名前を取ったんだ。もちろん、あいつはいやなやつだが、僕はヘリーを愛している」

サラも笑った。「私、ちっとも気がつかなくて……」そこで彼女の笑い声が消えた。「私たちはお互いを傷つけ、お互いの傷をいたわっていたのね」

「そうなるね」ウルフは彼女の頬を撫でた。「君のおかげで僕はつらい時期を乗り越えられた」

「私も。私がここまで生きてこられたのはあなたのおかげよ」サラは彼の腕の中で体を丸めた。「また一緒にバトルできるわね」

「ダンジョン探索もね」

「愛しているわ」

「僕も君を愛している」

そのあと二人は毎晩のようにゲームを楽しんだ。互いの正体を知ったことで、チームプレイもさらにうまくいくようになった。

しかし、ウルフにはまだ不安の種が残っていた。サラの妊娠のことだ。そして秋が訪れた頃、ガブリエルから電話がかかってきた。

「今日はなんの知らせだと思う？」

「なんの知らせなの？」

「ミシェルと結婚することになった！」

「まあ、ガブリエル。最高の知らせよ。私が後悔していることを彼女に伝えてくれた？　私が彼女に言ったことは本心じゃないって」

「伝えたよ。彼女も理解してくれた」ガブリエルは少しためらった。「でも、おまえとウルフのことは彼女には話してない。おまえたちが結婚したことは話したが、赤ん坊のことは言ってない」

「彼女にはまだ言わないで。私、少し問題を抱えているの。たいした問題じゃないけど、彼女を心配させたくないのよ。私も彼女には黙っているから。いいわね？」

「大丈夫なのか？」

「世界一おっかない子守が私の一挙手一投足を見張っているのよ。私が食べるものもすべてチェックして……」

「ウルフのことか？」

「彼も似たようなものね。でも、私が言っているのはガンズ・グレイソンのことよ。あの二人、本物の塩を隠したのよ。どこを探しても見つからないの」

「あきらめろ、スウィートハート！」隣の部屋からウルフの声が飛んできた。

「そうですよ」アメリアの声も聞こえた。

「二人とも心配性なんだから」サラはぼやいた。

「僕も心配だ」ガブリエルは言った。「だから、おとなしくしていろ」

「はいはい。私の代わりにミシェルをハグしといて。本当によかったわね。できれば結婚式に行きたいんだけど……」

「気持ちだけ参加すればいい。式はジェイク・ブレア牧師に頼んだよ」

「いい人選ね」サラは微笑した。

「だろう。じゃあ、また連絡する」

「ええ。幸せになってね！」

「そのつもりだ。またな、スウィーティ」

「愛してるわ」

「愛してる」

　サラは電話を切ると、キッチンへ向かった。「ガブリエルがミシェルと結婚するんですって！」

「結婚だって？」ウルフは叫んだ。「あの二人は口も利かない状態かと思っていたが」

　サラはにんまり笑い、彼にキスをした。「よくある話よ。塩はどこにあるの？」

「さあ、知らないね」

「知っているくせに。ほら、出しなさいよ」

「君が探している塩とは違うが、代用塩も悪くないぞ」ウルフは大げさに手を振った。

　サラはげんなりした顔になった。

「代用塩も悪くないわよ」アメリアも真似《まね》をして、サラの前で手を振った。

　サラは二人をにらみつけ、大きなため息とともに椅子に腰を下ろした。「そうね。代用塩も悪くないかも」彼女は情けなさそうにつぶやいた。だが、心の中では喜んでいた。自分を守ってくれる二人に感謝していたのだ。

それからほどなく、ガブリエルとミシェルからインターネットのビデオ通話で電話がかかってきた。二人に子供ができたことを知らせる電話だった。サラはウェブカメラの角度に注意し、顔だけが映るように心がけた。その顔も出産を間近に控えて少しむくんでいたが、おなかを見られるよりはましだ。彼女は笑って二人を祝福した。自分も早く妊娠したいとまで言った。

彼女が通話を終えるのを待って、ウルフはかぶりを振った。「そんな大きなおなかをしているくせに、私も妊娠したいわ、だって？」

「あなたは黙ってて」サラはぴしゃりと言い返した。「でないと、夕食にレバーとタマネギを出すわよ」

ウルフは怯えた表情を作った。

サラは彼にキスをした。「私はミシェルに心配をかけたくないの。彼女も問題を抱えているのよ。本人は何も言わないけど、ガブリエルがそう言っていたわ。だから、彼女の心をかき乱すようなことはやめましょう」

「スウィートハート、君が望むことならなんでもやるよ」

「なんでも？」

「なんでも」

サラは身を乗り出した。「塩を出して！」

ウルフは笑った。「それ以外はなんでも」

サラはかぶりを振り、リビングルームへ引き返した。

サラは二月の半ばに出産した。予定日を過ぎた大雪の降る日だったが、彼らは無事に病院までたどり着いた。分娩《ぶんべん》にもそう時間はかからなかった。ところが、そのあとに驚きが待っていた。少なくとも、ウルフにとってはショッキングな出来事だった。サラはすでに知っていたが、これ以上彼に心配をかけたくなくて黙っていたのだ。

　サラは笑った。体力的にはへとへとだったが、疲労よりも喜びのほうが大きかった。

「双子か！」ウルフは涙をこらえて叫んだ。「男の子と女の子。息子と娘だ！」

「ええ、ダーリン。一挙両得よ」

　ウルフは前屈《かが》みになり、彼女にキスをした。サラはベッドの脇の箱からティッシュを引き抜き、それで彼の目と自分の目を拭った。

「抱いてもいい？」彼女は看護師に問いかけた。

「抱くのは赤ちゃんたちの体をきれいにしてからね。ミスター・パターソン、あなたはガウンを着てください」

「僕は赤が似合うんだ」ウルフは言った。「できれば赤いシルクのガウンがいいな。あと、赤いハイヒールも」

　サラは彼をぶった。

　彼らは双子を連れて自宅に戻った。サラはまず娘にお乳を飲ませた。その間、ウルフは息子を抱いていた。彼は涙でかすむ目で小さな男の子を見つめた。

「本当にかわいいね。二人とも」

「名前はどうする？」

「僕の祖母はシャーロットと呼ばれていた」

　サラは微笑した。「私はアメリアもいいと思うわ」

「ガンズの名前を取るのか？」ウルフは考えた。

「うん。いいアイデアだ」

「じゃあ、シャーロット・アメリアで決まりね。坊やのほうは？　やっぱり、ウォフォードかしら？」

「狼《おおかみ》は一家に一匹いれば十分だ」ウルフはきっぱりと言った。「君の兄貴の名前をもらおう」

「それは彼の息子のために取っておいたほうがいいんじゃない？」サラは笑い、水色の瞳をのぞき込んだ。「あなた、ミドルネームはある?」

ウルフはうなずいた。「デインだ」

「いい名前ね。私の父の名前はマーシャルだったわ」

「じゃあ……デイン・マーシャル・パターソン?」

サラは微笑した。「決定」

ウルフはくすくす笑った。「よし。これで出生証明書も完成だ」

大雪が解けきらないうちに、彼らは思わぬ客の訪問を受けることになった。ガブリエルとミシェルが双子の顔を見に、わざわざワイオミングまでやってきたのだ。

ミシェルはおなかが目立つようになっていた。彼女はサラを抱きしめ、喜びの涙を流した。続いてウルフも抱きしめたが、その仕草にはためらいが感じられた。彼女はウルフのことをよく知らなかったのだ。

ミシェルは憤慨してみせた。「私に内緒にするなんて、ほんと、信じられないわ! もし知っていたら、手伝いに飛んできたのに!」

「人手は足りていたし、あなたに心配をかけたくなかったの。体の具合はどう?」

「それがもう拍子抜けよ」ミシェルはにんまり笑った。「さんざん検査をされたんだけど、結果はただの過敏性腸症候群。でも、ちゃんと治療は受けているわ。残る問題は胸焼けね」彼女はため息をついた。「もっとまめに電話をくれていたら、色々と話せたんだけど」

「こっちも心配事があったの。まあ、あの二人が心配していただけだけど」サラはウルフとアメリアを身ぶりで示した。「私も電話をしたら、うっかりしゃべっちゃいそうな気がして」

「本当にかわいい赤ちゃん」ミシェルはうっとりと

双子を眺めた。「抱かせてもらってもいい？」

「ウルフ？」

ウルフは笑顔で振り向き、ミシェルにデインを渡した。

「まさに完璧だわ。デインもシャーロットも」ミシェルは感極まった様子でつぶやくと、ガブリエルを見上げた。「もうすぐ私たちにもこういう赤ちゃんが生まれるのね。まだ夢を見ている気分よ」

「ああ」ガブリエルは優しく相槌《あいづち》を打った。「僕はその日が待ち切れないよ！」

「私も」ミシェルは小さな男の子を抱きしめて笑った。

ガブリエルとミシェルがテキサスに戻ると、ウルフは言った。「とりあえず、あの夫婦が離婚する可能性はなさそうだな」

サラは彼と視線を合わせた。「私たちもね」

「当たり前だろう」ウルフは目を細め、黒い瞳を探った。

「何を考えているの？」

「君はバックで僕の車にぶつかってきた。僕は君を魔女呼ばわりした。あれからよくここまで来たなと思って」

サラはフルーツジュースを作っていたが、いったんミキサーを止めてウルフを見返した。「今なんて言ったの？」

「君はバックで僕の車にぶつかった」彼は微笑した。

「ぶつかってきたのはあなたでしょう」サラは反論した。「あなたが後ろを確かめずにバックしたせいよ」

「冗談じゃない」ウルフは横柄な態度で切り返した。

「僕の運転技術は世界でも……おい、それをどうするつもりだ？　やめろ……ただじゃすまないぞ！」

ウルフの警告の声に続いて、べちゃっと大きな音がした。その音はリビングルームを片付けていたアメリアの耳にも届いた。何が起きたのか確かめるために、彼女はリビングルームから顔をのぞかせた。ウルフが廊下を浴室の方向へ歩いていた。彼はアメリアの前で足を止めた。どろどろの液体と化したフルーツが彼の頭から鼻へと伝い、シャツを経由して床にしたたり落ちた。「いいことを教えてやろう」ウルフは声をひそめた。「ミキサーを使っている時の彼女は絶対に怒らせるな」

　彼はため息をつき、また浴室のほうへ歩き出した。キッチンのほうからはヒステリックな笑い声が聞こえていた。

　アメリアはにんまりとほくそ笑み、片付けの作業に戻った。

訳者あとがき

長男マロリー。次男ケイン。三男ドルトン。〈ワイオミングの風〉シリーズでは彼らカーク三兄弟の恋が描かれてきました。しかし、三兄弟なのだから三作で終わりだと思ってはいけません。作者はあのダイアナ・パーマーです。長大な〈テキサスの恋〉シリーズを何年にもわたって綴《つづ》ってきたマラソンランナーのような作家なのです。彼女の頭の中では、すでにワイオミング州ケイトローを中心とした地図が完成し、そこで魅力ある人物たちが様々な人生を送っているのでしょう。というわけで、展開も新たな〈ワイオミングの風〉シリーズの最新作を皆様にお届けいたします。

本作のヒロイン、サラは子供時代の悲しい出来事のせいで男性に近づくことができません。人目を避けるためにいつも黒い服を身にまとい、楽しみは音楽鑑賞とネットゲームだけ、という世捨て人のような日々を送っています。そんな彼女にも一人だけ気になる男性がいました。兄ガブリエルの友人で謎多き牧場主のウルフです。しかし、ウルフはなぜか彼女を敵視しています。町で顔を合わせれば必ず喧嘩《けんか》を売り、彼女を魔女呼ばわりしています。ウルフが憎んでいるのは私ではないのかもしれない。私に似た別の女性なのかもしれない。そのことに気づいたサラは、あきらめとともに現実を受け入れます。これも運命なのだと。

一方のウルフは己の感情を持て余していました。サラに惹《ひ》かれながらも、暗い過去のせいで女性を信じることができずにいたのです。思わぬ出来事から二人の距離は縮まりますが、過去にとらわれていたウルフは、別の女性に対する怒りをサラにぶつけ、彼女を傷つけてしまいます。しかも、過去は再び現実となり、彼の命ばかりかサラの命まで脅かしはじめるのです。せめてサラだけは守りたい。そのためにウルフは思い切った決断をするのですが、それが新たな波紋を呼び、二人の仲を引き裂くことになってしまいます。はたして彼らは過去を乗り越え、未来をつかむことができるのでしょうか。

　本作では『ワールド・オブ・ウォークラフト』という実在するオンラインゲームが登場します。ダイアナ・パーマーの作品でたびたび言及されてきた同ゲームですが、本作ではついに物語の鍵を握る重要な役割を果たします。西部のカウボーイ。国際問題に取り組む傭兵《ようへい》組織。孤独な者たちが出会うオンラインゲーム。ダイアナ・パーマーの描く世界には、現実離れした部分ととても現実的な部分が混在しています。そこが彼女の作品シリーズの大きな魅力になっているのかもしれませんね。

　なお、ヒロインの兄ガブリエルは近々ヒーローとして再登場する予定です。本作内でも多少触れられていますが、彼がどんな女性とどのように愛を育んでいくのか、今から楽しみでなりません。読者の皆様もどうかご期待ください。

平江まゆみ

ハーレクイン®

打ち砕かれた純愛

2015年12月20日発行

著　　者　　ダイアナ・パーマー
訳　　者　　平江まゆみ（ひらえ　まゆみ）

発 行 人　　立山昭彦
発 行 所　　株式会社ハーパーコリンズ・ジャパン
東京都千代田区外神田 3-16-8
電話 03-5295-8091（営業）
0570-008091（読者ｻｰﾋﾞｽ係）

印刷・製本　　大日本印刷株式会社
東京都新宿区市谷加賀町 1-1-1

装　　丁　　岡　彩栄子
デジタル校正　　株式会社鷗来堂

ISBN978-4-596-80082-4 C0297

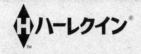